KB254195

한쪽 문 닫히니 다른 문 열리네

임진강 소년 우석호 기자 회고록

한쪽 문 닫히니 다른 문 열리네

임진강 소년 우석호 기자 회고록

작가

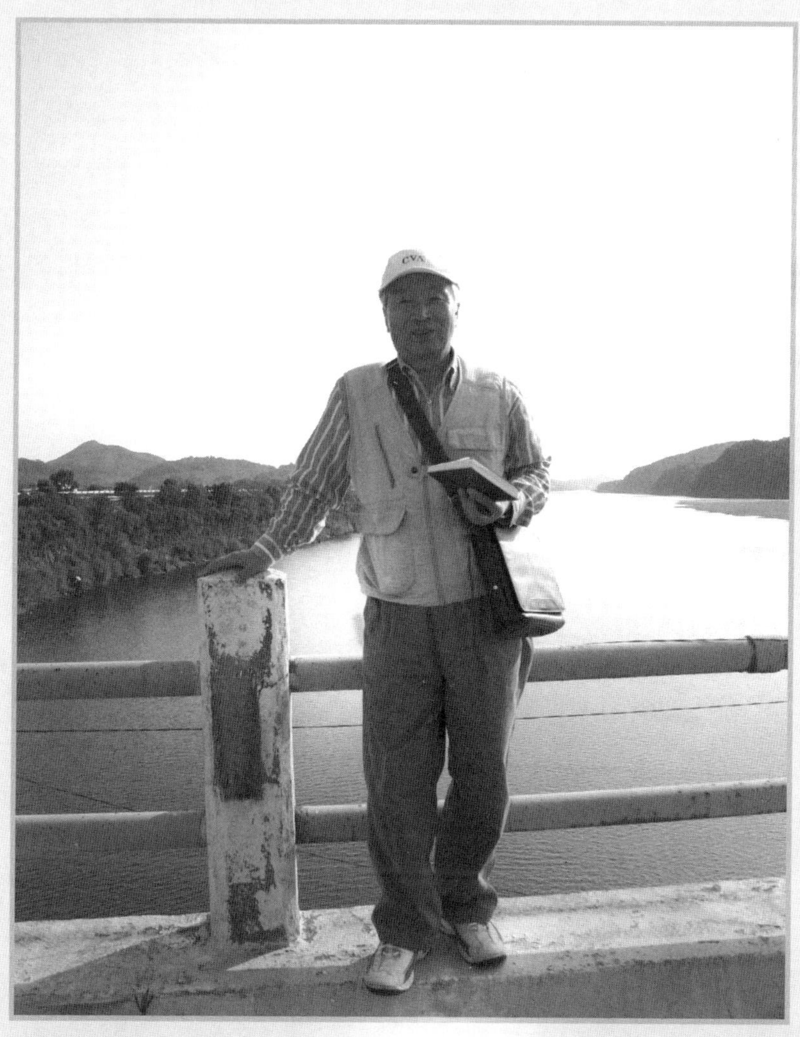

■ 임진강 북진교는 분단과 전쟁의 아픔과 통일의 희망을 함께 끌어안고 있는 다리다. 이 다리에 서면, 남북이 임진강 유역을 차지하기 위해 역사적으로 수많은 공방전이 있었고 임진강을 지배하는 자가 한반도를 지배한다는 지정학적 의미를 쉽게 떠올릴수 있다. 이 다리는 원래 미8군 제3전투공병대대가 준공하면서(1953년 7월 4일) 대전 전투(1950년 7월 20일) 때 용전분투하다 전사한 리비Libby 중사의 전공을 기리기 위해 리비교로 명명한 것을 2003년 대한민국 육군이 자주와 통일 의지를 드높이기 위해 북진교北進橋로 개칭했다. 민간인 출입이 통제되고 사진 촬영이 금지된 이곳 임진강과 적벽의 장관을 담은 이 사진은 북진교 민통초소를 지키는 육군 25사단수색중대의 서두교 중위의 특별 배려로 2007년 10월 16일 사위 장시형이 찍었다.

잣나무 숲에서

회고록을 쓴다 함은 한 생이 걸어온 자신의 뒤안을 돌아보고자 함이다. 때로 용기와 보람으로, 때로 회한과 부끄러움으로 엮어지는 삶의 대차대조표인 것이다.

흔히 회고록은 대통령이나 대그룹의 총수, 혹은 크고 작은 조직의 수장 같은 공적인 삶을 산 사람들이 남기는 자전적 이야기로 인식되고 있다. 그러나 그렇지 않다.

얼핏 평범해 보이는 삶일지라도 한 인간이 살아온 이야기의 집적은 때로 향토사적 가치를 가질 수 있고 나아가 그 사회의 단면, 시대상을 조명한다. 비록 대통령직을 수행했다거나 기업을 일으켜 많은 이에게 일자리를 제공한 삶이 아닐지라도 일정 기간 국가나 사회의 한 분야에서 일익―翼을 담당하며 나름대로 성실히 살아온 사람이라면 동시대를 살아온 친지

이웃이나 가족에게 진솔한 고백담을 들려주고 싶어 할 것이다. 그리고 후손에게 생생한 기록으로 남기고 싶어 할 것이다.

공적인 삶을 살았건 평범한 민초로 살았건 어떤 삶도 시간의 역사이기 때문이다. 또한 엄밀히 따져 온전히 공적인 삶을 산 사람도 없거니와 그 반대의 삶 또한 없다. 모든 삶은 관계 속에서 채워지기에 우리 모두는 공과 사가 혼효된 삶을 살아간다 하겠다.

나의 삶 역시 그러하다.

일선에서 은퇴를 한 후 조용히 머무는 자리에서 다시금 뒤를 돌아보며 사진첩을 정리하듯 살아온 시간을 정리하는 일은 또 한번의 수고와 용기를 필요로 하는 일이기도 하다. 그렇더라도 돌아봄은 바라봄의 원천이기에 여기 이렇게 나를 드러내 보인다.

세계대전의 먹구름이 온 지구를 뒤덮어갈 때, 임진강 남쪽 한촌에서 식민지 백성의 4대 독자로 나는 태어났다. 다섯 살 때 해방과 분단을 맞고 여덟 살 때 비로소 대한민국의 어린 국민이 되었다. 그리고 열 살 때 6 · 25 전쟁의 소용돌이 속에서 수차례 죽을 고비를 넘기고 살아났다.

부모님 사랑 속에 등 따습고 배부르던 내 유년기의 평화는 외부로부터 유입된 이념의 깃발 아래 치러진 전쟁의 와중에서 깡그리 사라지고 생존의 위협을 받는 피난민이 되어 고향을 떠나야 했다.

휴전이 되고서도 고향으로 돌아갈 수 없었다. 고향이 민통선에 들어갔기 때문이다. 아버지는 그 시절 사회상을 대변하는 말이기도 했던 '무작정 상경'을 감행, 외아들의 교육을 당신 생의 목표로 삼고 온몸으로 살아내셨다. 중·고등학교를 다니며 우리 역사에 눈을 뜨고 특히 대학에 들어가 정치학을 공부하면서 내가 태어난 고향의 지정학적 운명과 현대사와의 관계에 관심이 커졌다. 어릴 때 태극기를 보고 가슴 설레던 자신의 정체성에 대한 고민을 하기 시작했다. 고랑포 모래사장에서 이승만 대통령의 연설을 들으며 '나도 이 담에 대통령이 될 테다' 하고 가졌던 꿈이 현실로도 가능할 수 있다는 믿음을 갖기도 했다. 대학 2학년 때 5·16이 터졌다.

육군 보병학교에 들어가 소위 계급장을 달고 중동부전선 최전방의 DMZ초소를 지켰다.

전역 후에는 방송기자가 되어 산업화와 민주화, 그리고 좌경화로 이어지는 격동의 현대사가 전개되는 과정을 지켜보았다.

그러나 불행히도 산업화와 민주화의 성공적인 전진이 선진화로 이어지지 못하고 답보 상태가 되고 말았다. 소위 해방 전후사에 대한 인식의 전환이라는 이름 아래 다시 이념 갈등의 종기가 불거진 것이다.

남북 좌파의 합작품이라 할 수 있는 6·15공동선언으로 남한의 사회 분위기가 좌경화되어 대한민국의 국가 브랜드가 외부가 아닌 내부에서 엄청난 손상을 입었다. 국민의 국가 의식 또한 모호해지고 대한민국 영토 안에서 태극기가 아닌 국적 불명의 한반도기가 나부끼고 소위 통일포퓰리즘, 평등포퓰리즘에 휩쓸려 하루도 조용한 날이 없을 지경이 되었다.

어린 시절부터 '대한민국'이라는 국가 브랜드를 믿고 희망을 걸었던 나는 이 브랜드를 지켜내야 한다는 신념을 가지고 좌경화의 대척점에서 대한민국의 방송을 주창했고, 현장 데스크를 할 때도 일선 취재기자들과 열띤 토론을 벌이기도 했다. 그리고 일선에서 은퇴 후엔 내 신념을 현실 정치에 반영할 수 있으면 좋겠다는 바람으로 2002년 대선에서 이회창 캠프에서 조력을 했고 강단에서(광운대학교 신문방송학과) 대학생들에게 국가와 방송의 정도에 대해 강의를 하기도 했다.

우리 모두의 삶은 우리가 산 시간의 주인공이 될 수 있으며 각자의 삶의 빛깔과 형태를 통해 역사적 의미를 갖는다. 그래서 나는 감히 내 삶의 자취를 정리하는 자리에 시대적 현안을 직시하고 파생된 문제와 문제 해결을 위한 몇 가지 방법적 제안을 하고자 한다.

무엇보다 우선하여 나는 이승만 주도로 세워진 대한민국의 가치를 지켜 나가고 키워 나가야 하는 당위와 제헌절(7월 17일)과 광복절(8월 15일) 중 한 날을 건국절로 고쳐서 지정해야 하는 근거를 제시하려 한다. 그리고 건국대통령의 거쳐였던 이화장을 건국공원으로 조성할 것을 제안

한다.

 역사 현장을 담은 사진들을 비닐에 씌워 건물 외벽에 붙여 놓은 오늘의 이회장을 아는 후손이 얼마나 될지 의아스럽다.

 좌파의 10년 집권으로 지금 대한민국의 안보에는 커다란 구멍이 뚫려 있고 국민의 안보 의식도 증발하여 가물가물한 상태다. 대한민국의 국가 정체성이 흔들리는 상황에서는 국민들의 애국의 주체 또한 모호해질 수밖에 없다. 마치 국가는 없고 개인만 있는 듯한 착각이 들 정도다. 그러면서도 외국에 나갈 땐 대한민국 꼬리표를 달고 나간다. 나가선 바로 자신이 대한민국을 대표하는 사람임을 망각하는 행동을 한다. 하루빨리 제자리로 돌아와야 한다. 우리가 대한민국 국민일 때 비로소 세계 속의 우리가 될 수 있기 때문이다. '대한민국'이라는 꼬리표가 없으면 세계 어느 나라도 우리를 받아주지 않는다. 국적 없는 사람을 받아주는 나라가 지구 어느 곳에 있단 말인가.

 지정학적으로 임진강은 한반도의 심장 지대Heart Land다. 그것은 임진강을 지배하는 자가 곧 한반도를 지배한다는 개연성을 내포한다. 대륙과 반도에 걸친 대제국 단군조선이 멸망한 이후 한반도가 한민족의 생활권으로 정착되는 과정에서 수많은 국가들이 임진강을 장악하기 위한 전쟁을 벌였다. 삼국시대에는 북쪽의 고구려와 남쪽의 신라 · 백제가 서로 임진강을 차지하기 위한 한반도 패권 전쟁(통일전쟁)을 벌였고, 후삼국 시대에는 북쪽의 고려와 남쪽의 신라·후백제가 역시 임진강을 차지하기 위해 전쟁을 벌였다. 임진강을 완전히 장악해서 명실 공히 반도를 지배한 고려 왕국과 조선 왕국에 이어 북조선의 선제공격으로 3년간 피로 피를 씻는 6·25 남침 전쟁을 겪은 현대사 속에 임진강은 또 다시 지정학적 운명을 감내하고 있다.

접적接敵 지역에 고향을 둔 임진강 소년이었던 내가 직접 겪었던 6·25 전쟁은 누가 뭐라 해도 남침 전쟁이다. 그것이 진실이다. 6·25 전쟁은 통일전쟁(김대중)도 아니고 내전(노무현)도 아니며 무고한 국민에게 엄청난 상처를 입힌 북조선 정권의 반민족 범죄행위였다. 북조선 정권은 지금도 핵무기를 만들어 대남 압박을 가중시키고 있다. 햇볕정책과 포용정책이라는 거창한 플래카드를 내걸고 북조선을 돕겠다 발 벗고 나선 대한민국의 좌파 정권이 정작 대한민국 국민의 고통은 외면하기 일쑤다. 게다가 바로 그 햇볕정책이 북조선의 못 먹고 헐벗은 국민을 비추지 못하고 양지쪽에만 비춰 일부 집권 세력의 힘만 키워준다는 데 문제의 심각성이 있다. 나는 6·25 이후 세대에게 이 모든 진실을 말해주고자 한다.

나아가 일선 방송기자에서 보도국장, 보도이사에 이르기까지 방송 언론의 한 우물을 판 사람으로서 언론 현장을 뒤돌아보고 국가와 언론, 정권과 언론 간의 관계를 명확히 구분하고 언론인 자신이 도덕적 사회적 책무를 망각하지 않으며 언론 정도의 길을 가는 것이 얼마나 힘든 일이었는지를 체험적 예화로써 밝히고자 한다. 특히 언론 통제를 심하게 한 유신 정부 시절, 특종 취재로 공보국장을 물러나게 했던 일로 인간적 회한과 고뇌 또한 적지 않았음을 고백한다.

방송 관리직 일을 하면서 방송의 프로그램과 광고의 상호관계, 공중파 민영방송의 소유, 경영의 실태를 알고 방송 정도를 훼손하는 심각한 문제가 내재해 있음을 간파했다. 광고와 관련하여 SBS TV가 어떻게 해서 개국 3년 만에 흑자 경영의 반석 위에 올라갔는지, 김영삼 대통령까지 끼어든 MBC와의 광고 전쟁에서 어떻게 최후의 승리를 거두었는지, 그 진상도 말하련다.

나는 경기 북부에서 태어나고 자란 사람이다. 그래서 경기 북부를 사랑한다. 역사적으로 지리적으로 대한민국의 중추적 위치에 있는 경기 북부가 발전하고 대한민국의 중심적 역할을 하기를 소망하고 기대해 왔다. 하지만 역대 정부의 개발정책에서 경기 북부는 늘 소외돼 왔다. 그나마 6공 정부 들어서 북방정책 덕분에 경기 북부와 강원 북부의 접경 지역에 가시적 발전의 전기가 마련됐다. 그러나 아직 미흡하다. 당장 교통망이 태부족하고 문화 인프라, 교육, 의료 시설 등 사회기반 시설이 열악하다. 우선

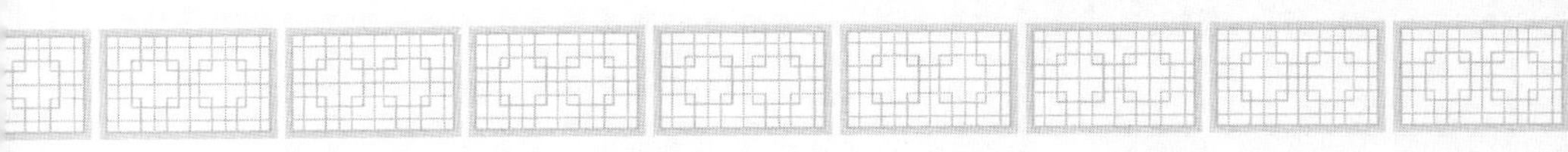

적으로 해야 할 일로 서울과 춘천 간의 경춘 철도를 속초까지 늘려 경기 북부와 강원 북부의 왕래가 원활하게 해야 한다. 정릉 터널을 뚫고 우이 령 도로를 열어 고랑포까지 이어지는 제2평화로 건설도 서둘러야 한다. 인천이나 수원보다 가깝게 서울에 인접한 경기 북부 주민들이 충청도나 전라도, 경상도 주민보다 왕래에 불편을 느낀다면 참으로 어이없는 일이 아닌가. 해결되어야 할 문제의 핵심을 파악해 경기 북부 주민의 염원을 대변하고자 한다.

끝으로 나는 지금 나의 몸을 공격해 온 가장 작은 것들과 가장 큰 싸움 을 하며 13년째 살고 있다. 싸우다 지치면 "함께 지내자, 그러나 말썽을 자제해다오" 하고 달래며 내 몫의 고통을 감내하고 있다. 그런 내게 희망 을 주고 싶어서인지 아내는 나를 열세 살 소년이라고 놀린다. 많은 이로 부터 참 많은 사랑을 받고 산다는 생각을 하며 나와 비슷한 처지의 고통 과 불안을 안고 살아가는 환우와 그 가족들에게 조금이나마 도움이 되는 이야기를 전하고 싶다.

투병을 하면서 오래 전, 내가 건강했을 때 아내가 마음으로 서원했던 일에 기꺼이 동의했다. 무심히 흘려버렸던 일이 수면 위로 떠올랐을 때 섭리라고 생각하고 선뜻 응한 것이다. 그리고 기다렸다. 낙후된 서양주 광적에 좋은 성전을 짓도록 기도와 격려로 챙겨주신 김옥균 주교의 건강

과 쾌유를 빌면서 지금은 바로 옆에 광적성당이 세워진 참다운 의미를 묵
상하며 지낸다.

성전이 지어지는 과정에서 일부 사목자의 인간적 발상으로 잠시 본당
출범이 지연되고 상처받았던 일도 인간의 힘으로 헤아릴 수 없는 뜻이라
여기며 잊으려 애쓰고 있다.

그밖에 몇 가지, 내가 살아온 시간 속에 남기고 싶은 이야기를 덧붙
였다.

이야기를 풀어내며 어려서 기억이 희미한 부분은 어린 시절을 함께 보
낸 친구들과 지금은 팔십이 넘은 마을 어른들의 기억을 빌려왔다. 또 서
울에서 학교를 함께 다닌 친구들의 증언도 보탰다. 좀더 소상하게 파악하
고 싶은 시대 상황에 대해서는 도서관이나 신문 자료실의 자료를 활용하
기도 했다.

이야기의 내연은 지극히 개인적 범위에 머물기도 하지만 외연은 한 시
대의 사회상, 세태 나아가 역사적 의의를 감지할 수 있도록 했다. 그런지
라 나는 감히 이 회고록을 몸으로 쓴 현대사라고 말해 본다.

2007년 10월

우석호

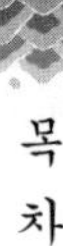

목
차

제1부 … 여덟 살 소년이 본 태극기

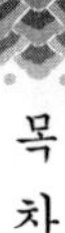

제4부 ⋯ 가장 작은 것과의 가장 큰 싸움

제1부 

여덟 살 소년이 본 태극기

임진강가 적성말에서 태어나다

출생에 관해 어머니에게 들은 얘기 한 토막으로 이야기의 서두를 시작한다.

가을걷이가 한창이던 10월 어느 날 할머니는 저녁상을 물리고 나서 아버지에게 귀띔을 했다.

"애비야, 에미가 입덧이 났다."

주름투성이의 할머니 얼굴에 웃음이 가득했다. 다음날 아침밥을 먹고 아버지는 그물과 어망을 메고 눌로천으로 갔다. 눌로천은 파평산에서 임진강으로 흘러드는 개천으로 수심이 깊고 폭이 넓은데다 물이 차가워 물고기가 많기로 소문 난 개천이다. 아버지는 종일 고기를 잡다 해동갑해 돌아왔다. 아버지의 어망 속에는 메기, 붕어, 게들이 가득했고 운 좋게도 잉어 한 마리가 들어 있었다. 할머니는 잉어를 정성껏 고아서 어머

니만 따로 먹도록 했다. 그 동안 무섭기만 했던 시어머니의 각별한 사랑
에 어머니는 뱃속의 아기가 아들이기를 간절히 바랐다. 시집을 가면 으
레 대를 이을 자식을 낳아야 한다는, 그래서 남아 선호 의식이 보편화
되어 있던 시절의 애기다. 아무튼 어머니의 임신은 우리 가문의 일대 경
사였다.

그도 그럴 것이 어머니가 7년 전에 낳은 내 누이는 두 살 때 죽고, 그
로부터 5년이 지나도록 아기가 없었기 때문이었다. 할아버지 우현국은
무슨 연유에서인지 선영이 있는 양주 광적에서 파주 적성으로 이사 와
서 강원도 삭령이 고향인 할머니 경주 최씨와 결혼, 아버지 구봉을 낳았
다. 아버지는 임진강 건너 백학면 참나무쟁이에 사는 유갑술을 아내로
맞았다. 어머니는 다산형이 아니었다. 혹시나 3대 독자인 아버지 대에서
대가 끊기는 게 아닌가 하는 걱정이 태산 같던 중 임신을 했으니 어머니
또한 얼마나 기쁨이 컸겠는가?

훗날 팔촌 아주머니뻘 되는 분에게서 들은 나의 태몽이 독특하다.

할머니가 아궁이에 불을 지피며 가마솥을 바라보는데 까만 솥뚜껑 꼭
지가 유난히 눈에 들어오더라는 것이다. 할머니가 일어나 꼭지를 잡으
며 잠이 깼다고 한다. 태몽을 어머니가 아닌 할머니가 꾼 것도 특이하거
니와 영락없이 외아들로 태어날 운명을 예견케 한다. 할머니는 태몽에
대한 믿음으로 틀림없이 손자를 낳을 거라며 어머니를 지극정성으로 돌
보았다. 그러나 와병 중이던 할아버지는 끝내 보고 싶어 하던 손자를 보
지 못하고 내가 태어나기 불과 며칠 앞서 눈을 감았다. 할아버지가 돌아
가신 지 열흘 만에 어머니는 나를 낳았다. 1940년 음력 5월 27일(양력 7
월 6일) 무덥던 한여름 밤중이었다.

임진강변 작은 자연부락에서의 나의 출생은 내 가족에게는 물론 이웃의 기쁨이 되기도 했다. 일제강점기의 그림자 속에서도 아기의 탄생은 밝고 희망적인 것이었다. 나는 온 마을의 아기로 자랐다.

내가 출생한 파주 적성말은 파주 적성과 파평면의 서쪽 경계 지점에 위치한 한갓진 산촌이다. 그리고 임진강(전장 2541㎞)이 동북쪽에서 서남쪽으로 흐르고, 동쪽에는 감악산(해발 675m)이, 남쪽에는 파평산(해발 495m)이 우뚝 솟아 있다. 한반도 허리를 관통하는 임진강은 휴전선 북쪽의 압록강(790km), 남쪽의 낙동강(522km), 북쪽의 두만강(521km), 남쪽의 한강(482km), 북쪽의 대동강(432km)에 이어 우리나라에서 일곱 번째로 긴 강이다. 임진강은 함경남도 마식령에서 발원, 남서쪽으로 흘러 지금의 휴전선을 넘고, 남쪽의 연천과 파주 땅을 적시며 서해로 빠져나간다. 중간에 연천천과 영북천, 한탄강 등의 크고 작은 물줄기를 아우르며 서해로 빠지기 전, 한강과 만난다. 그리고 그 물줄기를 통해 근동의 물산이 이동하고 집결한다. 특히 고랑포는 오래 전부터 포구 마을이 형성돼 상거래가 왕성한 물류 교통의 요지였다. 또한 단애와 모래펄이 번갈아 마주하는 강의 특성상 군사적으로 유리한 곳이어서 예부터 국경 전쟁이 잦았던 곳이다. 지금도 적성 구읍에는 고구려와 백제, 신라와 당이 대치할 때 쌓았던 호로고로성과 칠중성 터가 남아 있다.

그런데 공교롭게도 이 지역이 오늘에 와서도 분단의 현장으로 금이 그어져 있어 국경 아닌 국경 지역으로 인식되고 있다. 북조선에서 발원, 휴전선을 넘은 다음 남쪽으로 흐르고 있어 임진강이라는 강의 이름이

■ 살던 집들은 모두 사라지고 농지와 묘지, 잡초로 변한 적성말의 오늘(2007년 10월 16일 촬영). 필자의 오른쪽 동산 아래에 나의 집이 있었고, 동산 너머가 풍덕골이다. 오른쪽의 높은 봉우리가 학봉이고, 그 오른쪽에 장마루와 임진강이 있다. 왼쪽에 보이는 솔숲 길이 구렁고개로 넘어가는 길이고 멀리 조금 보이는 산자락이 파평산이다.

그냥 강이 아니라 분단과 통일을 염원하는 상징어가 되고 있다.

나의 탯줄이 묻힌 적성말은 적성의 끝자락이어서 적성말로 이름이 붙여졌다고 한다.

학들이 장송 숲에 머물러 신비감을 자아내는 학봉에서 동쪽으로 짧게 뻗어 내린 산줄기와 남쪽으로 길게 뻗어 내린 산줄기가 형성한 기역(ㄱ)자 골짜기에 위치해 있다. 남쪽으로 뻗어 내린 산줄기가 적성과 파평면의 경계를 이루고 동쪽으로 뻗어 내린 산줄기가 북쪽의 찬바람을 막아 주었다. 15가구가 옹기종기 모여 사는 적성말은 모두 농사가 생업이었고, 지주의 땅에 농사를 짓는 소작농이 대부분이었다.

해방 전에는 일본인 지주 혹은 극히 일부의 일본 식민 통치에 협조한 조선인 지주에게 50%의 소작료를 내고 땅을 부쳤다. 여름내 땀 흘려 농사를 지어도 공출 떼고 세금 떼고 나면 식량도 부족했다. 자연히 살기가 팍팍했다.

해방이 되고 대한민국 정부가 들어서서 농지개혁을 하게 됨에 따라 비로소 자기 땅에서 농사를 지을 수 있게 되었다. 노동력이 남아 농사를 더 짓고 싶어 소작 농사를 할 경우에도 전보다 아주 싼 소작료를 물고 지었으며 남는 소출로 자기 땅을 늘려나가기 시작했다. 새 세상을 맞은 것이다.

우리 집도 해마다 논밭을 늘려나갔다. 일요일이나 방학 때면 집에서 꽤 떨어진 밭으로 일하러 가는 아버지, 어머니를 따라 나섰다. 마치 소풍을 가는 것 같아 즐거웠다.

집에서 1㎞쯤 떨어진 파평산 기슭에 있는 밭에 갈 때마다 우리 집 황소 누렁이가 앞장을 섰다. 아버지와 어머니가 밭에서 일하는 동안 나는 달콤한 찔레 순과 상큼한 싱아 줄기를 꺾어 먹으며 군입을 달래곤 했다. 여름이면 골물에 들어가 떡을 감고 물풀이나 돌멩이 틈에 납작 엎디어 있는 가재를 잡았다. 해가 정수리에 올라올 쯤이 되면 어머니는 함지에 담아온 점심거리를 꺼내 보자기상에 차렸다. 밥과 김치, 그리고 나물 몇 가지의 소찬임에도 그렇게 맛있을 수가 없었다. 우리가 밥 수저를 뜨기 전에 아버지가 누렁이를 나무 아래로 끌고 가서 준비해 온 여물을 먼저 먹게 했다. 우스갯소리지만 누렁이가 우리 집 어른인 셈이었다. 어머니는 골물에서 식기를 닦았다. 두 분이 다시 밭에 나가 일하는 사이 나는 굴 바위에 누워 파란 하늘을 올려다보았다. 파란 하늘이 두 눈 가득히 들어왔다. 구름이 손님처럼 흘러왔다 흘러갔다. 두루미가 날고 제비가 날았다. 나는 새들을 눈으로 좇으며 시간 가는 줄 몰랐다. 가만히 있어도 심심하지 않았다. 가끔 나처럼 아버지 어머니를 따라 나온 아이가 있으면 그 아이와 맨손으로 물고기를 잡았다. 제 몫의 일을 한 누렁이는 큰 나무 밑에서 쉬고 있었다. 덩치가 크고 힘도 셌지만 순했다. 큰 눈망울을 끔벅거리며 누렁이도 풀밭에 누워 하늘을 보고 구름을 보며 되새김질을 했다. 여름엔 개울 동둑에서 야생초를 실컷 뜯어먹고 겨울엔 콩깍지 삶은 물에 볏짚을 섞어 쑨 쇠죽을 양껏 먹어 황갈색 누렁이의 털은 언제나 반지르르했다. 해마다 봄이면 털갈이를 하는데 그때 빠지는 쇠털을 모아 동그랗게 공으로 만들어 놀기도 했다.

  해가 박석고개를 넘어가고 땅거미가 져 어둑어둑해지면 더 이상 밭일을 할 수 없게 된다.

  아버지 어머니는 그제야 집으로 돌아갈 채비를 했다. 전기가 없던 시절, 사방에 어둠이 깔리면 왈칵 무섬이 밀려든다. 파평산 기슭의 밭을 내려와 신작로를 가로질러 눌로천을 건넌 다음 가파른 잣띠봉 가장자리를 따라 돌았다. 수목이 우거져 낮에도 침침해 보이는 잣띠봉은 밤이 되면 어마어마하게 크고 시커먼 산둥치가 되어 버티고 서 있다. 그래서일까. 아주 옛날에는 이 잣띠봉에서 호랑이가 나오기도 했다는 전설이 전해져 온다.

밭에 나갈 때도 그랬듯이 돌아올 때도 아버지가 맨 앞에서 누렁이를 끌고 앞장 서 갔다. 어머니는 유난히 무섬을 타는 나를 앞에 세우고 당신이 맨 뒤에서 걸었다. 그처럼 귀가 대열은 언제나 황소가 맨 앞이고 아버지 나, 그리고 어머니 순서였다. 좁은 산길을 일렬종대로 해서 걸으며 내 앞의 누렁이가 그렇게 든든할 수가 없었다. 누렁이 역시 우리 집 식구였다. 어머니는 걸으면서 내내 누렁이가 힘이 세서 호랑이도 문제없이 이길 수 있다고 내게 말해 주었다. 어머니는 실제 황소가 호랑이와 싸워 이긴 이야기를 들려주었다.

옛날 옛적 파평산은 산림이 우거지고 호랑이와 늑대와 같은 맹수들이 들끓었다. 어느 봄날 한 농부가 밭을 갈고 나무 아래 쉬고 있었다. 바로 이때 호랑이 한 마리가 농부를 향해 돌진해 왔다. 옆에서 풀을 뜯던 황소가 재빨리 호랑이를 막아섰다. 순간적으로 황소와 호랑이는 사투를 벌였다. 겁이 난 농부는 혼자 집으로 달아났다. 뿔로 호랑이를 받아 죽인 황소가 집으로 달려왔다. 주인을 위해 싸우다 피투성이가 된 황소는 너무나 화가 났다. 그래서 혼자 살겠다고 달아난 주인 농부를 뿔로 힘껏 받았다. 농부는 그 자리에서 죽었다.

어머니의 옛날 얘기를 떠올리며 산모롱이를 돌아설 때 잘랑잘랑 워낭 소리가 귀에 들어왔다. 아버지가 누렁이 목에 매달아준 워낭이 우리 식구를 위해 흥얼흥얼 노래를 들려주는 것 같았다. 워낭 소리에 귀를 열어 두니 무섬이 싹 가셨다. 믿음직스럽고 든든한 누렁이가 나의 친구라면 누렁이 목의 워낭은 내게 밀려오는 무섬을 쫓는 아주 특별한 주문 같은 것이 아니었을까 하고 회상해 본다.

방학 때나 일요일에는 어머니나 아버지를 따라 가끔 임진강 하류 쪽 30리 거리에 있는 문산읍과 감악산 쪽으로 20리 거리에 있는 적성읍 사무소가 있는 적성 구읍, 그리고 임진강 상류 쪽 10리 거리에 있는 고랑포읍을 구경했다. 그 가운데 특히 고랑포읍은 인상적이었다. 적성말에서 북쪽으로 한 시간쯤 걸어서 나룻배를 타고 건너면 고랑포읍이 있는데 강을 끼고 언덕길을 따라 길게 지서와 소방서, 그리고 각종 점포들이 도로 좌우로 쭉 늘어 차 있었다. 고랑포 선착장에는 황포돛배가 서울 마포에서 새우젓과 수산물과 공산품을 싣고 와서 풀고 파주, 연천, 장단의 넓은 지역 농산물을 싣고 서울로 다시 떠나곤 했다.

여덟 살 소년이 본 태극기

고랑포 북쪽의 낮은 능선은 지금은 38선이 지나가서 남북을 가르는 분단의 상징처럼 굳어졌지만 해방 직전까지만 해도 자유롭게 오가던 곳이다. 그 무렵 부모님을 따라 고랑포 북쪽 장단에 사는 친척집을 이따금 다녔던 기억이 희미하게 남아 있다. 그러나 내가 다섯 살 되던 해(1945년), 고랑포의 북쪽 능선에 남북을 가른 국경선이 그어져 갑자기 오갈 수가 없게 되고 말았다. 해방은 되었지만 국토가 남북으로 나뉘어 남쪽에는 미군정이, 북쪽에는 소군정이 펼쳐졌다. 갑작스레 그어진 경계선이라 해방 당시 평양에 진주한 소련군도 지도를 잘못 읽어서 한때 고랑포까지 내려왔다가 한참 뒤에 미군에 넘겨주고 철수했다는 얘기도 있었다.

고랑포읍엔 언제나 태극기가 휘날렸다. 말하자면 고랑포는 대한민국 태극기가 휘날리는 최북단 마을이었던 것이다. 좀더 커서 친구들과 함께 용기를 내서 고랑포읍 구경을 갔다. 어린 눈에도 풍부한 물산과 화려한 거리 풍경에 감탄하면서도 가깝게 다가선 뒷산줄기에 국경선이 지나간다는 생각에 문득 겁을 먹기도 했다. 그런 한편으로 높다란 망대에서 쉬지 않고 펄럭이는 태극기가 멋져 보여 가다가 걸음을 멈추고 한참 올려다보곤 했다.

내가 분단의 아픔을 안고 흐르는 임진강변의 산촌에서 태어나 자라고 태극기를 바라보며 어린 가슴이 설레던 기억은 훗날 나의 사상과 행동을 이끄는 데 결정적인 영향을 미친 잠재적 체험이었다. 대한민국이 얼마나 소중한 우리들의 조국인가 하는 것을 여덟 살 어린 나이에 벌써 몸으로 체득하고 있었던 셈이다. 여덟 살 소년이 본 태극기가 나로 하여금 대한민국을 세운 이승만을 비롯한 수많은 애국지사들의 행적을 그 시대에 대한 이해와 애정을 가지고 존중하지 않으면 안 된다는 생각을 갖게 해 준 것이다.

1946년 봄, 마을의 동쪽 건너편 '안골'에 있는 장파간이소학교에 입학했다. 장파간이소학교는 일제강점기에 세워진 널빤지 지붕의 작은 학교였다. 1948년 대한민국의 건국과 동시에 장파간이소학교는 폐교되고 자하리 '붉은 밭'에 적서국민학교가 신설되었다. 적서국민학교는 '안골' 뒷고개를 넘고 들판을 건너 공동묘지가 있는 고개를 넘고 답곡리의 '곤줄'을 지나야 갈 수 있는 꽤 먼 거리에 있었다. 여름날 논두렁길을 가다가 벼 포기 사이로 달아나는 뱀을 보고 소스라치게 놀라기도 하고, 공동묘지 옆 산길을 걷다가 헛것을 보고 머리칼이 쭈뼛 올라가기도 했다. 어느 때부터인가, 문둥이가 어린이들의 코를 베어간다는 뜬소문이 돌자, 어머니는 숫제 나의 등굣길에 매일 동행을 했다.

어머니는 개울을 건널 때는 나를 등에 업었고, 무거운 책가방은 늘 어머니 손에 들려 있었다. 겨울엔 유난히 눈이 많이 내렸다. 눈이 내려 온 세상이 하얗게 뒤덮인 날 아침에는 어머니가 나보다 앞에서 걸었다. 푹푹 빠지는 눈길에 어머니가 찍어놓는 발자국을 밟으면서 학교에 갔다. 그때는 그저 재미있어 하며 따라갔는데 지금 생각하니 참으로 지극한 자식 사랑이었다. 그렇게 여름엔 뒤에서 겨울엔 앞에서 어머니는 외아들인 나를 지켜주고 보호해 주었다. 하지만 한 살 두 살 나이를 먹으면서 어머니의 치마폭에 감겨 학교에 다니는 것이 조금씩 창피하게 느껴지기 시작했다. 3학년이 되면서 나는 어머니의 등굣길 동행을 거부했다. 그러나 어머니는 막무가내, 내가 책가방을 메고 집을 나서면, 조금 뒤 살살 나의 뒤를 따라왔다. 어머니는 학교 정문이 보이는 먼발치에서 서서 내가 정문에 들어설 때까지 나의 뒷모습을 바라봤다. 그러기를 한동안 계속하다가 어머니도 내 마음을 알았는지 나의 등굣길 동행을 마감했다.

나는 4학년이 될 때까지 나라와 세계의 사정이 어떻게 돌아가는지 전혀 가늠할 수 없었다. 자동차의 경적 소리도 기차의 기적 소리도 들리지 않는 산골 마을에선 신문을 보는 집도 라디오가 있는 집도 없었다. 우리 적성말에 사는 누구도 신문을 읽거나 라디오를 듣는 사람이 없었다. 그러나 이따금 문산이나 고랑포, 그리고 서울을 다녀온 어른들의 전언과 도회지에 사는 친척들이 방문해서 들려주는 얘기를 통해 나라 안팎이 긴박하게 돌아가고 있다는 사실을 어림짐작할 수 있었다.

미완의 해방 공간에서 자유 민주 정부를 세우려는 쪽과 공산 독재 정권을 세우려는 쪽 간의 치열한 정치 투쟁으로 온 나라가 벌집 쑤셔놓은 듯했다.

북조선에서는 김일성의 공산 정권 세우기가 급속히 진전되고 있었다. 겉으로는 북남 통일정부 수립을 위해 노력한다 하면서 내부적으로는 조선민주주의인민공화국을 만들어가는 동시에 남쪽의 대한민국 건국 작업을 방해했다. 해방에서 건국까지 3년이라는 혼미의 시간이 지나고 1948년에 접어들면서 건국을 위한 정치 지도자들의 움직임이 우리 한촌에까지 감지되기 시작했다.

봄기운이 돌기 시작한 3월 초, 여운형이 적성읍에 와서 연설을 하고 갔다고 마을 어른들이 전해 주었다. 그로부터 며칠이 지난 일요일엔 이승만이 개성을 방문하기 위해 고랑포를 거쳐 간다는 소문이 마을에 퍼졌다. 마을 어른들이 이승만을 보기 위해 고랑포로 갔다. 나도 호기심에 어른들을 따라 나섰다. 고랑포 선착장이 건너다보이는 장좌울 쪽의 임진강 백사장에는 수많은 인파가 모여 있었다. 군중 속에서 이웃마을 도장굴에 사는 급우 장주승을 만났다. 그는 나보다 한 살 위라서 중학생처럼 보였다. 잠시 후 이승만이 승용차를 타고 먼지를 일으키며 장좌울 백사장 도로를 달려 내려왔다. 모시 두루마기에 중절모를 쓴 이승만은 손을 들어 군중들에게 인사하고 짧은 연설을 했다.

그때 이승만이 무슨 말을 했는지는 기억나지 않지만 큰 박수가 터졌고 배에 오르기 전 이승만이 물수제비를 뜨던 모습이 생각난다. 이승만은 연설을 마치고 강가로 내려가 돌멩이 한 개를 주웠다. 그리고 상체를 수그려서 손에 쥔 돌멩이를 수면 쪽으로 비스듬히 해서 힘껏 던졌다. 돌멩이가 수면 위에서 징검징검 물수제비를 뜨며 건너뛰었다. 나는 방금 전

까지 많은 사람 앞에서 연설을 한 사람이 저렇게 멋지게 물수제비를 뜨
는가 하고 매우 신기해 했다. 이승만을 숨죽이고 바라보던 사람들이 또
한 번 일제히 박수를 쳤다. 이승만은 다시 한 번 손을 들어 답례하고 배
에 올랐다. 그날 이승만의 기품 있는 자태와 힘찬 연설, 그리고 물수제
비뜨기를 할 때의 소년 같은 모습은 어린 나의 기억 속에 아직도 강한
인상으로 남아 있다.

당시 마을 어른들의 여론은 이승만 지지가 압도적이었고, 조소앙이 그
다음이었으며, 여운형, 김구 순이었다. 조소앙의 인기가 이승만 다음으
로 높았던 것은 조소앙의 출생지인 남면이 적성면과 인접한 파주군 남
면(후에 양주군 남면)이었기 때문이라고 했다.

1948년의 여름방학을 끝내고 학교에 나가 보니 학교 분위기가 완전히
바뀌어 있었다. 태극기가 교정의 국기게양대에 나부끼고 있었고, 교실
정면 벽 위쪽에 이승만의 초상화가 걸려 있었다. 그리고 교무실에도 걸
려 있었다. 바로 8월 15일 대한민국이 건국되고 건국 대통령으로 이승
만이 뽑힌 것이다. 나라 없는 식민지 시대에 종지부를 찍고 우리 국민
모두가 비로소 나라를 갖게 된 것이다. 어린 나 또한 당당한 대한민국의
국민이 되었다.

2학기 개학식에서 우리는 태극기를 우러러보면서 목청껏 애국가를 불
렀다. 나의 가슴이 찡하니 울렸다. 나중에 안 사실이지만 대한민국이란
이름도 제헌국회 헌법기초위원들이 토론에 토론을 거듭한 끝에 1948년
6월 63%의 찬성으로 확정됐다. 기초위원 27명 중 대한민국이 17표였
고, 고려공화국 7표, 조선공화국 2표, 한국 1표였다. '대한민국'이라는
이름이 표명하고자 한 건국이념은 자유민주주의였다.

이승만 건국정부는 자유민주주의 헌법의 틀 안에서 여러 가지 개혁을 단행했다. 그중 특기할 만한 것이 농지개혁이다. 농지개혁은 원래 1949년 4월 국회에서 통과되고 6월 21일 공표되었으나 한민당의 반대와 북조선의 방해공작(국회프락치 사건)으로 시행이 지연되고 있었다. 북조선은 1946년 3월 전 농지를 전 농민에게 무상으로 균등 분배한다는 내용의 토지개혁을 실시했으나 이는 매매와 상속이 금지된 사실상의 국유화 조치였다.

북조선은 북조선식 농지개혁을 남한 농민들에게도 선전하면서 농민봉기를 선동했다. 이에 이승만은 농지개혁법 시행령이 통과되기 전인 1950년 3월 25일부터 개혁 절차를 밟도록 독려함으로써 4월 10일부터 실제로 분배 통지서가 농민들에게 발급되기 시작했다. 이승만의 농지개혁은 소작인들이 저렴한 대가를 지주들에게 지불하고 농지를 소유하게 한 획기적 조처였다. 돈이 없는 소작인은 일정 기간 농산물의 일정량을 지불하면 되도록 했다. 이 조치에 따라 우리 집도 기존 소유 농지에 소작 농지를 합쳐 '중농에의 꿈'을 키워갈 수 있게 되었다.

부모님은 동이 틀 때부터 해질녘까지 들에 나가 일을 했다. 어린 내가 보아도 참으로 열심히 일하시는 것 같았다. 여름은 여름대로 겨울은 겨울대로 아버지 어머니 앞엔 늘 일감이 놓여 있었다. 무슨 일이든 열심히 하고자 하는 부모님을 보며 나도 공부를 열심히 해야겠다고 생각했다. 성적이 점점 올라 5학년 때는 부반장이 됐다. 그 당시에는 반장과 부반장은 가슴에 표지를 부착하도록 했다. 나의 윗저고리 왼쪽 가슴에 '부반장'이라는 글씨를 수놓아 달아 주면서 어머니가 좋아하시던 모습이 지금도 생생하다.

아직 국가에 대한 의식이 뚜렷하지 않던 어린 시절이건만 무슨 연유인지 나는 대한민국 국민인 것을 뿌듯하게 여기곤 했다. 그리고 대한민국이라는 나라를 세우는 데 앞장 선 대통령 이승만을 존경했다.

이승만은 대한민국의 대통령이었으며 건국정부의 수반이라는 두 개의 얼굴로 우리 역사에 기록되고 있다. 국가와 정부는 일치할 수도 있으나 일치하지 않을 수도 있다. 국가는 영속하지만 정부는 4년 또는 5년마다 선거를 통해 바뀐다. 혁명을 통해 정부가 바뀔 수도 있다. 대통령이 되면 그때부터는 정부 이익보다 국가 이익을 우선적으로 추구해야 한다. 이승만은 말기에 정부 이익을 도모하기 위해 독재의 늪에 빠지기도 했지만 큰 틀에서 국가 이익을 추구하고자 성의를 다한 점을 결코 간과할 수 없다.

이승만의 카리스마적 리더십과 이에 대한 국민적 지지가 없었다면, 해방 이후 처절한 좌우 대결의 소용돌이 속에서 대한민국을 세울 수도 없었을 것이고, 북조선군의 우세한 공격 속에 진행된 3년 전쟁의 회오리 속에서 대한민국을 지켜낼 수도 없었을 것이다. 한 나라의 지도자에 대한 평가를 함에 있어 후세가 공과를 엄정하게 천착할 필요는 있으나 공功은 발전적 귀감으로, 과過는 반면교사로 삼으면 족하다. 나라의 안보와 국민의 안위, 안녕을 지키기 위해 국가 수장이 불가피한 선택을 하게 되는 경우를 나라 안팎의 정치 현실에서 어렵지 않게 발견한다.

8 · 15 해방은 핍박과 환난을 견디어온 우리 민족 전체의 기쁨이 하나로 뭉쳐진 폭발적 힘을 내재하고 있었지만 불행히도 그 힘이 한 방향으로 계승 발현되지 못한 채 분열과 싸움으로 흩어지고 말았다. 의당 아쉬움이 남는다. 그로 해서 혹자는 이승만의 단독정부 수립을 민족분단의

주범인 것처럼 비판하기도 하지만 그것은 당시 한반도 정세를 객관적으로 파악하지 못한 주관적 편견일 뿐이다.

해방이 되어 대한민국이라는 국가 이름으로 세계에 명함을 내밀었다고는 하나 꼴찌권 국가의 불명예를 안고 있었고 또한 주변 정세는 온통 공산주의 세력권 안에 갇혀 자유민주주의를 표방한 대한민국 국민은 가까스로 숨을 쉴 수 있는 지경이었다. 상황에서 이승만은 한반도의 미래를 내다보는 통찰력을 발휘, 전쟁을 치른 후 한반도에서 떠나려 하는 미국과 한·미 상호방위조약을 체결했던 것이다. 이승만의 건국 정부가 자유민주주의를 표방, 개인의 재산권을 인정하고 시장 경제를 도입한 것은 실로 엄청난 역사의 대전환이라 하겠다.

생각해보면 한반도의 반쪽이라도 '광명의 땅'이 된 것이 얼마나 다행한 일인지 모른다. 실제로 북쪽에는 김일성이 1946년 2월 '조선민주주의 인민위원회'라는 권력기구를 만들어서 사실상의 '인공'을 출범시키고 있었다. 북조선과 남쪽의 친북좌파들이 이승만의 대한민국 정부 수립을 민족분단의 주범처럼 선전하지만 실제 역사의 진실은 그들의 말과 다르다. 북의 김일성이 은밀하게 '인공'을 세워 정부 행세를 하다가 대한민국 정부 수립 뒤에 형식적 공표(1948년 9월 9일)를 한 것이다. 김일성이 그런 행동으로 대남 정치 공세를 펼 수 있었던 것은 북쪽의 소련군정이 직접 나서지 않고 김일성을 앞에 내세워 정부 조직을 간접 지원했기 때문이다. 그러나 남쪽의 미군정은 이승만의 정부 수립 때까지 직접 통치 형식을 취했다. 이로 해서 당시 미군정 체제가 대한민국의 자주성을 훼손했다는 비판은 면키 어렵다.

잊을 수 없는 그날 6·25

1950년 6월 25일 새벽, 갑자기 터지는 총성과 쏟아지는 포탄으로 하늘이 무너지는 듯 했다. 조용하던 초여름의 일요일, 잠결에 콩 볶듯 하는 총성과 둔탁한 포성이 임진강 쪽에서 쉴 새 없이 들려왔다. 아버지와 어머니가 방문을 열고 밖으로 나갔다. 곧이어 우리 집 바깥마당과 마을 길 쪽에서 사람들의 발소리가 났다. 북쪽이 보이는 학봉 능선에 올라 임진강 건너 장단 땅에서 번쩍이는 섬광과 요란한 포성을 보고 들었다.

"전쟁이 터졌다."

마을 사람 가운데 누군가가 외치는 소리가 새벽 공기를 갈랐다. 마을 사람들이 허둥대기 시작했다. 어떤 집은 당장 피난을 가야 한다며 보따리를 싸고 어떤 집은 이웃집 동정을 살피며 주춤거렸다. 어머니는 우선 밥을 지어 먹어야 한다며 쌀을 씻어 안쳤다. 아침밥을 서둘러 먹고 난 뒤 어머니도 보따리를 싸기 시작했다. 아버지는 누렁이를 끌고 와 어깨에 달구지를 걸었다. 여차 하면 싸놓은 짐을 싣고 피난을 갈 채비를 해둔 것이다. 그러나 막상 피난길을 나서는 집은 한 집도 없었다. 일단 피난 짐을 싸 놓긴 했지만 선뜻 집을 나서지 못했다. 피난을 가야 하나 말아야 하나 망설이다가 해가 기울었다. 마을에 땅거미가 질 무렵 임진강 건너에서 들리던 총소리가 한층 가까워졌다. 날이 새자 마을 사람들은 더욱 우왕좌왕했다.

차마 고향을 떠날 수 없어 미적거리던 어른들을 따라 장마루와 고랑포 사이의 신작로가 훤히 내려다보이는 학봉 능선에 올라갔다. 한참 만에 고랑포 쪽으로부터 고막을 찢는 듯한 오토바이 소리와 지축을 흔드는 탱크 소리가 들리기 시작했다. 마을 사람들이 황급히 내려와 집으로 달려갔다. 잠시 뒤, 동북쪽의 안골 고개로 처음 보는 복장의 군인들이 넘어오는 것이 보였다.

인공기를 앞세우고 따발총을 멘 북조선군의 수색대가 안골을 지나 우리 마을의 남쪽 통로인 구렁고개 쪽으로 전진했다. 사람들은 모두 겁이 나서 방 안으로 기어들어갔다. 그리고 문풍지 구멍을 통해 밖을 내다보았다. 그때 수색대의 대열에서 군인 두 명이 우리 마을로 접근했다. 북조선군대가 쳐들어오면 모두 죽인다는 소문이 돌았던 터라 마을 사람들은 숨을 죽인 채 벌벌 떨고 있었다. 마침내 군인 두 명이 마을 중앙에 있는 구장집 바깥마당에 서서 소리쳤다.

"인민들 모두 날래 나오시라요."

무거운 침묵이 잠시 흘렀다. 군인은 또 한 번 소리쳤다. 구장(이능우)이 헛기침을 하면서 문을 열고 나갔다. 초여름인데도 잔뜩 언 모습이었

■ 인민군의 남침이 시작된 고랑포. 임진강 끝부분이 폐허로 변했다. 고랑포 뒷산 너머 멀리 보이는 산과 들은 북한 땅이다. 고랑포 뒷산은 6·25 때에는 38선이 지나고 지금은 휴전선이 지나는 운명의 땅이다. 그날 인민군 탱크부대는 고랑포 여울을 건너 장마루로 쳐들어 왔다.

다. 북조선 군인이 구장에게 마을 사람들을 불러 모으라고 지시했다. 구장이 이집 저집 다니면서 구장집 마당으로 모두 나오라고 전했다. 오금을 못 편 채 엉거주춤하던 마을 사람들이 간신히 나와 구장집 마당에 모였다.

북조선 군인이 연설을 했다.

"이제 남조선은 해방되었소. 안심하고 농사를 지어 애국하시오."

그리고 그들은 구렁고개를 넘어 남진하는 수색대 대열 속으로 사라졌다. 마을 사람들은 반신반의하며 보따리를 풀었다. 그리고 논두렁 풀을 깎고 논물을 대는 등 농사일을 했다.

그렇게 며칠이 흘렀다. 7월에 접어들어 후덥지근한 한여름 무더위가 기승을 부리고 이어 장맛비가 쏟아졌다. 그 무렵 마을에는 인민재판이 있을 것이라는 소문이 떠돌았다. 벌써 자장리에서는 지주가 끌려가 매를 맞고 초주검이 되어 업혀 왔다는 소문이 들려오고, 경찰 가족이 총살됐다는 무서운 소문도 들려왔다. 우리 마을에서는 땅이 많은 지주가 이씨네 세 집과 우리 집 등이었고 순경 가족이 있었다. 가장 걱정되는 집이 친구 구연배 아버지였다. 구연배 아버지가 장파지서에서 순경으로 근무하고 있었기 때문이다. 더구나 구 순경의 매형 조 경사가 장파지서의 지서장인지라 저들 말대로 하면 이른바 반동분자인 것이다. 그렇지만 사실 우리 마을은 구 순경이 있어 적지 않은 덕을 보고 있었다. 당시 순경의 힘은 대단했다. 건국 초기, 좌우 대결의 혼란기라서 치안이 불안했고 절도 사건이 자주 터졌지만, 우리 마을은 순경이 사는 마을이라는 방패막이로 하여 비교적 평온했다.

내 친구 구연배는 5년 전에 함경도에서 아버지 구양조와 할아버지 구성희를 따라 우리 마을에 이사 와 살고 있었다. 구연배는 나와 나이도 같고 함께 적서국민학교 5학년에 다니고 있었다.

마을마다 좌·우파로 갈려 싸웠지만 다행히 우리 마을은 그로 해서 시끄러운 일은 없었다. 그래서 북의 사람들이 내려오자 구 순경 숨겨주기 작전에 한마음이 되었다. 구 순경은 6월 26일 새벽까지 조 지서장과 함께 장파지소를 지켰다. 지서 자동차로 국군과 함께 철수할 수 있었으나 끝까지 버티다가 조 지서장은 북조선 병사들의 총격으로 전사하고 구 순경은 마을로 달려와서 가족들과 함께 피난길에 나섰다. 그러나 이미 북조선군이 파평산 서쪽과 두포리 일대를 점령한 뒤라서 다시 집으로 돌아오고 말았다. 집에 돌아온 구 순경은 집 뒤 야산에 깊은 토굴을 파고 위장한 다음 숨어 지냈다. 구 순경 가족과 마을 사람들은 구 순경이 장파지서에서 죽었다는 헛소문을 퍼뜨렸다. 그러던 어느 날 밤, 북조선 내무서원들이 구 순경 집에 들이닥쳤다. 집 안팎과 토굴까지 뒤진 끝에 기어이 구 순경을 찾아내 끌고 갔다.

이씨네 집 머슴이 빨갱이로 변신해서 구 순경 토굴을 고발한 것으로 구 순경 가족은 짐작할 뿐이었다. 구 순경이 북으로 끌려간 후 구 순경 가족과 마을 사람들의 슬픔이 컸다. 백방으로 알아본 결과 구 순경이 개성으로 이송됐다는 사실을 알았다. 구 순경의 아버지 구성희는 콩 한 가마를 지게에 지고 개성까지 구십 리 길을 십 리마다 한 번씩 쉬면서 강행군을 했다. 개성시장에서 콩을 팔아 아들 구 순경을 구해 오겠다는 일념으로 무거운 콩 짐을 지고 아들을 찾아 나선 것이다. 그러나 그런 뜨거운 아버지의 사랑도 아들 구 순경을 데려오지 못하고 말았다.

불행 중 다행이랄까, 내 친구 아버지 구 순경 말고는 우리 적성마을이 적의 치하에 들어갔던 석 달 동안 반동분자라는 죄명으로 몰려 곤욕을 치른 사람은 없었다. 이씨네 머슴도 양심의 가책을 느꼈던지 더 이상 마을 사람들을 괴롭히지 않았다. 그리고 또 하나, 우리 마을이 그나마 온전했던 것은 전쟁이 나기 2년 전, 마을에 들어와 일 년 동안 살다 전쟁 나기 직전 떠난 안동 김씨라는 성을 가진 사람이 북조선 인민위원회 부위원장이 되어 보호해 준 덕이 아닌가 한다. 이 양반이 북조선이 남조선을 점령한 이후 적성면 일대의 행정과 치안을 책임지도록 하기 위해 미리 적성말에 위장 전입시킨 골수 노동당원이라는 얘기가 공공연하게 나돌았기 때문이다.

김일성 장군을 노래한 석 달

임진강의 고랑포 여울을 건너 장마루 신작로를 달려온 북조선 탱크 부대는 장파지서를 사수하며 저항하는 경찰관들의 소총 사격을 대포 한 발에 묵살시키고 박석고개를 넘어 문산 쪽으로 향했다. 우리의 국군1사단은 천혜의 방어 요새인 파평산 일대를 너무 쉽게 포기했다. 파평산 방어진지가 무너지자 북조선군은 봉일천으로 직진해 서울을 압박하는 한편, 양주 가납리를 거쳐 의정부에 방어진지를 구축하고 있는 국군의 측방을 공격했다. 이에 따라 동두천 쪽에서 서울을 향해 남진하던 북조선군의 주력부대와의 협공에 국군의 의정부 방어진지도 어이없이 무너졌다. 북조선군은 점령 지역이 확대됨에 따라 점령 지역마다 인민위원회를 설치하고 주민들에 대한 공산 통치를 실시했다.

그리고 문을 닫은 학교마다 학생들을 끌어 모아 공산주의 선전 교육을 서둘렀다. 나는 학교에 가지 않고 집에서 그 동안 공부해 온 교과서로 자습을 했다. 마을의 다른 친구들도 마찬가지였다. 그러던 어느 날, 학교로부터 등교하라는 통지가 왔다. 하지만 가지 않았다. 며칠 뒤 선생님들이 마을을 돌면서 학생들의 등교를 독려했다. 학생이 나오지 않으면 학생의 부모를 반동분자로 몰겠다는 엄포성 말도 서슴지 않았다. 할 수 없이 학교에 갔다. 가 보니 79명이던 5학년 급우 가운데 절반 정도가 나와 있었다. 교사들도 보이지 않는 얼굴들이 많았다. 등교 첫날에는 출석만 부르고 돌려보냈다. 다음날 학교에 가 보니 첫날보다 훨씬 많은 학생들이 나와 있었다.

그날부터 공부가 시작되었다. 그런데 공부가 처음부터 끝까지 노래 공부였다. 누르스름한 종이로 만든 음악책에는 김일성장군가와 적기가 등 생소한 내용의 가사와 악보가 들어 있었다. '장백산 뻗어나려'로 시작되는 김일성장군가, '시카고에 붉은 깃발 날리자' 같은 적기가, 그리고 조선공화국 국가와 빨치산 노래 등 수많은 노래를 부르고 또 불렀다. 얼마나 불렀던지 57년이 지난 지금까지도 가사와 곡조의 상당 부분을 기억할 정도다. 북조선 점령군은 노랫말 속 대한민국을 지우고 그 자리에 조선민주주의인민공화국을 써 넣었다. 국기게양대에 걸린 태극기를 내리고 인공기를 올리고, 이승만 대통령 사진을 떼어내고 대신 김일성 사진을 걸었다. 학교 수업의 대부분은 이처럼 노래 공부로 일관했고 가끔 체육 시간과 특별학습 시간이 있었다. 특별학습 시간에는 온통 김일성 사상과 공산주의 선전 투성이였다.

교사 가운데 일부는 완전히 공산주의자로 돌변하여 입에 침을 튀기면서 위대한 김일성 장군을 외쳐대기도 했다. 대부분 선생님들은 살기 위해 하는 수 없이 시키는 대로 말하고 움직이는 눈치였다. 선생님들은 점령군의 지시에 따라 똑같은 내용들을 되풀이해 가르쳤다.

"김일성은 항일 독립 투쟁을 가열차게 벌여 보천보 전투를 비롯한 수많은 전투에서 승리를 거두었다. 김일성은 신출귀몰하는 전략전술로 일본을 조선반도에서 몰아내고 1948년 9월 9일 평양에 조선민주주의인민공화국을 세웠다. 그리고 조선민주주의인민공화국은 노동자·농민의 나라이며 다함께 풍요롭게 사는 지상낙원이며 온 세계가 부러워하는 나라이다.

김일성은 미제(미 제국주의의 줄임말) 원수의 앞잡이인 이승만 괴뢰정권으로부터 남조선 인민을 해방시키기 위해 용맹한 인민군을 내려 보내 사흘 만에 서울을 점령하고 남진을 계속하여 연전연승을 거두고 있다. 머지않아 남조선 국군과 미제 군인을 부산 앞바다에 쓸어 넣고 조선반도를 통일할 것이다.

김일성은 해방된 남조선 농민들을 위해 '남조선 토지개혁령'을 공포하고 60만 정보를 농민들에게 무상분배 했다."

대충 이런 내용이었다. 그러나 그들의 선전 강의가 얼마나 허위와 기만으로 가득한가는 곧 들통이 나고 말았다. 그들의 농지개혁은 이승만 건국정부가 이미 시행한 농지개혁의 뒷북치기에 불과했고, 상속과 증여가 금지된 국유화 조치의 호도에 지나지 않았다. 그들은 보리, 밀, 콩 등 하곡夏穀 수확물에 대해서까지 무자비한 공출을 시행했다. 심지어 곡식을 터는 현장에 직접 나와 일일이 소출을 확인하며 가혹하게 현물세를 부과했다. 햅쌀이 나오려면 한 달 이상 기다려야 하는 농민들의 식량난이 심각해졌다. 농민들은 땅 속이나 마루 밑에 식량을 숨겼다. 인민위원들의 눈에 핏발이 섰다. 그들은 마을마다 헤집고 다니면서 쇠꼬챙이로 여기저기를 찔러보고 마루를 뜯어보는 등 숨긴 식량 찾기에 혈안이 되었다. 마을 사람들의 식량 감추기와 인민위원들의 식량 찾아내기는 쫓고 쫓기는 싸움 같았다. 마치 물건을 훔치지도 않은 사람을 훔쳤다고 잡아들여 윽박지르고 빼앗는 꼴이었다.

난리 통에 마을을 휘젓고 다니는 북의 사람들 앞에서 마을 어른도 아이들도 모두 잔뜩 주눅이 들었다. 그들이 특별학습 시간에 김일성 장군님의 교시라며 토했던 말, 즉 "남조선에 농지개혁을 시행하면 전라, 경상, 충청도의 농민들이 모두 들고 일어나 피 흘리지 않고 남조선을 해방시킬 수 있을 것이다."고 한 말은 그들이 다니며 보이는 행동과 전혀 맞아떨어지지 않았다. 한마디로 거짓이었다.

그런 가운데 국군과 유엔군의 대반격이 낙동강 전선에서 시작됐다는 소문이 들렸다. 9월 중순 접어들어 미군이 인천에 상륙했다는 소문도 들렸다. 실제로 깊은 밤이면 파평산 너머 남쪽으로부터 포성이 은은히 들리기 시작했다. 전세가 뒤바뀌고 있다는 짐작케 하는 소리였다. 그런데도 학교 선생님들은 북조선군의 부산 점령이 임박했다고 했다.

9월 하순에 접어들자 포성은 대낮에도 분명하게 들렸다. 마을 뒷산 학봉에 올라 남쪽을 바라보니 파평산 너머 남쪽 하늘에서 비행기들이 수없이 내리꽂고 솟구쳤다. 마을에서도 파평산 너머 하늘을 수놓는 비행기들의 은빛 날개들이 선명하게 보였고 폭격기들이 투하하는 폭탄의 폭음이 가슴까지 울렁거리게 했으며 폭발이 만들어 내는 화염 기둥이 눈에 확연했다. 그리고 전투기들이 내리꽂히면서 퍼붓는 기총소사의 쇳소리에 방 안에서도 내 귀를 막아야 할 지경이었다. 전쟁의 한복판에 서 있는 듯했다.

　다음날, 부상병들이 반쯤이나 되는 북조선군 대열이 남쪽 구렁고개에 나타나더니 황급히 북쪽 안골고개 쪽으로 넘어가는 모습이 보였다. 나는 어머니 손에 이끌려 집 뒤에 파 놓은 방공호 속으로 들어갔다. 마을 사람들도 집집마다 파 놓은 방공호 속에서 꼼짝 않고 있었다. 소문이 흉흉하게 돌기 시작했다. 북조선군이 퇴각하면서 수많은 양민들을 반동분자로 몰아 죽이고 북으로 끌고 간다는 것이다. 실제로 적성말 남쪽 파평면 두포리에서 마을 사람들을 전화 줄로 묶어놓고 집단 학살했다는 소식이 들려왔다. 임진강 건너 장단과 연천에서도 마을 사람들을 학살하거나 끌고 갔다 했다.

　천행으로 우리 마을이 무사했던 것은 임진강에 바투 있어서였다. 한시바삐 강을 건너 패퇴해야 할 판에 도강을 코앞에 두고 마을에 들어와 행패를 부릴 여유가 없었기 때문이다. 그들은 초조했던 것이다. 그럼에도 황급히 강을 건너서는 또 연천군과 장단군 사람들을 괴롭혔다. 그들의 패퇴 대열이 뜸해진 뒤 국군 정찰기 한 대가 마을 상공을 지나 고랑포 쪽으로 갔다가 선회해서 파평산 너머로 사라졌다. 그리고 국군 수색대의 선두가 구렁고개에 나타났다. 마을 사람들은 모두 밖으로 나와서 국군 수색대를 향해 손을 흔들고 환영했다. 국군 수색대는 우리들에게 손을 흔들어 답례하면서 안골고개를 넘어 고랑포 쪽으로 북진했다. 우리 마을은 다시 대한민국 하늘 아래 놓이게 된 것이다.

어머니가 들려준 옛이야기

　어머니는 일제 때, 연천군 백학면의 참나무쟁이라는 마을에서 태어났다. 위로 언니가 둘 있고 어머니는 셋째 딸이면서 막내였다. 어머니 집은 넉넉지는 않았지만 부모의 사랑으로 따뜻한 유년을 보냈다고 한다. 특히 막내인지라 외할아버지의 사랑이 자별했다고 한다.

　어머니 역시 배움에 관한 내놓을 이력이 아무 것도 없다. 그러나 나는 나의 어머니가 가방끈이 아예 없어 세상을 힘들게 살았다고 느껴본 적이 단 한번도 없다. 어머니는 부지런하고 늘 겸손했다. 그리고 남을 배려하는 자세가 몸에 밴 분이었다. 아버지 못지않은 매운 의지력과 올곧은 판단력을 가진 분이었다. 한마디로 지식은 적지만 지혜는 풍부한 분이었다고 본다. 그래서일까, 어머니 주위에는 항상 사람들이 모였다. 늘 밝게 웃고 콩 한 쪽도 반으로 갈라 먹으려는 따뜻하고 너른 품새에 사람들이 깃드는 것이리라 어린 나는 생각했다. 어머니는 어디서 들었는지 옛날 얘기를 참 많이 알고 계셨다.

내 생각의 많은 부분은 어머니가 들려준 수많은 옛이야기들에 대한 느낌에 기초한 것이다. 그것들은 세상을 사는 사람들의 모습과 교훈을 담고 있으면서도, 소학교 저학년이었던 내 수준에서도 충분히 이해하고 기억할 수 있는 것들이었다. 특히 북조선 침략군이 내려와 점령하고 있던 석 달 동안 내가 학교에 재미를 붙이지 못하는 것을 알고 틈틈이 옛이야기를 들려 주셨다.

심청전, 장화홍련전, 흥부전, 그밖에 견우직녀 이야기, 논개 이야기 등 전해 내려오는 이야기들을 당신 자신의 생각의 살을 붙이고 말솜씨를 부려 재미있고 감칠맛 나게 들려주셨다. 이야기 가운데 몇 가지를 60년이 지난 지금도 가끔 떠올리면 혼자 웃기도 하고 아릿한 기분이 되기도 한다.

"석호야, 밭에 있는 수수깡의 속이 왜 붉은지 아느냐?"

내가 잠시 생각을 굴리다 그냥 어머니 옆에 다가앉으며 이야기를 재촉하자 어머니가 입가에 미소를 지으시면서 이야기를 시작하셨다.

"호랑이가 전나무 꼭대기의 까치둥지에 있는 새끼들을 잡아먹으려고 올라갔단다. 용감한 아빠 까치와 엄마 까치가 위험에 빠진 새끼를 구하고자 번갈아 날아들어 호랑이의 두 눈을 힘차게 쪼았단다. 눈이 아픈 호랑이는 결국 버티지 못하고 아래로 떨어졌는데, 그때 마침 농부가 수수 이삭을 낫으로 베어간 뒤라 끝이 날카로웠던 수숫대에 위로 떨어져 죽었단다."

어머니는 이 이야기를 통해서 까치도 그 새끼 사랑이 지극해서, 호랑이 앞에서도 용기를 낼 수 있다는 것을 말씀하셨던 것 같다. 어린 나는 그 이야기 이후, 산 밑자락에 있는 수수밭을 지나갈 때마다 한두 번씩 고개를 돌려 보곤 했다. 어머니의 짧은 이야기 한 토막이 수수깡이라는 사물을 눈여겨보게 하는 계기가 되어준 것이다. 자연에 대한 세심한 관찰이 어쩌면 훗날 내가 기자로 한생 직업을 삼았을 때 도움이 되었을지도 모르겠다.

방귀쟁이 며느리 이야기도 있었다. 방귀쟁이 며느리에 관한 이야기는 너무 재미있어 방금 듣고도 또 들려달라고 조르기도 했다.

"옛날 어느 마을에 방귀를 잘 뀌는 처녀가 있었다. 하도 방귀를 자주 뀌고, 방귀 소리가 커서 스무 살이 넘도록 시집을 못 갔지. 그런데 고개 넘어 감골에 사는 가난한 노부부의 외아들이 서른이 넘도록 장가를 못 갔단다. 중매쟁이가 들어서서 노처녀와 노총각을 결혼시켰어. 물론 중매쟁이는 노처녀가 방귀쟁이란 사실을 알면서도 말해주지 않았고 노처녀에게는 시집가서 방귀를 뀌지 않도록 단단히 일러두었지. 그리고 결혼을 했는데 사흘째 되는 날부터 새 며느리의 얼굴빛이 누렇게 떠가고 있는 사실을 발견했다.

며느리는 그제야 시부모에게 연유를 털어놓았다. '괜찮다. 방귀를 뀌고 싶은 대로 뀌거라.' 며느리는 밖에 나가 엉덩이를 하늘로 향해 참았던 방귀를 실컷 뀌었단다. 어찌나 방귀 소리가 컸던지 방안의 시부모가 귀를 막고 있다가 좋은 생각이 나서 며느리에게 말했지. '애야, 네 방귀 소리로 감을 따면 좋겠다.' 그날부터 방귀쟁이 며느리는 날마다 감골에 가서 방귀를 뀌어댔다. 그러자 감이 투욱투욱 떨어지고 노부모는 그것을 바구니에 주워 담기만 하면 됐지.”

그냥 들어 재미있는 이 이야기에도 부모의 깊은 사랑이 배어있다. 고초 당초보다 매운 시집살이를 하던 시절, 좀 요란하긴 해도 어디까지나 생리작용인 방귀를 실컷 못 뀌어 병이 된 며느리를 이해하는 시부모의 따뜻한 배려가 감동적이다.

어머니의 옛날 얘기 가운데 아픈 역사의 뒤안을 짚어볼 수 있는 이야기도 있었다.

바로 우리 마을 동쪽의 명산 감악산(675m)과 남쪽에 있는 파평산(495m)에 얽힌 옛이야기다.

옛날 왜구가 수천 명 몰려들어 파주와 연천, 장단 지역을 노략질했다. 이때 나라를 지키는 산신령이 나타나 사흘 낮 사흘 밤을 내내 장대비를 내렸다. 빗물로 임진강과 한탄강의 물이 불어났다. 백성들은 근처에 있는 북한산과 도봉산, 송악산 등 높은 산악 지대로 피난했다. 두 강과 닿아 있는 마을이 모두 물에 잠기고 감악산과 파평산 꼭대기까지 물이 찼다. 노략질에 정신이 없던 왜구들은 모두 물에 빠져 허우적거렸다. 그들은 저마다 감만큼 남은 감악산 꼭대기와 팽이만큼 남은 파평산 꼭대기에 올라서려고 안간힘을 썼다. 그때 산신령이 손을 들어 하늘을 찌르니 철철 넘치던 강물이 일시에 얼어붙었다. 왜구들은 저마다 얼음 위로 목만 내민 채 살려달라고 외쳤다. 이때 높은 지대로 피난 갔던 백성들이 낫과 도끼를 들고 몰려나와 왜구의 목을 잘랐다. 그때 동쪽 산이 감만큼 남았다 해서 ‘감악산’으로 불리게 되었고, 남쪽산은 팽이만큼 남았다고 해서 ‘파평산’으로 이름 지어졌다 한다.

애기를 들려주는 어머니의 얼굴이 자못 진지했다. 임진왜란에 대한 소상한 내용을 어머니가 어찌 아실까만 어머니는 분명 내게 나라도 위험에 처할 때가 있고 그럴 때 하늘에 간곡히 빌어 나라를 구해달라고 빌면 하늘이 도와 나라가 다시 평화로워질 수 있다는 희망을 막연하게나마 느끼게 해주었던 것 아닌가 싶다. 때로 환란 속에서 힘든 시절을 살아가는 어른들이라면 누구나 가질 수 있는 보상심리일 것이다.

하루를 접고 저녁 시간, 잠들기 전의 한가한 시간에 어머니는 바느질이나 곡식 갈무리를 하면서 내게 산신령이니 서낭당이니 만신할머니 등의 민간신앙에 관한 이야기도 곧잘 들려주시곤 했다. 어머니와 함께 파평산에 올라 머루, 다래 등을 딸 때도 어머니는 허리를 구부려 산신령께 허락을 청하고 임진강 건너 외할머니 집에 다녀올 때는 곳곳에 있는 서낭당 앞에서 정성껏 돌을 올려 쌓고 두 손을 비비며 기원했다. 그것이 어머니의 신앙이었다.

어머니에게는 당신이 살아가는 고향의 산과 들, 개울과 나무와 이름 모를 풀싹, 하찮은 돌멩이들까지 모두 신앙의 주체였던 것이다. 우리네 어머니들이 다 그러했듯 내 어머니도 자연의 원초적이고 물화적인 진리를 일상 속에서 체험으로 깨닫고 경외감을 가졌던 분이다. 그런지라 어디를 가든, 무엇을 보든 조심하며 날마다 숨을 쉬듯 쉬지 않고 빌었다. 어쩌면 그것은 세상을 위한 평화의 기도였는지 모른다. 모든 이가 살면서 맞닥뜨릴 액을 피하고 복을 얻도록 어머니는 날마다 빌고 또 빌었다.

특히 4대 독자인 나는 병치레를 많이 했다. 하지만 워낙 한촌이라서 의사를 구경할 수조차 없는지라 내가 아프기만 하면 어머니는 장마루에 사는 만신 할머니를 찾아갔다. 나중에는 아예 만신 할머니를 수양어머니로 삼고 내 생명을 맡기다시피 했다. 내가 마마에 걸렸을 때도 학질에 걸렸을 때도 요란하게 굿을 했다. 굿을 할 때 어머니는 무릎을 꿇고 두 손을 비비며 지극정성으로 기원하는 동안 만신 할머니는 싸리채로 키를 북북 긁으면서 쉬지 않고 중얼거리고 나의 머리와 등, 가슴 등을 두드렸다. 그렇게 하고 나면 희한하게도 내 몸이 개운해졌다. 말하자면 만신 할머니가 내 병을 고쳐 주는 의사였던 것이다.

그런데 나의 여동생이 열병이 났을 때도 만신 할머니가 와서 같은 방법으로 굿을 했는데 그때는 효험이 없었다. 어머니는 여동생을 업고 십 리 밖에 있는 적성읍의 의원을 찾아갔다. 나도 어머니를 따라갔다. 의원이 맥을 짚고 약을 주었다. 너무 늦게 왔다고 어머니를 나무랐다. 무슨 병으로 그렇게 되었는지는 몰라도 동생은 그날 읍내에서 돌아오는 길에 어머니의 잔등에서 숨을 놓았다.

아버지와 어머니는 동생의 시신을 지게에 싣고 구렁고개 너머 골짜기에 묻었다. 어린 동생의 몸은 땅에 묻혔지만 동생에 대한 생각은 생전의 아버지 어머니 가슴속 깊은 곳에, 그리고 지금까지의 나의 기억 속에 살아서 움직이고 있다.

그리고 이후 어머니는 장마루의 만신 할머니 집에 발을 뚝 끊었다.

38선을 넘어선 북진 대열을 보다

1950년 9월 28일 서울을 탈환한 국군과 유엔군은 이틀 뒤인 9월 30일 아침엔 38선 이남의 임진강 유역까지 완전 장악했다. 그런데 이상한 일이 벌어졌다. 마을 남쪽에 있는 파평산 일대에 즐비한 포 진지가 조용하고 문산에서 고랑포에 이르는 임진강 남쪽의 도로를 메운 국군과 UN군이 전진을 멈추었다. 마을 어른들이 이제 국군과 유엔군이 38선을 돌파하고 북진을 계속해서 평양과 백두산에 태극기를 꽂을 거라고 말했는데, 이상하게도 장마루촌 일대의 신작로에 포진한 국련군(국군과 UN군) 부대는 좀처럼 움직이지 않았다. 얼마 안 있어 38선에서 전쟁이 끝난다는 소문이 들렸다. 그런데 10월 11일 아침 장마루촌 신작로에서 뿌연 먼지가 일고 탱크와 장갑차 움직이는 소리가 들리기 시작했다. 나는 친구들과 함께 학봉 동쪽 능선에 또 올라가서 고랑포 쪽으로 움직이는 긴 대열을 바라보았다.

그것은 38선 남쪽 고랑포까지 진출한 대열의 선두가 38선을 돌파하여 북진을 하고 있음을 보여주는 광경이었다. 그 장엄한 역사적 현장을 보면서 곧 북진통일의 날이 오겠구나 하고 어린 마음이 조금 설레었다. 그 당시 국련군이 서부전선에서 열흘 넘게 북진을 멈춘 것은 38선 돌파 북진이 한국전쟁의 성격을 실지 회복에서 북진 통일로 변경시키는 것인데, 이 문제에 대한 대한민국 이승만 대통령과 미국의 트루먼 대통령의 생각이 크게 달랐기 때문이다. 트루먼은 38선 돌파 북진이 한국전쟁의 확전이 될 수 있다고 판단하고 38선 이북으로 북조선 침략군을 쫓아내면 더 이상 추격하지 말라고 맥아더에게 지시했던 것이다. 그러나 이승만 대통령은 북조선 침략군이 우리나라 낙동강 이북의 전 지역을 쑥밭으로 만들었는데, 38선 이남의 영토 회복으로 전쟁을 끝낼 수 없다는 생각이었다. 이승만은 이번 기회에 교전 중인 적에 대한 추적권을 행사한다며 압록강과 두만강까지 진격, 통일을 완성할 계획을 짜고 있었다.

이승만은 맥아더가 동의해 줄 것으로 판단하고 국군 총사령관 정일권 중장에게 별도 명령을 내렸다. 이에 정일권은 10월 1일 국군만으로 작전 중이던 동부전선에서 38선을 돌파, 북진 공격을 감행했다. 하루 뒤인 10월 2일 중부전선을 진격 중이던 국군부대가 38선을 돌파, 북진 공격에 동참했다. 이에 어쩔 수 없이 서부전선의 국련군도 10월 11일 아침 뒤늦게 고랑포 북쪽 38선을 돌파했다. 이로써 북조선을 해방시키기 위한 통일 전쟁이 전개된 것이다.

매일 장마루촌 신작로는 북진하는 미군과 영국군 등 UN군의 차량과 탱크들이 내뿜는 먼지와 캐터필러의 굉음으로 가득했다. 나는 마을 친

■ 북진교에서 바라본 고랑포 쪽 임진강과 적벽. 오른쪽 적벽 위에 길게 뻗은 장마루 신작로를 따라 국군과 UN군이 굉음과 먼지를 일으키며 북진했다.

구들과 함께 장마루촌 신작로에 나가 북진하는 군인들에게 태극기를 흔들며 환호했다. 출격하는 폭격기와 전투기로 하늘 또한 날마다 요란했다. 전쟁의 와중에서 지금도 잊을 수 없는 장면이 있었다. 철모를 쓴 미군과 베레모를 쓴 영국군이 환호하는 우리들을 향해 깡통과 초콜릿 등을 던져 주었다. 늘 입이 출출했던 때라 그것을 받아먹는 일은 신나는 일이었다. 처음 맛보는 초콜릿과 비스킷의 달콤함, 고기와 콩을 섞어 만든 통조림의 깊고 고소한 맛은 미군이나 유엔군 차량을 볼 때마다 우리를 설레게 했다.

전쟁이 5학년 1학기 말에 터지고 교사가 불에 다 타 버렸기 때문에 2학기가 반쯤 지나도 공부를 할 수 없었다. 하릴없이 우리는 마치 일과처럼 날마다 장마루촌 신작로에 나갔다. 북진 중인 국군과 유엔군이 10월

19일 평양에 입성하고 압록강과 두만강에 접근 중이라는 소문이 잇따라 들려왔다. 마을 사람들은 전쟁 중에서도 잘 자라서 풍년을 이룬 벼를 베고 탈곡을 했다. 마을은 온통 탈곡기들이 도는 소리와 사람들의 힘찬 목소리가 어울려 모처럼 활기가 찼다. 여인네들은 배추와 무를 캐서 김장을 하느라 바빴다. 저녁에는 눌로천에 가서 임진강 참게를 잡느라 신바람이 났다. 댑싸리를 베어 길게 발을 만들고 이를 물살이 내려가는 쪽으로 비스듬히 막은 다음 임진강으로 내려가는 참게를 집어 올리는 식이다. 임진강 참게는 예부터 임금에게 올리는 진상품의 하나가 될 만큼 맛이 좋아 찌개를 끓여 먹어도 게장을 해 먹어도 일품이었다. 특히 찌개를 끓였을 때 노랗게 익은 참게 알을 좋아한 나를 위해 어머니는 알을 따로 건져 내 밥그릇에 놓아주곤 했다.

어려운 때임에도 나는 그다지 배를 졸이지 않았다. 개울이 흘러내리는 마을 언덕에서 자라는 밤나무에 해마다 밤송이들이 주렁주렁 열렸다. 어머니는 국유지 땅에 있는 밤나무를 당신이 심은 나무라며 마을 사람들이 따지 못하도록 했다. 어머니는 나무 중에도 특히 유실수를 좋아했던 것 같다. 집 뒤란에 사과나무, 살구나무, 복숭아나무, 배나무 등을 심어 계절 따라 싱싱한 과일을 따 먹을 수 있었다. 그러나 밤나무는 워낙 크게 자라기도 하지만 울안에 심지 않는다는 말이 있는지라 생각 끝에 어머니는 밤나무를 마을 앞 개천가 언덕에 심어 키워 온 터였다.

그해 여름이 그리도 덥고 힘들더니 겨울은 유난히 춥고 눈이 많았다. 부엌에서 어머니가 데워 준 물로 세수를 하고 방으로 들어갈 때면 손에 남은 물기로 내 손이 방문 쇠고리에 자석처럼 철썩 들러붙었다. 그래도 매운 겨울 덕분에 신나는 일도 있었다. 아버지가 만들어 준 썰매를 가지고 마을 앞 논에 나가 친구들과 신나게 썰매를 탈 수 있었다. 어머니가 저녁을 차려놓고 바깥마당에 나와 손나발로 부를 때까지 나는 정신없이 썰매를 탔다.

그렇게 손이 곱고 발이 꽁꽁 얼도록 한바탕 신나게 놀고 나면 몸과 마음이 상쾌해져 밤에 방학 숙제도 잘 됐다.

어느 날 어머니를 따라 장마루촌에 갔을 때 얼어붙은 임진강 위에서 스케이트를 타는 중학교 5학년생의 멋진 모습에 넋을 잃은 적이 있었다. 그날 집에 돌아오면서 스케이트는 없지만 나도 임진강에서 썰매를 타고 싶다는 생각을 했다. 어머니에게 얘기했더니 눈을 크게 뜨면서 말렸다. 임진강에서 스케이트나 썰매를 타다가 얼음이 깨져 죽은 아이가 해마다 나온다고 잔뜩 겁을 주었다. 그래도 타고 싶어 어머니 몰래 임진강으로 나갔다. 가만히 보니 스케이트나 썰매를 타는 사람들 가운데 허리에 길고 가는 대나무 막대를 찬 사람들이 있었다. 그것이 무언가 물으니 얼음 웅덩이에 빠질 때 양쪽 얼음에 걸치고 있다 헤어 나올 수 있도록 하기 위한 대비 장치라 했다. 집에 와서 어머니에게 또 말했다. 그러나 어머니는 큰 얼음 덩어리가 푹 팰 때는 소용이 없다고 여전히 설레설레 흔들었다. 어쨌거나 평소에는 무어든 내 말을 잘 들어주시던 어머니가 임진강에서 썰매를 타고 싶어 하는 마음에는 단호하게 제지를 했다.

북풍한설이 한창인 12월에 접어들면서 이상한 소문이 마을에 떠돌았다. 국군과 유엔군이 후퇴를 시작했다는 소문이었다. 뒤이어 중공군이 인해전술로 쳐들어오고 있다는 소문이 나돌았다. 그 즈음 우리 마을 사람들은 소문에 떨고 소문에 마음을 놓는 형편이었다. 소문이 이내 현실로 나타났기 때문이다. 다시 불안과 공포의 먹구름이 감돌기 시작했다.

구렁고개의 참극

중공군이 쳐 내려온다는 소문은 곧 사실이 되었다. 중국은 국군과 UN군이 38선을 넘어 북진했을 때부터 이미 한국전 개입 방침을 굳히고 한·중 국경인 압록강 북쪽에 중공군을 집중 배치하기 시작했다. 전선의 최선두를 달리던 국군 제6사단 7연대 장병들이 패주하는 인민군 8사단을 초산 남쪽에서 격퇴하고 압록강에 태극기를 꽂았던 때가 1950년 10월 26일 낮 2시 15분께였다.

이날 이후 중공군의 강력한 공격이 시작됐다. 중공군의 개입으로 한국전쟁의 양상은 전혀 새로운 국면을 맞았다. 중공군의 참전은 괴멸 직전의 북조선군을 살려주었을 뿐 아니라 거의 완성 단계에 있던 조국 통일을 무산시켰다. 역사적으로 항상 우리나라를 간섭하고 지배하려 했던 중국이 또 다시 한민족의 운명에 발을 디민 것이다.

중공군은 무기나 장비가 보잘 것 없었다. 소총과 수류탄이 고작이었

다. 소총도 부족해서 앞서 공격하다 죽은 동료의 것을 받아 공격할 정도
였다. 중공군은 인해전술과 야간 공격에 의존했다. 그들은 낮에는 숲 속
이나 참호 속에 숨어 있다가 밤이 되면 꽹과리를 치고 피리를 불면서 공
격해 왔다. 낮에는 제공권을 완전히 장악한 유엔군이 폭탄 투하와 기총
소사를 퍼부어 꼼짝할 수 없었지만 어둠이 깔린 밤에는 마음대로 움직
일 수 있었기 때문이다.

　그 바람에 밤이 되면 아군의 진지가 하나 둘 적군의 인해전술에 떨어
져 나갔다. 국군과 유엔군은 12월 4일 평양을 내주고 계속 후퇴했다. 마
침내 임진강 건너 장단 땅에 폭탄 투하와 기총소사를 하는 것을 목격할
수 있었다. 1950년 겨울, 유난히도 춥던 그때 마을 사람들은 피난 짐을
서둘러 싸기 시작했다. 12월 25일, 간밤에 내린 눈이 온 세상을 하얗게
덮었던 성탄절 아침, 마을 사람들의 긴 피난 행렬이 남쪽으로 천천히 움
직였다. 우리 집 세 식구는 아버지가 누렁이 등에 식량과 이부자리, 양
은솥 등을 싣고 앞서 가고 가운데 가벼운 생활용품을 멜빵에 맨 내가,
그리고 머리에 제법 큰 보따리를 이고 어머니가 뒤따랐다. 우리 집 세
식구는 길게 늘어선 15가구의 피난 대열에서 중간 뒤쪽이었다.

　피난 대열의 선두가 마을 남쪽의 구렁고개에 이르렀을 무렵, 갑자기
파평산 너머 상공에서 쌕쌔기로 불리는 유엔군 전투기 넉 대가 나타났
다. 전투기들은 장마루촌 상공에서 포물선을 그리면서 돌더니 우리 마
을 쪽으로 기수를 낮추면서 급선회 · 급강하와 동시에 마을 건너편에 있
는 감봉산에 연달아 기관총탄을 쏟아냈다. 마을 사람들은 그때까지만
해도 피난 가는 데 정신이 없어 건너편 산에 중공군이 하얀 망토를 뒤집
어쓰고 눈 속에 숨어 있다는 사실을 까맣게 모르고 있었다. 유엔군의 집

중사격으로 감봉산의 하얀 눈밭은 순식간에 피로 물들었다. 다급해진 중공군들은 황급히 우리 마을 피난민 대열로 뛰어들었다. 도망가는 중공군을 좇던 유엔 전투기들은 미쳐 확인할 사이도 없이 우리 마을 사람들과 중공군으로 뒤섞여버린 피난 대열을 향해 기관총 사격을 퍼부었다. 전투기의 폭음과 기관총 소리에 고막이 터질 것 같았다. 얼어붙은 눈길과 사람 발자국에 총탄이 꽂히면서 눈과 흙이 사방으로 튀었다. 여기서 픽, 저기서 펑펑! 소리에 피난 대열은 아수라장이 되었다. 모두 그 자리에 얼어붙은 듯 멈춰 섰다. 아버지 앞에 서 있던 누렁이가 부들부들 떨고 있었다. 나도 너무 무서워 벌벌 떨었다. 어머니는 두 팔로 나를 감싼 채 꼭 껴안았다. 무참한 비극의 현장에 내가 있었다.

한바탕 총알을 쏟아내던 유엔군 전투기들이 파평산 너머 남쪽으로 사라지자 피난 대열에 끼어들었던 중공군들은 동료 사상자를 챙겨 다시 산 쪽으로 급히 이동했다. 그런데 구렁고개까지 나간 우리 마을 피난 대열의 선두에서 통곡 소리가 났다. 두 김씨네 가족 다섯 명이 죽고 세 명이 심하게 다쳤다. 마을 사람들은 더 이상 피난을 갈 수가 없었다. 게다가 중공군이 이미 들어온 마당에 피난을 간다는 건 소용없는 일이었다. 마을 사람들은 다시 각자의 집으로 돌아가 피난 짐을 풀고 두 김씨네 장례를 치르는 일을 서둘렀다. 아무리 난리 통이지만 이승을 하직하는 사람들에 대한 예를 저버릴 수는 없는 일이었다.

그날부터 마을에는 중공군이 어디 있다 오는지 파도처럼 밀려들어왔다. 중공군은 식량도 천막도 없었다. 마을에 들어온 중공군은 집의 크기에 따라 병력을 배치했다. 병력을 배정 받은 집은 하릴없이 그들에게 잠자리와 밥을 제공해야 했다. 남쪽으로 전진하는 속도에 따라 하루 날을 보내고 저녁에 떠나는 무리가 있고 이틀을 묵은 뒤 저녁에 떠나는 무리도 있었다. 여전히 유엔군이 무서워 주간 이동을 할 수 없는지라 낮에는 빈둥거리며 시간을 보내다가 땅거미가 지면 활동을 개시하곤 했다. 오산 전투 때처럼 유엔군과 국군의 반격으로 남진이 더디어질 때는 닷새 동안이나 머물 때도 있었다.

마을 사람들은 중공군과 침식을 함께 하면서 불안과 공포로 전전긍긍했다. 처녀들은 일부러 지저분한 수건을 머리에 쓰고 다니고 뺨에는 숯검댕을 발라 꾀죄죄한 행색을 하고 다녔다. 그런데 중공군은 마을에 머무는 동안 누구에게도 해악을 부리지 않았다.

한 중공군 병사가 어느 집 부엌에 들어가 그 집 딸에게 숭늉을 달라고 해 얻어마셨다. 병사는 숭늉을 마신 다음 그만 처녀의 손을 잡았다. 처녀가 놀라 소리를 질렀다. 마침 방에 있던 중공군 장교가 비명 소리를 듣고 놀라 뛰어나왔다. 장교가 화가 나 병사에게 총살형을 내리겠다며 마당으로 끌고 나갔다. 구장이 총살형은 하지 말아달라고 간곡히 애원했다.

병사는 무릎 꿇어 사죄하고 풀려났다. 참으로 무서운 군율이었다. 중공군의 이 같은 군율은 물고기가 물을 떠나서는 살 수 없다는 모택동의 기본 전술에 의거한 것이다. 충분한 전력을 갖고 있지 못한 군대가 전투력을 가지려면 인민의 도움을 받지 않으면 안 되는지라 인민을 괴롭히는 일은 가장 큰 군법 위반이었다. 따라서 그 벌도 가장 무거운 총살형이었다.

인민 속에서 인민의 밥을 얻어먹고 인민의 잠자리를 빌어 잠을 자면서 전투력을 재충전할 수 있었던 가난한 중공군은 구조적으로 점령지 주민들의 도움 없이는 존립할 수 없는 그런 군대였다.

북으로 끌려간 우리 집 황소

우리 마을에서 밥을 얻어먹으며 이동을 하던 중공군의 모습이 사라지고 더 이상 들어오지도 않을 무렵, 북조선군과 중공군이 서울을 포기하고 패퇴하기 시작했다는 소문이 들려왔다. 파평산 너머 남쪽에서 은은하게 포성이 들리기 시작했다. 유엔군 전투기들이 파평산 너머 남쪽 하늘에서 내리꽂히고 솟아오르기를 거듭했다. 후퇴하는 북조선군과 중공군의 대열이 구렁고개를 넘어와 우리 마을 앞 들판을 거쳐 안골고개 너머 북쪽으로 넘어가는 모습이 온종일 이어졌다. 그들은 서둘러 임진강을 건너가려는 것 같았다. 포성이 한층 가깝게 들리고 밤에는 멀리서 소총 소리가 가늘게 들렸다.

며칠이 지나고 임진강 상공에서 유엔군 전투기들과 북조선 전투기 사이 공중전이 벌어졌다. 급하강과 급상승, 회전을 반복하면서 서로 적기를 향해 사격했다. 나는 집 뒤 산기슭에 아버지가 파놓은 방공호에 들어가서 얼굴만 밖으로 내밀고 공중전 모습을 구경했다. 북조선 전투기들이 검은 연기를 뿜으며 떨어졌다. UN군의 공습에 타격을 입고 발이 묶인 인민군이 어느 날 초저녁 우리 집에 나타났다. 저들은 부상병과 군수품을 후송해야 한다며 누렁이와 달구지를 달라고 했다. 아버지는 이것이 없으면 농사를 지을 수 없다면서 징발에서 제외시켜 줄 것을 간청했다. 그러자 북조선군 장교가 임진강 나루터를 건너면 돌려주겠다며 따라 오라 했다.

어머니는 아버지에게 따라가지 말라고 말했다. 그러나 아버지는 황소와 달구지를 돌려준다는 적군 장교의 말을 믿고 황소 목덜미에 달구지를 얹었다.

아버지는 장마루촌 신작로에서 부상병과 소총 등을 가득 싣고 고랑포쪽으로 나갔다. 자정이 가까울 무렵 고랑포구에 도착한 아버지는 임진강을 건너 고랑포읍 언덕길을 올라갔다. 고랑포읍의 그 화려했던 거리도 폭격으로 폐허가 되어 있었다. 그때 아버지는 북조선군 장교에게 약속대로 되돌아가겠다면서 달구지의 물건들을 내려놓기 시작했다. 그러자 북조선 장교는 갑자기 험악한 얼굴이 되어 소리쳤다.

"개성까지 가서 돌려주겠다. 계속 가자."

아버지는 속으로 이상한 생각이 들었으나, 지금 와서 달리 할 방법이 없어서 다시 물건을 챙겨 싣고 북행길에 나섰다. 한참 만에 언덕길을 오르고 있을 때 문득 그 장교와 병사가 주고받는 소리를 엿들었다. 고랑포 서쪽 벼락바위 근처 같았다.

"저 간나 눈치 없이 자꾸 따라오는데 어찌하지?"

"죄겨 버립세다!"

아버지는 순간 소름이 쫙 끼쳤다. 주위는 캄캄했다. 왼쪽으로 커브 길을 도는데 오른쪽이 꽤 깊은 낭떠러지인 것 같았다. 순간 아버지는 더 이상 지체할 수가 없다 판단, 커브 길이 끝나기 전에 몸을 던져 길 옆 언덕 아래로 굴러 내렸다. 얼마를 굴렀을까, 아버지는 논두렁 얼음물에 처박혔다. 추운 줄도 모르고 벌떡 일어나서 남쪽을 향해 정신없이 뛰었다. 장교와 인민군은 후퇴하는 데 시간을 지체할 수 없었던지 아버지를 추격하지 않고 북쪽을 향해 행군을 계속했다.

아버지는 온몸에 타박상을 입고 구사일생으로 집에 돌아왔다. 마을 주변이 후퇴하는 북조선군과 중공군들로 다시 소란해졌다. 아버지가 살아 돌아온 날에도 마을은 후퇴하는 북조선군과 중공군들로 북적였다. 집집마다 어른 한 사람씩 불려나와 후퇴하는 북조선군과 중공군의 물자와 부상자 수송 작전을 도왔다.

그런데 이 노력 동원엔 어머니들이 나갔다. 남자들은 잡혀간다는 말에 모두가 산 속에 들어가서 숨어 지내고 있던 터였다. 어머니들은 마을에서 2km쯤 남쪽에 위치한 금파리 박석고개에 가서 부상병들을 들것에 싣고 고랑포까지 운반하는 일이 맡겨졌다. 어머니들은 서로 들것의 앞쪽을 잡고 가기를 원했다. 들것의 뒤를 잡고 걷노라면, 가면서 부상병의 처참한 모습을 봐야 했고, 그것은 차마 못 볼 참상이었기 때문이다. 희미한 달빛 아래 피로 얼룩진 부상병의 얼굴은 무섭기까지 했다고 어머니가 말해주었다. 상하 어머니와 봉국 어머니가 앞뒤에서 잡고 가던 들것 위에 누운 부상병이 봉우재 마을을 지날 무렵 심하게 요동을 쳤다. 앞에 가던 상하 엄마가 놀라 들것을 잡고 가던 손을 그만 놓쳤다. 들것이 길바닥에 퉁! 떨어지고 들것에 누워 있던 부상병도 그만 땅바닥에 나동그라졌다. 대열이 멈추고 호송 인민군이 와서 부상병의 운명을 확인한 다음 산기슭에 매장했다. 두 어머니는 발이 땅에 붙어버린 듯 꼼짝 못한 채 벌벌 떨었다. 그러나 인민군 장교는 상하 어머니와 봉국 어머니를 집으로 돌아가라고 명령했다. 대열의 북행은 계속됐다.

고랑포까지 부상병을 옮기고 돌아온 어머니 또한 벌벌 떨며 쓰러졌다. 6킬로미터나 먼 길을 들것을 들고 가느라 몹시 고단한 데다 울부짖는 부상병들이 떠올라 잠을 제대로 잘 수도, 밥을 먹을 수도 없었다. 마을 옆 길을 따라 북으로 후퇴하는 인민군과 중공군의 대열은 다음날에도 그 다음날에도 계속 이어졌다. 남조선을 해방시켜 지상낙원을 만들겠다고 하던 그들은 우리 마을 사람들에게 무수한 상처만을 남긴 채 만신창이가 되어 북쪽으로 사라져 가고 있었다.

미군기 폭격으로 불타버린 우리 집

　어머니가 부상병을 북송하는 노력동원에 나섰다가 초죽음이 되어 돌아온 다음, 패주하는 북조선군과 중공군의 북행 대열이 뜸해지고, 그들을 뒤쫓는 국군 수색대의 모습도 유엔군의 폭격과 기총소사도 더 이상 없었다. 남북 양쪽의 포 사격도 뜸해지고 이따금 유엔군 정찰기가 마을 상공에 나타났다가 사라지곤 했다. 유난히 하늘이 맑던 그날, 우리 마을은 이상하리만치 정적에 잠겼다. 그러나 그것은 우리 마을에 또 하나의 비극을 몰아올 폭풍전야의 고요함이었다.

　갑자기 마을 서쪽 고개 너머에 있는 풍덕골에서 북조선군의 따발총 소리가 몇 번 들렸다. 그리고 얼마의 시간이 흘렀을까 두 명의 북조선 병사가 풍덕고개를 넘어 우리 마을로 내려오기 시작했다. 한 명은 다리를 절룩거렸고, 다른 한 명이 따발총을 어깨에 멘 채 그를 부축하고 있었다. 그들은 후퇴하는 부대에서 떨어져 북으로 가는 마지막 패잔병들이었다. 마을 사람들은 모두 집에 들어가 공포 속에 그들이 마을에 접근하는 것을 지켜보았다.

그들이 살려면, 국군과 UN군이 들이닥치기 전에 한시라도 빨리 임진강을 건너야 했다. 그러나 임진강의 고랑포 나루터는 여기서 북쪽으로 10리나 떨어져 있었다. 더구나 다리를 다친 몸으로 퇴각 속도를 내기는 어려운 처지였다. 그런데 그들이 점점 우리 마을 가까이 오고 있었다. 그들이 우리 마을의 중간 지대인 구장네 집과 우리 집 사이의 큰길을 지날 때였다.

갑자기 파평산 너머 남쪽 하늘로부터 폭격기의 둔탁한 소리가 들렸다. 순간 비행기 소리가 커지더니 엄청난 폭음이 들렸다. 그리고 동시에 우리 집의 안방과 윗방의 문짝 네 개가 한꺼번에 떨어져 나가고 동시에 뜨거운 불기운이 확 밀어닥쳤다. B26 폭격기가 패잔병 두 명을 보고 네이팜탄을 투하한 것이다. 때마침 우리 집 안방에는 대여섯 명의 마을 어른들이 와서 아버지와 얘기를 하고 있었고, 어머니는 다른 집에 마실을 가 있었다. 불길이 방 안으로 들이닥치자, 방 안에 있던 동네 어른들은 잽싸게 열려 있는, 방문을 통해 밖으로 뛰쳐나갔다. 불길 속에서 아버지가 나를 찾아 손을 붙잡고 안전하게 뛰쳐나갈 쪽을 찾고 있었다. 방문 밖을 보니, 안마당 쪽으로는 행랑채 지붕과 안마당, 외양간이 온통 불바다였다. 뒤껼 쪽으로 쌓아놓은 장작과 사과나무, 배나무, 김치독집, 울타리도 이미 모두 불더미로 변했다.

아버지가 내 손을 꽉 잡고 우왕좌왕 하는 사이 불길은 마루와 방 안으로 번져왔고 지붕에서는 서까래와 대들보가 타들어가면서 '우지직 우지

직' 소리가 났다. 더 이상 망설이다가는 무너지는 집 속에 깔릴 판이었다.

아버지가 나를 등에 업히라 하더니 한 손으로 나의 엉덩이를 받치고 한 손에는 막대기를 들었다.

"석호야, 아버지를 꽉 잡아라."

나는 아버지 목을 두 팔로 꽉 껴안고 나의 가슴과 배를 아버지 등에 꼭 붙였다. 그 순간 불 탄 지붕 이엉이 쏟아져 내리고 아버지는 막대기로 불붙은 울타리를 헤치면서 바람같이 불길 속을 빠져나왔다. 울타리 밖에서 아버지는 휴우— 하며 나를 땅에 내려놓았다. 땅바닥에서 아버지의 얼굴을 쳐다보았다. 아버지의 머리와 수염은 불길에 오그라들고 검게 타 있었다. 나는 머리카락 하나 그을리지 않았다. 그것이 아버지가 불구덩이 속에서도 자식을 지켜준 모습이고 내가 아버지의 사랑으로 불 속에서도 멀쩡할 수 있었던 모습이었다. 그럼에도 철이 없었던 탓인지 나는 아버지한테 고맙다는 말 한마디도 하지 못했다.

뜻밖의 불난리에 우리 집은 전소되고 네이팜탄이 떨어진 우리 집 대문 밖에는 우물만 한 구덩이가 패여 있었다. 그러나 채마밭을 사이에 둔 진국이네 집과 도랑을 사이에 둔 상하네 집은 무사했다. 아버지와 어머니는 잿더미 속에서 가재도구와 먹을거리를 챙겨보려 했으나 건질 만한 게 없었다. 지붕 처마 밑에 넣어두었던 현금 다발도 모두 재가 되었다.

졸지에 살던 집을 잃은 우리 세 식구는 친척 할아버지(우현식) 집 건넌방에 잠시 살다가 친구 구연배네 빈집으로 옮겼다. 구연배의 아버지 구 순경이 잡혀간 뒤 구연배네는 감악산의 깊은 계곡에 있는 두지리로 이사해서 집이 비어 있었다. 가재도구가 모두 불에 그슬고 찌그러지고 남은 쌀도 불기운을 쒼 것이어서 밥에서조차 화독내가 진동을 했다. 굶지 못해 먹는 밥이었다. 우리 집이 졸지에 굴왕신 같은 집이 되어버린 것을 가만히 따져보니 이 또한 전쟁의 후폭풍이었다. 북조선 부상병이 우리 마을로 들어오려고만 안 했어도 미군의 B26 폭격기가 우리 집에 네이팜탄을 투하하지 않았을 것이란 생각에서다. 비약 같지만 우리 집이 불에 타 집도 절도 없는 처지가 된 것 또한 북조선이 도발한 6 · 25 남침 전쟁에서 야기된 것이라 하겠다. 얼핏 커다란 역사의 흐름 속에 한 개인의 불행쯤이야 하고 넘겨버릴 수도 있겠으나 그 불행이 역사적 불행의 반증이 된다면 그것은 결코 개인의 불행에 머무르지 않는다. 불에 타 버린 우리 집은 침략자를 격퇴하는 과정에서 야기된 손실이고 아픈 기억이다. 그리고 분명 기록되어야 할 작은 역사다.

출생 고향 떠나 선대 고향으로 가다

못자리에 볍씨를 뿌리고 봄채마 씨앗을 심는 농사철이 시작되었지만 전투 지역 안에 들어 있는 우리 마을의 봄은 여의치 않았다. 중공군의 재공세가 있을 것이라는 소문이 나돌았다. 마침내 1951년 4월 22일 초저녁부터 임진강 북쪽에서 포성과 총성이 요란스레 들리기 시작했다. 중공군의 총공세가 시작된 것이다. 9개 사단으로 구성된 중공군 제19병단이 고랑포의 강을 건너 인해전술로 전면공격을 해왔다. 설마리 일대는 영국군이, 파평산 일대는 국군1사단이 지키고 있었다. 그러나 중공군 1개 사단이 파평산을 집중 공격해서 두포리와 비산리를 거쳐 법원리 축선으로 급속 전진함으로써 설마리의 영국군이 고립되었다. 피난길에 나섰던 적성 마을 사람들은 퇴로가 막히는 바람에 또 주저앉았다. 중공군의 선두 부대는 의정부와 봉일천까지 진출했으나, 국군과 UN군의 이른

바 융단폭격과 집중포격에 엿새 만에 후퇴했다.

중공군과 북조선군이 상처투성이가 된 채 황급히 임진강을 건너 패주한 이후 국군과 UN군은 작전 개념을 기동방어에서 진지방어로 바꿨다. 기동방어는 후퇴하면서 적을 유인해 섬멸하는 작전이고, 진지방어는 후퇴 없이 진지에서 침공하는 적군을 격퇴하는 작전이다. 1951년 5월 25일 밴프리츠 미8군사장의 작전 지시가 내렸다. 이에 따라 접전 지역의 주민들을 후방 지역으로 소개하고, 철조망, 지뢰, 부비트랩 등을 주도면밀하게 설치하며, 참호 등을 구축해서 화력을 집중하기 시작했다. 우리 마을을 비롯해 적성면 전 지역이 민간인 통제선 안에 들어갔다. 마을 사람들은 즉시 피난 짐을 꾸렸다. 우리 집 세 식구는 정처 없이 피난길에 나섰다. 서울을 향해 무작정 발길을 옮겼다. 눌로리에서 파평산 서쪽 산길을 타고 걸었다. 사흘 전 피난길에 나선 친척 우현식 할아버지가 이곳에서 소를 뺏으려는 국군에게 맞서다가 사살됐다. 법원리 빈집에서 하룻밤을 쉬고 일산을 거쳐 수색에 도착했다. 수색에 이르는 고갯길에서 국군의 검문을 받았다. 이때 아버지가 지고 나오던 쌀부대 안에서 중공군 운동화 한 켤레가 나왔다. 검문 병사가 웬 운동화냐고 물었다. 눈길이 몹시 사납게 보였다. 나는 겁이 났다. 아버지가 솔직하게 답변했다.

"중공군이 주고 간 것인데, 피난길에 신기 위해 갖고 나왔다."

이때 소위 계급장을 단 장교가 나타났다. 검문 병사와 아버지의 설명을 듣고 난 뒤, 장교는 운동화를 아버지에게 건네주고 가라고 말했다. 전쟁 때에는 조금만 의심을 받아도 총살된다는 사실을 나도 들어서 알고 있던 터라, 그 장교가 더욱 고맙게 생각됐다. 어린 내가 발이 부르터서 더 이상 걷기가 힘들게 되자 아버지는 서울로 가려던 생각을 접고 수

색역 근처에서 옆길로 접어들어 이름도 모르는 마을을 향해 걸었다. 오른쪽에는 돌을 깎아내고 남은 돌산이 삐죽 솟았고, 왼쪽으로는 돌산을 깎아 만든 넓은 평지에 여러 가지 아름다운 들꽃들이 피어 있었다. 그 사이로 난 오솔길을 따라 한참 걸어가니 낮은 동산 아래 집들이 옹기종기 모여 있었다. 아버지는 마을 입구에 있는 초가집 앞에서 발길을 멈추더니 사립문을 열고 들어가서 방문을 열었다. 빈집이었다. 문고리는 빠져 있었고, 문풍지는 군데군데 구멍이 나 있었다. 아마 집주인이 멀리 피난을 떠난 것 같았다. 짐을 풀고 아버지는 청소를 하고, 어머니는 집 근처 우물로 가서 저녁밥 쌀을 씻었다.

이렇게 해서 수색에서의 피난 생활이 시작되었다. 집을 떠날 때 아버지가 갖고 나온 식량은 한 달 남짓 먹고 나니 바닥이 드러났다. 아버지는 마을에 남은 집을 다니면서 농사일을 거들어 주고 약간의 식량을 얻어 왔다. 어머니가 두부 공장에서 얻어온 비지와 밭에서 주워 온 시래기를 삶아 약간의 쌀과 함께 죽을 끓였다. 세 식구가 놋 양푼에 둘러 앉아 먹는 죽이 그 시절의 만찬이었다. 그런데 가장 몸집이 큰 아버지가 가장 먼저 수저를 놓고 트림을 길게 한다. 일부러 그러는 것이다. 그 다음 어머니도 또 몇 수저를 뜨고는 이를 쑤셨다. 남은 죽은 모두 내가 먹어 치웠다. 배가 불렀다. 배부르게 먹은 나를 보고 아버지 어머니는 마음으로 배가 불렀다. 세상의 모든 아버지 어머니가 다 그러하겠지만 나의 아버지 어머니의 지극한 사랑을 지금에야 목이 메도록 감사하고 또 감사한다. 일부러 트림을 하고 일부러 이를 쑤시는 아버지와 어머니의 연극 아닌 연극을 그때는 도통 눈치 채지를 못했던 것이다.

1952년 봄이 되면서 적성면의 접적 지역이 수복된다는 소문이 들려왔다. 아버지는 즉각 짐을 싸고 귀향 준비를 서둘렀다. 기차를 타고 금촌역에 내렸다. 금촌역 근처 야산 기슭에 빈집을 발견하고 한 달 가량 머물렀다. 그러나 더 이상 있을 수가 없었다. 금촌 금릉리 대채에 피난민 수용소가 있다는 소식을 듣고 찾아갔다. 대채 수용소에서 보름쯤 묵으니, 군 트럭 몇 대가 나타나서 타라고 했다. 우리 식구를 태운 군 트럭은 적성말로 가지 않고 무건리로 들어갔다. 그곳에는 대규모 천막 수용소가 마련되어 있었다. 적성면이 수복되기를 기다리는 사람들이 사방에서 모여들었다. 적성면(지금은 파평면) 무건리 수용소, 개천을 사이에 두고 북쪽과 남쪽에 나뉘어 설치된 대형 천막에는 각각 여섯 가구가 들어가 살았다. 식량은 배급 쌀뿐이었는데, 양이 적어서 죽은 가족의 몫까지 타 먹다가 발각되어 혼쭐이 나는 경우도 있었다. 우리 집도 전쟁 전에 죽은 누이동생을 신고해서 배급 쌀을 타 먹었다. 수용소에서는 이질과 설사 등 많은 질병이 돌았다. 그래서 거의 매일 사망자가 나왔다. 사망자는 나무와 칡넝쿨로 만든 들것에 실어다 묻었다.

1952년 9월에 적서국민학교가 들어섰다. 나는 5학년에 들어갔다. 같은 반에는 안골 출신 이재달(후에 육군 중장, 보훈처 장관)과 도장골 출신 장주승(후에 초등학교 교장), 이병옥(후에 건설회사 사장) 등이 함께 공부했다. 만 2년 만에 다시 하는 공부였다. 그러나 또다시 나는 학업을 중지해야 할 처지에 놓이게 됐다. 우리 식구가 살던 개울 건너 북쪽 산 기슭의 난민 수용 천막들이 철거되고 사단본부가 들어서게 되었다. 우리는 갈곡리(법원읍) 난민 수용소로 옮겨졌다. 갈곡리 수용소는 산비탈을 깎고 급하게 조성한 수용소였다. 화장실 시설도 제대로 돼 있지 않았다. 학교 공부도 계속할 수가 없었다. 어느 날, 아버지가 어머니에게 짐을 싸라고 했다. 그리고 그것들을 지게에 얹어 짊어지고 앞장을 섰다. 그 뒤를 내가 책보를 둘러메고 따르고 어머니가 뒤에 섰다. 아버지는 이미 맘에 갈 곳을 정해두고 있었다. 그곳은 양주 광적이었다.

광적은 행정적으로는 군이 달랐으나, 지리적으로는 임진강 수계 지역에 속해 있다. 광적과 백석, 그리고 은현이 형성하고 있는 넓은 분지의 크고 작은 냇물들은 가납천으로 모여서 신천을 거쳐 한탄강에 이르고, 한탄강은 흘러 임진강의 큰물에 합류한다. 즉, 파평산과 감악산은 임진강 수계 지역의 중심이다. 갈곡리 난민 수용소를 나선 우리 집 세 식구는 긴 고갯길(양주와 파주의 경계선)을 넘고 보매기를 지나 광적면 석우리 섬말에 있는 친척집 문간방에 짐을 풀었다. 그곳에서의 생활도 수색에서의 피난 생활과 비슷했다. 아버지는 나를 가납학교에 넣으려고 했으나, 2학기가 이미 반쯤 지난 후여서 어려운 모양이었다. 그때 갈곡리 수용소에 적서국민학교가 문을 열었다는 소식이 들려왔다. 갈곡리 수용소의 적서국민학교는 미군이 제공한 천막 교실로 만들어졌다. 천막 입구에 적서국민학교라는 나무판자 간판이 세워지고, 태극기가 없어서 백색 기를 대신 게양했다. 이 학교에서는 봉우재 출신 한기태(후에 농협조합장)를 비롯한 고향 친구 30여 명이 공부를 계속했다. 그러나 아버지는 이미 광적으로 왔기에 광적에 있는 학교에 보내려고 맘먹었다.

그해 10월 초, 아버지를 따라 가납국민학교를 찾았다. 외가 쪽 손위 조카 이현성이 동행을 해 주었다. 이현성은 나이가 나보다 열 살 이상 많았으나 어머니가 나의 누님뻘이기 때문에 서로 공대말을 썼다. 마침 가납국민학교의 교장이 이현성의 친척이어서 그의 안내로 편안하게 교장실에 들어갔다. 이미 교장은 나에 대해 알고 있었다. "공부 열심히 하거라." 다음날 나는 가납국민학교 5학년에 중도 편입해서 공부를 계속했다. 학생 수는 39명이었다.

우리 가족은 광적면 섬말에 살면서도 늘 적성면 적성말로 돌아가 옛날처럼 살겠다는 꿈을 놓지 않고 있었다. 고향이 수복되기만 하면, 거기에는 농토가 있고 열심히 농사지어 농토를 늘리고 자식을 서울로 유학 보낼 수 있다는 희망이 보였기 때문이다. 그러나 우리 가족의 이 같은 애절한 소망은 점점 멀어져 갔다. 만일 현재의 전선에서 휴전이 성립된다면, 우리 고향은 전선에서 가깝기 때문에 수복될 가능성은 매우 희박했다. 더욱이 휴전 회담 장소가 개성에서 판문점으로 옮겨진 이후에는 서부전선의 북상은 불가능한 상황이었다. 미국과 북조선은 이승만의 통일 없는 휴전 반대와 단독 북진 주장이 거세지고 있는 가운데 서로 양보하면서 휴전 협정을 조율해 나갔다. 1953년 6월 8일 양측은 송환 거부 반공포로를 중립국위원회로 넘기는 것을 골자로 한 포로 교환에 합의했다. 이승만은 반공포로를 UN에 넘겨야 한다고 주장했었다. 이승만은 반공포로가 중립국위원회로 넘겨지면, 그들은 죽음의 땅으로 돌아갈 수밖에 없다고 판단했다. 그리고 이승만은 휴전 합의가 깨지더라도 강력히 저항할 수밖에 없다고 결심했다. 이승만은 원용덕 헌병사령관에게 명령했다. "송환 거부 반공포로를 전원 석방시켜라." 원용덕은 이승만에게 클라크 UN군 사령관과 협의했느냐고 물었다. 이승만은 단호히 말했다. "대한민국 대통령의 명령이다."

6월 18일 새벽 원용덕은 반공포로 2만 7천 92명을 전원 석방시켰다. 이승만의 전격적인 반공포로 석방은 전세계를 경악시켰다. 미군은 "등 뒤에서 찔렸다"고 비난했고, 공산 측은 "정전협정을 깨자는 행위"라고 항의했다. 그러나 이승만은 이미 반공포로 석방 때문에 공산 측이 휴전 회담을 깰 수 없다는 사실을 꿰뚫어보고 있었다. 반공포로 석방은 이승만이 결코 미국의 꼭두각시가 아니라 대한민국의 통수권자이며 대한민국의 통수권자인 이상 반공을 천명한 포로를 대한민국의 국민으로 받아들이겠다는 의지를 전세계에 천명한 용단이었다. 이미 미국은 급히 로버트슨 국무차관을 파견해서 이승만의 요구를 들었다. 이승만은 네 가지를 요구했다. 1)정전협정 발효 이후 한미상호방위조약을 체결한다. 2)미국의 대한 장기 원조의 제1차분으로 2억 달러와 식량 1,000만 파운드를 지원한다. 3)정전 후 90일 간 한국 통일에 관한 구체적 진전이 없을 때에는 한·미 양국은 그 이후에 있을 정치 회담에 불참한다. 4)한국 육군을 20개 사단으로 늘리고 공군과 해군도 상당한 수준으로 증강한다.

마침내 1953년 7월 27일 오전 10시를 기해 판문점에서 휴전협정이 조인됨과 동시에 모든 전선에서 총성이 멎었다. 그리고 그 이후에 한미상호방위조약의 체결 등 로버트슨 차관이 이승만과 약속한 4개 항목은 모두 실현되었다. 이승만의 통찰과 용기가 미국의 발목을 이 땅에 인계철선으로 묶어 놓은 것이다.

휴전은 한미동맹으로 이어져서 국가의 안보를 반석 위에 올려놓고, 전쟁의 폐허를 딛고 일어설 수 있게 만들었지만, 나의 귀향의 꿈을 무산시켰다. 나의 고향 적성말이 민간인 통제선(민통선) 안에 들어갔기 때문이다. 안골, 도장골, 풍덕골, 봉우재 등 이웃 마을과 장파리, 자장리, 자하리, 덕천리, 눌로리, 적성 구읍리, 마지리, 식현리 일대가 모두 민통선 안에 편입되었다. 민통선은 DMZ의 남방한계선 남쪽 지역에 그어진 민간인 출입 통제선인데, 집을 짓고 거주할 수는 없으나, 일출에서 일몰까지 출입 영농을 할 수 있는 접적 지역을 말한다. 적성면 일대의 민통선 해제는 1956년 식현리로 시작해서 이듬해에는 장파리의 장마루촌과 주월리, 노곡리로 확대되었다. 또 1958년에는 적성면사무소가 무건리 수용소에서 구읍리로 이전함에 따라 구읍리와 마지리, 장현리, 어유지리 일대가 수복되었다.

고향이 수복되면서 불발탄을 갖고 놀던 어린이와 지뢰 지대의 논밭을 갈던 어른들이 수없이 희생되었다. 밭을 갈던 황소가 대전차지뢰를 밟아 터지는 바람에 농부와 소가 함께 죽었다. 논두렁에서 꼴을 베다가 대인지뢰의 인계철선을 건드려 죽고, 깡통에 불발포탄의 화약을 꺼내 넣어 만든 사제 수류탄으로 황복을 잡다가 네 명이 한꺼번에 죽기도 했다. 애꿎은 고물 장수들의 희생도 컸다. 찔레꽃 덤불 아래 있는 포탄 껍데기를 수집하다가 지뢰가 터져 죽고, 아이들이 주워 온 불발탄을 분해하다 터져서 죽기도 했다. 수많은 마을 사람들의 희생 속에 수복된 마을들은 집이 세워지고 잡초로 뒤덮였던 도로들이 열렸다. 그러나 나의 고향 적성말은 끝내 수복되지 않았다. 광적의 섬말이 새 고향이 된 것이다.

제2부

방송기자의 길에 들어서다

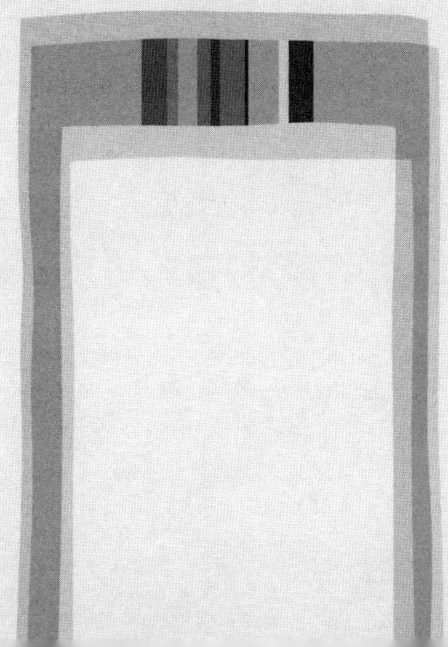

아버지의 결단, 무작정 상경

가납국민학교는 전쟁 전에 다니던 고향의 적서국민학교에 비하면 도시 학교 같았다.

교과서 말고 따로 전과니 수련장이니 하는 참고서가 있는 것도 처음 알았다. 적서국민학교에 다닐 때는 구경도 못했다. 더구나 피난 통에 먹고 살기조차 어려운 형편이니 교과서 외에 책을 사 본다는 것은 엄두도 내지 못했다. 오직 교과서만을 딸딸 욀 정도로 읽고 또 읽었다.

그때는 국민학교 6학년 학생들의 학력고사가 있었다. 전국의 국민학교 6학년 학생들이 참여한 학력고사에서 나는 393점을 얻었다. 만점은 450점이었다. 나의 점수는 서울의 일류 중학교에 응시할 수 있는 수준이었다. 담임선생 임종환은 무척 기뻐하며 서울의 중학교로 보낼 것을 아버지에게 제안했다. 아버지는 아무 준비도 없었지만 흔쾌히 그러겠노라 답하셨다. 내가 더욱 큰물로 나가 공부를 하게 하자는 데 두 분이 의기가 투합된 것이다.

임 선생은 개성 출신으로 사범학교를 졸업한 뒤 첫 부임지가 바로 가납국민학교였다. 임 선생은 내가 당신 고향과 가까운 파주군 적성면에서 피난 나온 것을 알고 각별한 관심을 기울여 주었다. 우리 집이 식량 부족으로 고생하는 것을 알자 가끔 쌀도 보내 주었다.

내가 알면 부끄러워할까 봐 일절 비밀로 부친 채 아버지를 학생들이 없는 밤중에 학교에 오도록 해서 쌀부대를 가져가게 했다.

우리 학교 홍일점 선생님이었던 김봉옥 선생님이 마침 집이 서울 후암동이어서, 임 선생님의 부탁으로 나의 용산중학교 입시 원서를 접수시켜 주었다. 김봉옥 선생은 음악 선생이었는데 노래를 참 잘 불렀다. 선생님이 포스터의 '스와니강'을 부르면 우리는 너무 좋아 따라 부르기도 했다. 용산중학교에 합격한 나는 친척 최용순 아저씨가 사는 마포구 공덕동의 산비탈 판잣집에서 하숙을 했다. 아주머니는 나를 대견해 하며 따뜻한 밥을 지어 주셨다.

나는 공덕동에서 효창공원을 넘어 용산중학교까지 매일 걸어서 통학했다. 촌에서 태어나 성장한 내가 갑자기 서울의 한복판에서 전국에서 모여든 인재들과 함께 공부한다는 일은 쉽지 않았다. 새로운 환경에 적응하느라고 한 학기가 훌쩍 지나갔다. 여름방학을 맞아 고향집으로 갔다. 어머니는 반갑고 안쓰러워 연신 눈물을 훔치고 아버지는 말없이 웃으시며 나를 맞았다. 그날 저녁 밥상을 물리고 난 아버지와 어머니는 나를 앉혀 놓고 중대 선언을 했다. "서울에 올라가기로 했다." 나는 깜짝 놀랐다. 일생을 농사만 짓던 분들이 서울에 가서 무엇을 하며 살아가려고 그러는지 은근히 걱정이 됐다.

"이곳에 있으면 먹고야 살겠지만 너를 계속해 가르칠 수가 없을 것 같다. 고생이 되더라도 서울 올라가서 부딪쳐보려고 한다."

1954년 8월 우리는 섬말을 떠났다. 박달이에서 시외버스를 타고 의정부를 거쳐 시내버스를 몇 번 갈아타고 하왕십리에서 내렸다.

우리 세 식구가 서울에 올라와서 처음으로 들어간 집은 성동구 하왕십리의 광무극장 건너편에 있는 지하 1층의 한 칸 반짜리 사글셋방이었다. 이 집은 적성말에 같이 살던 외가 쪽 아저씨 유인승(당시 성동경찰서 순경 근무)의 소개로 얻은 보금자리였다. 주인집 큰아들은 당시 한영고 3학년이었는데, 체격이 좋고 주먹이 셌다. 그는 내게 서울 아이들에게 맞지 않고 학교에 다니려면 운동을 해야 한다면서 아령과 주먹질, 그리고 발차기 등을 가르쳤다. 나는 가끔 그를 따라 맞은편 광무극장에 가서 영화 구경을 즐겼다. 공짜였다. 주먹이 센 그가 곧 입장권이었다. 아버지는 중앙시장에 나가 짐을 날라주는 일을 했고, 어머니는 꼭두새벽 뚝섬에 나가 배추를 받아다가 동대문 시장에서 팔았다. 아들의 교육 말고 다른 생각은 하나 하지 않고 온몸으로 살아내고 있었다. 덕분에 9월 2학기부터 다시 부모 밑에서 학교를 다니게 되었다. 왕십리에서 후암동까지 20리 길을 걸어서 다녔다. 지금 학생이라면 어려웠겠지만 그땐 차비가 없어서 혹은 차비를 아끼느라 또 어떤 경우에는 걸어서 다니는 친구와 함께 가고 싶어서 걷는 아이들도 있었다. 낭만이라면 낭만이겠다.

나의 경우는 대부분 맨 앞의 케이스였다. 수업료를 제때 못 내 이름이 학급 뒤쪽 칠판에 적힐 때도 있었다. 물론 늦게라도 아버지가 마련해 주셔서 내기는 냈다. 하지만 수업료를 제때 못 내서 못 견디게 부끄러워하지는 않았다. 못 내는 아이가 나만 있는 게 아니었기 때문이다. 그냥 그럴 수도 있는 일 중의 하나로 여겼다. 학교에서도 조르기는 했지만 크게 야단을 치거나 하지는 않았다.

서울에 와서도 부지런한 아버지 어머니 덕분에 어려운 가운데도 우리 집은 조금씩 형편이 나아졌다. 그동안 단우물 근처의 문간방에 전세로 들어 살다가 내가 3학년이 되던 해 봄에는 영미다리 근처에 있는 방 두 개짜리 작은 집을 사서 입주했다. 서울에 올라와서 삼 년 만에 처음으로 내 집을 갖게 된 것이다.

고등학교에 올라가면서 사회 돌아가는 일, 정치인들의 행보에 관심을 갖기 시작했다. 세상을 좀더 자세히 알고 싶어졌다. 그러려면 신문을 보아야 했다. 학교 도서관에 있는 신문들을 주로 읽고, 친구 집이나 친척 집에 갈 때면 다 본 신문을 달라고 해서 가져와 밤새도록 읽었다. 친구가 도시락을 싸 온 신문지를 얻어 읽기도 했다. 도시락을 쌌던 신문지는 김칫국물이 배여서 시큼한 냄새가 났으나, 나는 사설의 주요 부분에 밑줄을 쳐 가며 정독했다. 공부 시간에도 신문을 몰래 읽다가 선생님에게 들켜서 손바닥을 지시봉으로 맞기도 했다.

학교에서 내 성적은 중상위권이었다. 과목 간 성적 편차가 심한 편이었다. 국어와 국사, 세계사, 지리 등의 성적은 우수했지만, 수학, 화학 등은 평균을 밑돌았다. 그래서 해당 과목 선생님들에게 따로 벌을 받기도 했다. 당시 실력고사의 10위권 안에 드는 친구로는 박원식·곽도찬·김주평·최민호·이서·채경석·우승용·권영수·김창환 등이 있었는데 국어 점수만으로는 나도 항상 최고 수준이었다. 교지인 《문원》에 시가 실리기도 했다. 내용은 잊었지만 '갈대 옆에서'라는 제목의 시였다.

미풍에도 하느작거리는 연약한 갈대가 태풍이 불면 부러질 듯이 흔들리면서도 끝끝내 꺾이지 않는 강인함을 노래한 것이었다.

국어선생 김경섭은 잘 썼다고 칭찬하면서 내게 우암牛岩이란 호도 지어주었다. 학생들에게 '신경통'으로 불릴 만큼 무서운 김 선생이 내겐 우암牛岩이란 호까지 지어주었으니 매우 이례적인 일이라고 동창 신윤영은 회고했다.

친구들은 한자 뜻은 다르지만 발음상으로는 나의 성이 우씨여서 잘 어울리는 호라고 추어주었다.

나는 동물 중에서 소를 가장 좋아한다. 그런데 이상하게도 우리 학년에는 단양 우씨들이 많았다. 우복형·우승용·우신일·우강헌 등 나를 포함해 5명이나 되었다. 단양 우씨는 파는 여럿이지만 본이 하나이기 때문에 남다른 우애의 정을 서로 느낀다. 우리 집이 영미다리 근처에 작은 집을 사서 이사한 후에 어머니가 우씨 친구들을 초청해서 집들이를 한 적이 있다. 비록 된장찌개에 쌀밥과 김치, 구운 김 정도의 밥상이었지만, 참으로 즐거운 만찬이었다.

당시 《문원》에 아름다운 시를 쓴 친구로는 유우희(고인이 됨)가 있고 해학이 넘치는 수필을 쓴 정기인은 훗날 대학교수가 되었으며, 문예반장이던 엄수현은 과수원 주인이 되었다. 소설을 쓴다면서 항상 누런 원고 뭉치를 끼고 다니던 박용정은 훗날 신문사 사장이 되었다.

나는 연극반에도 들어가서 유치진의 「조국」을 공연했다. 한국환과 이대수가 주연을 맡고 나는 조연인 '장 서방' 역을 맡았다. 당시의 사회 상황은 폭력이 날뛰던 시대였다. 이정재·유지광·김두한 등 정치 무대의 주먹패들이 젊은이들의 우상이 되는 분위기였다. 학교마다 주먹패들이 서클을 만들어 헤게모니 싸움을 벌이기도 했다. 그런데 큰 사건이 우리 학교에서 일어났다. 무슨 이유인지는 확실치 않으나 주먹 싸움 끝에 우리 반 친구 전부남이 죽었다. 그날 전부남은 우리 반의 청소 담당이었다. 그는 반장인 나에게 일이 있어서 그냥 간다고 말했다. 나는 그날 낮에 그가 다른 반 친구와 싸웠던 것을 떠올리면서 집으로 곧장 가라고 당부했다. 그런데 우리가 청소를 거의 마쳤을 무렵 한 친구가 뛰어 들어와서 전부남이 버스정류장 앞 골목에 쓰러져 있다고 소리쳤다. 우리는 황급히 뛰어나갔다. 당시는 택시도 없어서 우리는 실신한 전부남을 교대로 업고 후암동 고개를 넘어 서울역 앞 세브란스 응급실에 눕혔다. 가는 동안 전부남은 정신이 들었다 나갔다 했으나 병원에 도착하자마자 이내 숨을 거두고 말았다. 염려했던 대로 전부남은 낮에 싸웠던 친구와 다시 붙었던 것이다. 기계체조로 단련된 전부남이 한 친구와 대결하는 사이에 뒤에 있던 다른 친구가 장작개비로 전부남의 등을 내리쳤다. 순간 뒷머리를 때리는 줄 알고 몸을 낮추는 바람에 뒷머리를 맞아 뇌진탕을 일으킨 것이다.

전부남의 죽음은 한 반 친구였던 우리 반 친구들에게 큰 충격을 주었으며 고등학교 학생들이 저희들끼리 싸우다가 일어난 사건으로 커다란 사회적 파장을 일으켰다.

그 일이 있고 난 다음부터 이 세상을 살아가려면 호신술이 필요하다고 생각했다. 이미 이기식·김재천 등과 함께 시작한 검도 훈련에 전념했다. 여름방학에는 서대문형무소 무도관에 나가 김영달 선생(검도 8단)의 지도 아래 혹독한 내서 훈련을 받았다. 호구를 쓴 얼굴이 땀으로 범벅이 되어도 손가락으로 땀을 닦아내며 훈련을 계속했다. 겨울방학에는 혹독한 내한 훈련을 받았다. 발톱이 빠지고 발바닥이 갈라져도 연습을 계속했다. 이런 훈련을 받고 나니 작은 막대기 하나만 잡으면 어떤 공격도 막아낼 수 있다는 자신감이 생겼다. 나는 검도 훈련을 정치인이 되기 위한 준비 과정으로 생각했다.

고등학교 3학년 때 우리 집은 성동구 행당동에 방이 다섯 개나 있는 넓은 집을 사고 이사했다. 집은 넓었지만, 일본 사람이 살던 적산가옥이라서 매우 낡은 상태였다. 우리 세 식구는 안방에 살고 건넌방과 바깥채의 방 세 개를 세를 놓았다. 그 동안 세를 살던 우리 집이 임대 수입을 얻게 된 것이다. 아버지와 어머니가 열심히 일한 덕분이었다. 이제는 굳이 걸어서 학교에 다니지 않아도 됐다. 그래도 나는 용돈을 아끼기 위해 등교할 때만 전차를 타고 올 때는 걸었다. 걸어서 남산을 넘어 집에 가는 친구들이 여럿 있어 심심하지도 않았다. 박영우·박윤건·이성열·김홍석 등이 주요 멤버였다. 이성열은 필동에서 헤어지고, 박윤건과 김홍석은 을지로6가에서 헤어지며, 박영우는 상왕십리에서 헤어졌다. 행당동까지 걷는 내가 가장 먼 거리였다.

하루는 이성열과 둘이서 걸었다. 이성열이 필동 자기 집으로 같이 가자고 했다. 필동 비탈에 있는 이성열의 집에서 된장찌개와 보리밥을 함께 먹었다. 이성열의 어머니가 아랫목에 밥과 찌개를 담요로 덮어 놓아서 온기가 남아 있었다. 한 사람 분의 식사를 둘이서 나눠 먹었으니까 좀 부족한 듯싶었지만, 정말 맛있게 먹었던 기억이 남아 있다. 이성열은 양평에서 국민학교를 졸업하고 올라와서 1학년 때 한 반이 되었다. 그때 국어선생이 작문을 시켰는데, 북으로 끌려가신 아버지를 그리는 글을 써서 칭찬을 받았다. 그는 내게 말했다. "서울 놈들에게 우리 기죽지 말자." 촌놈 둘이 마주 보고 웃었다. 애국심이 컸던 이성열은 학도호국단 연대장을 지냈고, 훗날 육군 대령이 될 때까지 대북 정보 업무를 충실히 수행했다. 나는 이성열의 소개로 교내 서클 청룡클럽에 가입했다. 김철환·최민호·이문삼·박원식이 회원이었고, 고인이 된 강성호도 회원이었다.

학교 밖으로는 흥사단에 입단했다. 정치를 하기로 결심한 이상 이왕이면 정치적 경륜이 쌓인 흥사단 운동에 참여해서 안목을 넓힐 필요가 있다고 생각했기 때문이다. 그런데 흥사단에 들어가 보니, 흥사단은 당시 야당인 민주당과 깊은 관련이 있는 단체였다. 흥사단 출신들이 대부분 민주당 국회의원으로 활동하고 있었다. 내가 소속한 흥사단 학생회의 분위기도 반자유당 친민주당이었다. 나는 기회 있을 때마다 흥사단의 반이승만 노선을 비판했다. 흥사단이 더욱 발전하려면 정치적으로 어느 한쪽에 치우쳐서는 안 된다는 것이 나의 지론이었다. 무조건 이승만과 자유당만을 비난해서는 안 된다고 생각했다. 흥사단 고등학생회에서 나는 장상철(훗날 교사)·방원혁(훗날 KBS 감사)·최동희(훗날 강원대 교수) 등을 사귀었다.

# 과잉 통치, 과잉 참여의 혼란 속에서 

■ 호로고로성에서 내려다본 임진강의 고랑포 여울. 왼쪽의 자갈길이 강물을 대각선으로 막으면서 약 600미터의 길고 얕은 여울이 만들어졌다. 6·25 때 남침 인민군 탱크부대가 건너온 이곳 고랑포 여울은 1968년 1월 21일엔 북한 124군 특공부대가 건너와서 청와대를 습격했다.

　내가 대망을 품고 고려대학교 정치외교학과에 들어간 1960년 3월은 장기 집권을 바라는 이승만의 대통령 출마와 당선, 그리고 이를 반대하는 민주당과 학생들의 시위로 온 나라가 요동치던 때다. 3·15 부정선거의 무효와 재선거를 주장하는 반정부 데모는 마산에서 일어난 김주열 군 사건을 계기로 전국으로 확산되었다. 이 같은 전국적인 반정부 데모는 따져 보면 이승만 정부의 장기 집권에 따른 통치 과잉에서 비롯됐다. 민심은 통치 과잉으로 참여가 위축되면 참여와 자유의 확대를 요구한다. 반대로 참여 과잉으로 통치가 위축될 때에는 통치와 질서의 강화를 요구한다. 이것은 시대 변화의 법칙이자 역사 변화의 법칙이다. 이때의 소요는 말하자면 건국이라는 중차대한 명분 앞에서 수긍하던 민심이 돌아서 참여의 요구가 봇물처럼 터진 것이다.

　4월 18일 신입생 환영회를 한다는 교내 방송이 있었다. 신입생 환영회 장소인 인촌 동상 앞 교정에는 막걸리 통이 단과 대학별로 놓여 있었다. 정경대 학생회장 이세기가 등단하더니 3·15 부정선거의 무효화를 주장하고 이승만의 독재정치를 규탄하는 연설을 했다. 동시에 빗자루 등으로 급조된 플래카드와 '고대'라는 붉은 글자가 적힌 수건을 나눠주었다. 플래카드는 선두와 중간 중간에 배치됐다. 나는 선배들의 지시에 따라 막걸리 한 사발을 죽 들이키고 나서 수건을 이마에 동여매고 국회를 향해 달려 나갔다. 신설동 네거리에서 경찰의 강력한 저지를 만났다. 우리는 투석으로 경찰 저지선을 뚫고 전진했다. 이 충돌 과정에서 우리는 두 패로 갈렸다. 주력부대는 동대문을 거쳐 달려 나갔다. 우리는 청계천 도로를 따라 전속력으로 달렸다. 국회 앞에 가보니 주 대열은 이미 국회 앞에 모여 성토대회를 열고 있었고, 수천 명의 경찰이 시청 쪽과 광화문

쪽을 차단, 포위하고 있었다. 유진오 총장이 시위 목적을 달성했으니 학교로 돌아가자고 설득했다. 우리는 학교로 돌아오기 시작했다. 그런데 청계천 근처에서 정치 깡패들의 습격을 받아 십여 명이 다쳤다. 이것이 다음날 4·19 혁명을 촉발했다.

4월 26일 이승만은 하야 성명을 내고 경무대를 떠나 이화장으로 갔다. 이승만이 지나는 도로 양쪽에는 많은 시민들이 나와 지켜보았다. 그래도 일부 민심은 건국 대통령에 대한 일말의 연민을 보였다. 곳곳에 이승만의 만수무강을 기원하는 플래카드가 걸려 있었다.

허정 과도정부가 들어서고 총선거가 실시되어 새 국회가 구성되었다. 새 국회는 자유당 소속은 한 명도 없이 민주당뿐이었다. 자유당은 이승만의 실권과 동시에 사라진 것이다. 이것은 우리나라 정당 정치가 파행으로 이어지는 신호탄이었다. 정당 간의 정책 토론이나 상호 경쟁에 의해 수권 정당이 되고 안 되고 하는 영미형이 아니라 극단적인 상황에까지 치달아 권력이 이양되고 정당이 부침하는 후진국형 정치 행태를 보이는 것이다.

그것은 효율적인 국정 운영을 불가능하게 만든다. 국회의 절대 다수를 차지한 민주당은 신·구파로 갈라졌다. 민주당은 대통령중심제를 내각책임제로 바꾸고, 국회에서 구파의 윤보선을 대통령에, 신파의 장면을 국무총리로 선출했다. 신·구파는 곳곳에서 충돌했다.

이승만 정부의 카리스마적 지배 아래 위축되었던 민중은 매일 수많은 데모를 일으켜 욕구를 분출했다. 담임선생을 규탄하는 국민학교 학생들의 데모가 있었고, 상이군경들이 국회의 단상을 점령하는 사태도 있었다. 심지어 거리 데모 때에는 인공기가 나타나고 조선공화국 만세 소리도 들렸다. 신·구파로 나뉘어 당파 싸움을 벌이는 민주당 정부의 통치 기능은 거의 전무한 상태였다. 북조선의 대남 선전이 격화됐다.

5월 5일 고대 개교 기념 축제 때에는 친북 좌파 학생들이 운동장에 북의 여자와 남의 남자가 만나는 대형 걸개그림을 내걸었고, 학생들은 모닥불을 손잡고 돌면서 외쳤다. "가자 북으로, 오라 남으로, 만나자 판문점에서." 그들이 내건 주장은 '민족의 평화적 통일'이었다. 그런데 내용을 보니 대한민국의 국체를 외면한 북조선 정권의 대남 공산 통일 전략에 충실한 것이었다. 개중엔 사상적으로 자본주의와 공산주의의 중간 입장에 선 사회주의를 신봉하면서 대한민국을 잘 사는 나라로 만들자는 진보 좌파도 일부 있었다. 그러나 전체적으로는 북조선의 선전에 매혹되어 대한민국의 존재와 가치를 부정하고 북조선공화국을 중심으로 통일 조국을 만들자는 주장이었다.

1961년 5월 16일 새벽 박정희가 반공을 국시의 제1의로 삼고 5·16 군사혁명을 일으켰다. 윤보선 대통령은 "드디어 올 것이 왔다"는 우리 정치사에 남을 유명한 탄식을 했다. 학생과 민중의 피로 얻어진 권력 앞에서 하나가 되지 못하고 여전히 신·구파의 자중지란에 허덕거리던 민주당 정권의 실상이 함축되어 있는 한마디였다. 무제한의 자유와 무절제한 참여, 실질적인 통치가 부재했던 약체정권이 불러온 필연적인 사태였다.

건국에서 5·16 군사혁명까지의 통치 행태를 나름대로 분석해 보면 이승만의 통치 과잉이 민주당의 참여 과잉을 빚었고, 민주당의 참여 과잉이 박정희의 통치 과잉으로 이어지고 있음을 알 수 있다. 최선의 정치는 통치와 참여의 조화인데, 그것은 하루아침에 이루어지지 않는다. 통치 과잉과 참여 과잉의 시행착오를 주기적으로 겪은 뒤에야 비로소 가능한 것이다.

그해 여름방학 때 나는 아버지가 톱밥을 가득 싣고 운반하는 것을 돕기 위해 따라나섰다. 제재소에서 무학국민학교 쪽으로 내려가는 비탈길이었다. 아버지는 달구지(두 바퀴짜리 손수레)의 앞채를 잡고 두 다리를 앞으로 뻗고 버티면서 내려가고 있었고, 나는 뒤에서 달구지의 뒷모서리를 잡은 채 역시 두 다리를 달구지 밑으로 뻗고 버티면서 내려갔다. 그러나 워낙 비탈이 심한데다 달구지에 실은 톱밥의 무게에 가속이 붙는 바람에 달구지는 비탈길을 사정없이 달려 내려갔다. 아버지는 달구지의 앞모서리를 잡은 채 담벼락에 부딪히면서 두 다리가 깔렸고, 나 역시 담 옆으로 나뒹굴었다. 나는 벌떡 일어나서 지나던 사람들의 도움을 받아 아버지를 끌어냈다. 다행히 아버지는 심한 부상이 아니었다. 일주일 동안 입원했다가 나와서 통원 치료를 받았다.

나는 부모님에게 농촌 봉사 활동을 다녀오겠다고 거짓말을 하고 김포가도 건설 현장으로 갔다. 때마침 여의도와 김포공항 사이에서는 이기붕과 일부 재벌들의 부정 재산 환수금으로 신설 도로를 닦는 공사가 한창이었다. 통치의 떡고물을 모아 벌이는 공사장의 노동자라는 또 다른 신분이 되어 막노동을 시작했다. 내가 하는 일은 모래 운반 지게로 여의도 샛강에서 모래를 지고 올라오는 것이었다. 스물한살 한창 때여서 나는 며칠 동안 잘 버텼다. 그러나 노동자 합숙소인 천막은 한여름의 더위로 달아올라 퀴퀴한 냄새와 열기로 가득해서 잠을 잘 수가 없었고, 식권을 받아서 먹는 식사가 너무 부실했다. 일주일 만에 집으로 돌아왔다.

돌아오면서 아버지의 삶을 생각했다. 가장으로 생계를 책임지고 살아야 하는 아버지의 삶이 결코 호락호락한 것이 아님을 체득했다. 또한 그곳에서 일하는 사람 역시 가장임을 떠올렸다. 우리나라가 좀 더 잘 사는 나라가 되면 노동 환경이 개선되고 노동자들이 기초생활의 보장을 받을 수 있을 거라는 생각도 해보았다.

아버지가 등록금으로 모아놓았던 돈은 우리 세 식구 생활비와 아버지 치료비로 다 썼다. 길이 보이지 않는 듯했다. 물론 아버지는 일어나셔서 어떻든 내 등록금을 마련해 주실 것이다. 하지만 고민 끝에 입대를 하기로 결심을 했다. 그러면 아버지가 숨을 돌리실 수도 있고 나 역시 어릴 때부터 군에 대한 호기심이 컸던지라 이번 기회에 입대를 해서 내 삶의 이정표를 또 하나 세우고 싶었다. 사실 그 시절엔 4대 독자면 군대에 가지 않아도 되던 때였다. 그러나 한번 가고자 마음을 먹으니 '꼭 가야 한다'로 굳어지고 이왕 간다면 장교로 들어가서 군에 대한 이해와 리더십을 체험하겠노라 작정을 했다. 하지만 한편으로 은근히 염려가 됐다.

내가 대학을 그만두고 입대한다면 부모님의 충격과 아픔이 엄청날 것이기 때문이다. 마음이 아프지만 일절 비밀에 부치고 일을 추진했다. 육군보병학교 입교 시험에 합격하고 입영 통지서를 받은 후에야 부모님께 전말을 말씀드렸다. 아버지는 말없이 돌아앉아 담배에 불을 붙였고, 어머니는 하염없이 눈물을 흘렸다. 불효자식이 되어 밤새 잠을 설치고 이튿날, 용산역에서 부모님의 배웅을 받으며 군용열차를 타고 논산훈련소로 향했다. 1961년 12월 8일, 내 입대일이다.

208GP장이 되어 적진을 보다

논산훈련소에서 전·후반기 사병 훈련을 마친 나는 1962년 2월 말 광주 상무대에 있는 육군보병학교에 입교했다. 이날부터 육군 장교가 되기 위한 교육 훈련을 받기 시작했다. 육체적, 정신적 극기의 한계를 시험하기라도 하듯이 교육 훈련은 엄정하고 가혹하다 못해 잔혹하기까지 했다. 120명 중 20여 명이 중도에 탈락했다. 아무튼 1962년 9월 15일 나는 빛나는 육군 소위 계급장을 어깨에 달았다. 내가 처음 배치된 제7사단본부는 사창리에 있었고, 제3연대 1대대는 명월리 광덕산 골짜기에 있었다. 나의 숙소는 영내에 위치한 독신 장교 숙소였다. 전령병이 나무로 군불을 때 주었지만, 방의 외풍이 워낙 세서 닭털 담요를 덮고 발끝 부분에는 뜨거운 물을 담은 수통을 넣고 잤다. 전방 예비사단은 훈련과 교육이 많았다. 훈련은 대대급, 연대급, 사단급이 수시로 있었고, 군단

급의 대규모 훈련이 여주 이천의 남한강 유역에서 연 1회 있었다.

나는 부임 초부터 대대장의 미움을 받아 많은 고생을 했다. 5·16 혁명이 일어난 다음 해인지라 군 개혁 바람이 세차게 불었다. 사병들의 정량 급식과 건강 관리를 감독하기 위해 월 단위로 책임장교가 임명되었다. 첫 번째 감독장교가 된 나는 원칙대로 행동하기로 결심했다. 나는 연병장에 중대 취사반장들을 모아놓고 쌀·고기·야채 등을 중대별로 배정했다. 그날은 돼지고기가 국거리로 나왔다. 대대가 받아온 전체량을 중대별 인원수에 따라 나누는 작업에 들어갔다. 그때 대대본부의 부관장교가 내게 다가왔다.

그는 대대장과 부대대장을 비롯해 영외 거주 기혼 장교들에게 나눠줄 돼지고기를 별도로 떼어놓아야 한다고 내 귀에 대고 말했다. 순간 나는 크게 당황했다. 조금 전에 정량 급식이 되어야 한다고 일장 훈시를 했는데, 취사병들이 보는 앞에서 살코기를 빼돌려 주어야 하는 상황이었다. 나는 그것은 원칙에 어긋난다고 판단하고 그냥 정량을 나눠주었다. 부관장교는 내게 관행을 어겼다면서 "크게 후회하게 될 것"이라는 말을 남기고 사라졌다. 그 다음날에는 동태가 국거리로 나왔다. 역시 부관장교가 나타났다. 그러나 나는 본 척도 않고 정량을 배정해 버렸다. 그 다음날에는 부관장교가 아예 나타나지 않았다. 그런 식으로 한 달 동안의 정량 급식 감독장교의 업무를 원칙적으로 수행했다.

그때부터 대대장과 부대대장의 노골적인 탄압 행위가 이어졌다. 훈련이나 교육 때 내가 실수를 했다고 생각하면 용서 없이 '쪼인트'를 깠다. 쪼인트란 군대 은어로 군화발로 정강이 부분을 힘껏 차는 것이다. 몹시 아팠다. 그러나 굴복해서는 안 되지, 군대의 급식 부정을 근절하기 위해서 이 정도의 고통과 탄압은 감수해야지 하고 참았다. 하지만 나의 소대원들에 대한 차별과 탄압에는 참을 수가 없었다. 대대장은 대대의 사역병을 소집할 때마다 나의 소대를 지정했다. 도로에 흙이 무너지면 나의 소대원들이 동원되고, 제설작업에도 나의 소대원들이 동원되었다. 나는 보안사 장교를 찾아가 사실을 털어놓았다. 정량 급식을 위해 옳은 일을 한 장교를 표창하기는커녕 오히려 괴롭히고 나에 대한 감정으로 부하 소대원까지 괴롭히는 것은 부당하다고 주장했다. 그 뒤, 대대장의 나의 소대에 대한 고의적 탄압은 한결 뜸해졌다.

1963년에 접어들면서 우리 사단이 전방 사단으로 교대해 들어간다는 소식이 들렸다. 나는 사단본부를 찾아가 DMZ 근무를 희망한다고 말했다. 당시에는 희망자가 많아서 DMZ 근무 장교가 된다는 것은 하늘의 별따기라는 소문과 위험 지역 근무이므로 희망자가 적어서 쉽게 된다는 소문이 동시에 나돌았다. DMZ 근무는 사단 직속의 수색중대가 맡게 된다. 그래서 DMZ 요원이 되면 사단 수색중대로 소속이 바뀌게 된다. 육군7사단이 방어 임무를 맡은 백암산 전방의 DMZ에는 모두 7개의 GP가 있었다. 서쪽의 208GP에서 동쪽의 214GP까지였다. GP를 지원하는 CP는 3곳이었다. 희망자만으로 DMZ 근무요원을 충원할 수 없어서 7사단 보안부대는 사단 내의 모든 장교와 병사들에 대한 엄정한 신원조사를 실시했다. 특히 GP장과 CP장 등 DMZ 근무장교에 대해서는 별도의 심도 있는 조사가 있었다. 휴전 이후 10년이 지나는 동안 북조선 인민군의 잦은 도발로 수많은 사상자가 나왔고, 병사의 월북과 심지어는 소대원을 이끌고 월북한 GP장이 나오는 등 숱한 사고들이 있었다. 그래서 국가의식이 투철하고 용기 있는 장교만이 적과 맞서 조국을 지키는

GP장의 임무를 수행할 수 있었던 것이다. 나중에 들은 얘기지만, 나의 친인척은 사돈의 8촌까지 사상 점검을 받았다. 나는 DMZ 근무를 지원, 절차를 밟고 있는 동안에도 아버지와 어머니에게 일절 알리지 않았다.

마침내 208GP장으로 명을 받아 최전선에 서게 되었다. 서쪽으로는 12사단의 207GP가 있었고, 오른쪽으로는 209GP가 있었다. 209GP장 이시용 소위와 210GP장 최창윤 소위(훗날 노태우 정부 때 문공부 장관 역임), 그리고 CP장 성하진 소위는 모두 육사 18기 출신 엘리트였다. 특히 CP장 성하진 소위는 나의 용산고 2년 선배여서 마음이 든든했다. 208GP에 도착해 적진을 바라보니, 서북쪽으로 적의 오성산이 있고, 동북쪽으로 적의 저격능선이 있었다. 오성산은 적군 1개 사단이 굴을 파고 들어있는 요충이라고 했다. GP 앞으로는 금성천의 지류가 흐르고, 그 금성천을 따라 군사분계선이 이어져 있었다. 금성천 건너편에 서쪽에서 동쪽으로 길게 능선이 낮아지면서 아군 209GP 앞에서 약간 솟아오른 산봉우리에 적군 GP가 위치하고 있었다. 아군 209GP는 금성천 상류 건너편 봉우리의 적군 GP보다 표고가 낮아 전술적으로 불리했다. 아군 209GP와 우리 208GP 사이 금성천 옆으로 남의 화천과 북의 금성을 잇는 주도로가 있어서 도로 옆에 솟아있는 209GP와 그 도로를 동북 사선으로 내려다보는 우리 208GP가 전술적으로 중요한 위치였다. 남북 GP 사이에 총격전이 벌어진다면, 209GP는 적의 GP에 비해 절대적으로 불리한 위치다. 아군 209GP의 지형적 약점을 208GP가 보완해 주어야 했다. 실제로 내가 DMZ를 떠난 지 10년쯤 뒤에 적군 GP가 아군 209GP에 대해 무차별 사격을 퍼붓는 사건이 벌어졌다. 적군 GP는 전선에 어둠이 깔릴 무렵 209GP 요원들이 석식을 들고 있을 때 자동소총과 박격

■ 애국을 생각하던 GP장 시절.
1964년 3월 1일 중동부 전선의
DMZ 208초소에서 적진을 응시
하다.

포탄을 마구 쏘아댔다. 이때 아군 208GP는 적 GP를 쑥밭으로 만들 수
있었으나, 확전으로 번질 것을 우려한 UN군사령부의 대응사격 지시가
내리지 않았다. 결국 적 GP의 도발은 아군 209GP 요원 8명에게 중경상
을 입히고 끝났다.

나는 208GP장으로 1년 넘게 근무하면서 대원들에 대한 정신교육과
철저한 경계근무를 강조했다. 내가 근무하는 동안 우리 208GP는 적의
도발을 받지 않았다. 우리 GP 전방에서 예상치 않았던 사건이 벌어졌을
때, 우리 요원들의 침착하고 훈련된 대응으로 훌륭하게 처리된 일이 있

었다. 1963년 여름날 새벽 먼동이 틀 무렵, 전방 1번 초소 앞에 갑자기 인민군 병사 한 명이 나타났다. 그는 수풀 속에서 벌떡 일어나서 두 손을 번쩍 들었다. 우리 초소의 근무요원은 비상벨을 누름과 동시에 총구를 겨냥했다. "꼼짝 마." 초소의 전 요원이 초소의 참호에 배치되어 사주방어 태세를 갖췄다. 나는 비상벨이 켜진 1번 초소로 급히 달려갔다. 나는 지난번 북파공작원과의 약속 암호를 큰소리로 댔으나, 인민군 병사는 응답 암호를 대지 못했다. 나는 순간적으로 우리 쪽 경비 상황을 떠보기 위한 침투조의 선발대원이 아닌가 하는 생각이 들어 큰소리로 지뢰와 부비트랩이 배설되어 있지 않은 안전통로를 말해 주면서 두 손을 높이 든 채로 걸어오라고 명령했다. 그가 만일 적 침투조의 척후병이라면 달아나거나 근처에 숨어 있던 다른 적 침투조원들과 함께 기습공격을 가해 올 것이라고 생각했다. 그러면 우리 GP 요원들이 일제 사격을 퍼부을 계획이었다. 그런데 그는 나의 명령대로 걸어왔고 끝내 혼자였다.

그는 자신이 임무를 수행하고 돌아온 북파공작원이라고 말한 다음 긴장이 풀려선지 곧 기절했다. 우리 GP대원들은 그를 침상에 눕히고 상부에 보고했다. 그리고 그가 편히 쉬도록 상의의 단추를 풀고 허리띠를 풀었다. 그러나 발이 퉁퉁 불어서 신발과 양말은 벗겨지지 않았다. 할 수 없이 면도칼로 신발 끈을 잘라낸 뒤에야 신발과 양말을 벗길 수 있었다. 그러는 사이에 정보사령부(HID) 요원들이 들이닥쳤다. 그들의 말을 들어보니, 두 달 전 우리 GP를 통해 넘어간 북파공작원은 돌아오지 못했고, 이번에 우리 GP로 돌아온 공작원은 다른 GP지역을 통해 북파된 사람이었다. 그래서 우리와의 암호 응답이 이뤄지지 못했던 것이다. HID

장교는 우리 GP 요원들이 다른 '루트'로 돌아온 공작원을 쏘지 않고 침착하게 잘 처리해 준 데 대해 감사하고, 공작원이 가지고 돌아온 배낭을 풀어 전과를 확인했다. 그의 배낭 속에는 그가 한 달간 북한 지역에 침투해서 활동한 성과물들로 가득했다. 인민군 전방 배치 사단의 부대 마크와 인민군 병사 명찰과 계급장, 권총과 부대 막사에 사용된 못 등. 그것 역시 전장에서 이긴 것 못지않은 전과였다. 잦은 충돌과 첨예한 남북 대치 속에서 적정을 탐지하기 위해 목숨을 걸고 적진에 들어가 첩보 활동을 벌이는 북파공작원들, 그들도 분명 나라를 지키는 애국자다.

그날 새벽 우리 GP 막사에 들어서는 순간 "이제는 살았구나" 하는 안도감과 그 동안 쌓인 긴장감이 한꺼번에 풀려서 기절했던 그가 다시 정신을 차렸다. HID 호송차에 오르면서 환하게 웃던 그의 모습을 지켜보며 최전방 GP를 자원해 적을 감시하고 조국을 지키는 나의 애국이 얼마간은 초라해 보이기도 했다.

210GP장 최창윤 소위의 애국적인 행위도 내 기억 속에 오래 남았다. 우리 둘이 백암산 앞 DMZ를 지킬 때는 반공을 국시로 하는 5·16 혁명이 일어난 뒤여서 북한군이 자주 DMZ에서의 크고 작은 도발행위를 벌였다. 최 소위는 적의 도발에 대비해서 GP 주변에 부비트랩을 보강 설치하는 작업을 실시했다. 한 대원의 실수로 부비트랩이 폭발하자 최 소위는 대원을 밀치면서 엎드렸다. 그러나 최 소위와 대원 세 명이 중경상을 입었다.

열 달 뒤에 GP장은 한 곳에 장기간 근무할 수 없다는 규정에 따라 208GP에서 내려와서 잠시 사단 수색중대 수송관으로 근무했다. 이 수송관 근무 때 가슴 아픈 일을 만났다. 전역을 보름 앞둔 윤 병장이 찾아

와서 DMZ 근무를 경험하고 싶으니 보내 달라고 했다. 나는 제대가 얼마 안 남았는데 본부에서 편안하게 보내는 것이 좋겠다고 말렸다. 그런데 윤 병장이 군 생활의 추억으로 삼고 싶다고 자꾸만 졸라서 중대장과 협의한 다음 제2CP로 보냈다. 제2CP는 백암산의 험준한 계곡에 위치했고, 전방의 211 · 212 · 213GP 등 3개 GP를 지원하고 있었다. 여름 장마철이라 골짜기마다 많은 골물이 넘쳐흘러 CP와 GP를 연결하는 산악도로의 곳곳이 물길이 되었다. 윤 병장은 순찰 '지프'의 운전대를 잡고, CP장과 경계병 2명을 태운 채 순찰에 나섰다. 몇 개의 개울을 건넌 다음 비탈길을 내려갈 때 갑자기 차의 시동이 꺼졌다. 라이닝에 물이 들어간 것이다. 윤 병장은 도로 옆 절벽으로 떨어지지 않기 위해 차를 도로의 절개지切開地 쪽으로 틀었다. 차의 오른쪽 바퀴가 절개지에 닿으면서 차가 전복됐다. 그 순간 CP장과 경계병사 두 명은 재빨리 뛰어내렸으나, 운전대를 잡고 있던 윤 병장은 차에 깔렸다. 머리를 다쳐 순직했다. 늘 모범 병사였고 군대 생활의 마지막을 DMZ 근무로 장식하고 자랑스럽게 전역하려던 윤 병장의 순직은 나에게 깊은 슬픔을 남겼다. 그것은 전선을 지키는 군인으로서 나라를 위해 바칠 수 있는 최고의 애국 실천이었다.

윤 병장의 순직을 가슴에 묻고 나는 다시 213GP장으로 올라갔다. 213GP는 전방으로는 금성천이 흐르고 동북쪽으로 북한강이 흐르는 백암산 방어의 요충지에 위치했다. 자동차 도로가 개설되지 않아서 모든 이동과 보급을 GP요원들이 직접 해야 했다. 왼쪽 212GP는 조 소위가, 오른쪽 214GP는 곽 소위가 지키고 있었다. 213GP의 생활은 여름에는 시원한 바람 속에 신선 같은 여유를 즐길 수 있었으나, 겨울에는 그야말로 북풍한설과의 힘겨운 싸움을 해야 했다. 10월 초면 눈이 내리기 시작하고 기온이 초겨울 날씨로 떨어지니 월동준비를 9월 중에 마쳐야 했다. 적의 침투를 막기 위해 밤 동안 초소 주변을 밝혀 주는 발전기 연료를 져 올리고, 김치와 쌀 등을 져 올리며, 난로에 땔 장작도 준비해야 했다. 한겨울 북풍한설이 몰아칠 때면 초소 근무 요원의 콧수염에 하얗게 서리가 끼고, 밖에 나가서 북쪽을 향해 오줌을 갈기면 오줌이 땅에 떨어지면서 허연 김이 올라옴과 동시에 곧 얼어버린다.

벌써 겨울 같은 1963년의 11월 초순, 손끝이 시리도록 강물이 차가워진 어느 날, 북한강에서는 우리 측 장병들이 중립국감시위원단의 허가를 받아 노후한 군사분계선 표지판과 철조망을 보수하는 작업을 벌였다. 서해 임진강과 예성강이 맞닿는 어귀에서 동해안 간성에 이르는 155마일 휴전선에는 1953년 휴전 당시 설치된 1,292개의 군사분계선 표지판과 철조망이 낡고 녹슨 채 이어져 있었다. 강이나 하천의 중간을 지나는 곳에서는 강물에 철조망과 표지판을 설치할 수가 없어서 북안과 남안에 지그재그zigzag로 표지판을 설치했다. 그래서 남안의 표지판을 점검하고, 배를 타고 건너가서 북안에 있는 다음 표지판을 갈아 꽂은 뒤 다시 배를 타고 건너와서 남안의 다음 표지판을 가는 것이 원칙이었다. 그런데 우리 측 점검은 그렇게 하는 것이 불편한 데다 중립국감시위원단의 허가를 받은 작업인 만큼 적이 이를 이해해 줄 것으로 믿고, 북안의 표지판을 점검한 뒤 곧장 북안을 따라 걸어서 북안의 다음 표지판으로 접근했다. 그러나 우리 측 요원들이 북안을 따라 20여 미터쯤 전진했을 때 갑자기 적 GP로부터 자동화기가 불을 뿜기 시작했다. 그때 사단 정보장교로 DMZ 보수반을 지휘하던 홍 대위가 중립국감시위원단의 허가를 받은 작업이니 총을 쏘지 말라는 뜻으로 중립국감시위원단 표지인 노란 완장을 무전기 안테나에 꽂아 들고 일어나서 적 GP를 향해 흔들었다. 그런데도 적 GP는 무차별 사격을 계속했다. 홍 대위를 비롯한 우리 측 장병 30명은 몸을 차가운 강물에 담근 채 목만 내놓고 적의 총탄을 피했다. 어떤 병사는 급히 모래를 손으로 긁어모아 북쪽을 가리기도 했다. 적 GP의 정면에 있는 214GP와 서남쪽에 있는 213GP는 적 GP에 즉각 응사 명령을 내려 줄 것을 중대장에게 요청했다. 214GP와 213GP는 적 GP보다 표고가 높았기 때문에 응사하는 경우 적 GP를 제압할 수 있었다. 그러나 사격 명령은 끝내 내려오지 않았다.

우리 측 수리반은 밤이 되기를 기다렸다. 날이 어두워지자 우리 측 보트가 강을 건너가고 우리 측 수리반을 구출해 냈다. 와서 인원을 점검해 보니 홍 대위가 없었다. 다음날 날이 밝아지자 214GP 망원경에 북한강 북쪽 강기슭에 엎드려 있는 홍 대위가 발견되었다. 전군에 비상이 걸렸다. 우리는 모든 탄약과 포탄을 다 준비했다. 만일 적이 한 방이라도 총을 쏜다면, 모든 화력이 적진을 강타할 계획이었다. 후방 지역에 있는 장거리포는 물론 전투기까지 전투 준비를 마친 상태였다. 전쟁도 불사한다는 각오였다. 오전 10시 214GP장 곽 소위가 이끄는 특공대가 공격용 보트를 타고 북한강을 건너기 시작했다. 특공대는 홍 대위의 시신을 수습해 돌아왔다. 우리가 방아쇠에 검지를 대고 적진을 노려보는 동안, 적들은 언제 그랬느냐는 듯이 GP에 나와서 평행봉을 하는 등 능청을 부렸다. 참으로 가증스럽기 짝이 없었다. 그 후 판문점에서 우리 측 요청으로 군사정전회담이 열렸다. 이 자리에서 우리 측은 북의 북한강 도발을 엄중 항의했다. 그러나 북측은 총 한 발 쏜 적이 없다고 잡아떼면서

우리 측이 안전사고로 죽은 것을 북측에 뒤집어씌운다고 억지를 부렸
다. 국방부는 홍 대위를 일 계급 특진시키고 무공훈장을 수여했다. 그러
나 홍 대위의 미망인은 남편의 특진 명령서와 훈장을 받자마자 던져버
리고 울었다. 북조선이 저지른 또 하나의 범죄로 기록된 사건이었다. 조
국의 전선을 지키다 적탄에 쓰러진 한 위관장교의 순국은 아프고도 장
렬한 애국이었다.

월남 참전, 하고 싶었다

　　장교의 전·후방 교대 방침에 따라 나는 만 2년 간의 전방 근무를 마치고 1965년 가을 2군에 배속됐다. 2군사령부가 있는 대구로 내려가 일주일 정도 싸구려 역전 하숙집에서 동료 장교들과 함께 대기했다. 나는 논산 제2훈련소 제30연대 교관에 임명되었다. 30연대는 내가 장교 교육 과정 중의 사병 훈련을 받은 바로 그 연대였고, 군기가 엄정하기로 이름나 있었다. 나는 2군에 배속되면서 중위로 진급했다. 나는 논산에서 하숙집으로 유명한 열두가구집의 방 하나를 얻어 하숙을 했다. 하숙이래야 아침밥만 먹고 잠만 자는 것이었다. 점심은 부대에서 훈련병과 함께 먹고, 저녁은 동료 장교들과 어울려 술과 밥을 겹쳐 먹는 방식이었다.

　　민간인을 군인으로 만드는 훈련소의 교관, 그것은 힘들면서도 매우 의미 있는 일이었다. 4주마다 논산역에 나가 입소하는 신병 훈련병을 받아

다가 군인으로 만들어서 전국의 군부대에 보내는 일에 나름대로 보람을 느꼈다. 제식훈련에서 사격을 거쳐 각개전투에 이르기까지 일일이 가르쳐야 했다. 모든 과정에서 조금도 빈틈이 없어야 했다. 안전사고가 없어야 하고 탈영사고가 없어야 했다. 훈련병의 학력과 능력도 천차만별이었다. 국민학교 졸업에서 대학원 졸업까지 다양했다. 특히 5·16 이후라서 군 기피자들 가운데 뒤늦게 입소하는 고령 훈련병과 기혼자들이 적지 않았다. 심지어 자녀를 둔 훈련병도 있었다.

나는 일요일에는 훈련병들에게 자유토론을 시켰다. 토론 제목은 '군 생활이 내 인생의 플러스인가? 마이너스인가?' 였다. 처음에는 토론자가 없었다. 아마도 마이너스라고 대답하면 교관에게 기합을 받게 되고, 플러스라고 하면 동료 훈련병들에게 아첨꾼이란 비난을 받게 될 것을 걱정하는 눈치들이었다. 나는 자기가 말한 내용 때문에 이익이나 불이익을 받지 않을 것이라고 약속했다. 그랬더니 훈련병들의 토론이 시작되었다. 170명 가운데 3분의 2 이상이 마이너스라고 말했다. 군 생활의 의미를 긍정적으로 평가한 훈련병은 매우 적었다. 나는 토론에 대한 종합평가를 다음과 같이 설명했다.

"군 생활은 각자가 계획하고 있던 인생 설계에서 자의가 아닌 타의로 선택된 것이다. 그러므로 마이너스라고 볼 수 있다. 그러나 군 생활은 우리들이 군대가 아니면 느낄 수 없는 몇 가지 의미를 던져준다. 첫째, 단체 생활에 대한 이해이다. 둘째, 내가 어느 정도까지 버텨낼 수 있는지 나의 육체적 힘과 정신적 힘의 수준을 알아볼 수 있는 기회이다. 셋째, 군 생활은 '나' 라는 개인과 '국가' 라는 전체의 관계를 확인시켜 주는 기회이다. 그러므로 군 생활에서의 경험과 교훈은 향후 내 인생의 진전에 큰 도움을 주게 될 것이다."

교관으로 복무 중, 월남 파병을 위한 선발대 모집이 있다는 소식이 들렸다. 나는 실제 전투로 애국을 실천해 보고 싶었다. 그런데 선발대는 현지민들과의 접촉 등 파병 전 준비를 위해 모집하는 장병인지라 중국어 시험을 본다는 것이었다. 나는 훈련병 중에 중국어를 할 줄 아는 사람이 있는지 알아보았다. 다행히 외대 중국어과 2학년 재학 중에 입소한 훈련병이 있었다. 대전에 나가 책방에서 중국어 기초에 관한 책을 두 권 샀다. 훈련이 끝난 다음 짬을 이용해서 중국어 교육을 받았다. "이, 얼, 싼"부터 시작했다. 하숙집에서도 공부를 했다. 화교가 경영하는 음식점에 일부러 가서 중국어 실습을 해 보기도 했다. 그러나 그렇게 급하게 공부한 것이 통할 리 없었다. 시험에 떨어져 월남행을 포기할 수 밖에 없었다. 1966년에 접어들면서 어머니의 편지가 자주 왔다. 어서 제대해서 학업을 마치라는 내용이었다. 당초 장기 근무를 할 생각이 아니었던 만큼 이쯤에서 전역하는 것이 좋다고 생각했다. 그러나 당시의 상황은 월남 전선에서의 장교 수요 급증으로 초급장교들의 전역이 사실상 정지된 상태였다. 월남전이 치열해지면서 소대장, 중대장의 전사와 부상이 급격히 늘어났기 때문이다. 그러던 차에 1966년 3월 31일 전역 명령이 내려왔다. 전역해서 집에 돌아와 얘기를 들어 보니 유도윤이 나의 전역에 힘을 써 줬다는 것이었다. 유도윤은 행당동에 있는 나의 집 문간방 두 개를 세 들어 살고 있던 사람이다. 그는 우리집 한지붕 사람들 사이에서 신문사 기자 또는 군속 근무자로 알려졌는데, 방세를 제때에 못 내는 일도 있었다. 그런데 5·16 혁명이 일어나고 며칠이 지난 어느 날 아침 우리 집 앞에 검은색 지프가 나타났다. 그리고 그가 중앙정보부 비서실장이 됐다는 사실이 알려졌다. 낡은 적산가옥에 세 들어 살던 그가 갑자기 출세를 했으니, 그래서 세상은 살맛이 나는가 보다고 사람들이 수군댔다. 바로 그에게 어머니가 내 전역을 부탁했던 모양이다.

전역해서 공부를 계속하고 기자가 되어 활동하는 동안, 월남전은 확대일로를 치달았다. 나는 제대를 했지만 군에 남은 나의 동기생들 베트남전에 참전해서 미국을 돕고 우리 군의 전투력을 배양했다. 우리 172기 동기생들은 상무대에서 후보생 교육을 받을 때부터 우수한 교관 요원들의 엄정한 교육훈련 속에 남다른 인생관과 국가관을 갖게 되었다. 특히 김상웅 중위(육사 출신)는 국가를 위해 신명을 바치는 애국심을 고취했다. "제관들의 정신 상태는 엉망이다. 이대로 임관되는 날 대한민국은 망한다." 애국적인 교관 요원들의 혹독하고 엄정한 훈련으로 우리들은 인내심과 리더십, 그리고 애국심을 가슴속 깊이 간직했다. 월남전에는 윤태민을 비롯한 30명의 동기생들이 참전했다. 4명이 전사하고 10여 명이 부상한 것은 결코 우연의 일이 아니었다. 전사자는 이우성을 비롯해 송문호·조석연·김세권이다. 월남전에 중대장으로 참전해서 많은 전공을 올린 조영길은 훗날 육군대장으로 진급해서 합참의장과 국방장관을 지냈다. 특히 그는 노무현 정부의 국방장관을 지냈으면서도 무모하고 무책임한 전시작전통제권의 조기 환수에 반대했다.

나는 4년 반 동안의 짧은 군 생활을 했지만, 결코 그것은 썩은 세월이 아니었다. 군 생활에서 터득한 인내심과 리더십은 향후 나의 사회생활을 받쳐주는 힘의 원천이었다. 나는 갑종장교 출신임을 늘 영예롭게 생각했고, 172기 출신임을 더욱 영예롭게 생각했다. 갑종은 으뜸이고, 군 사용어로는 A급이다. 돌이켜보면, 갑종간부 후보생 과정은 북조선의 남침 조짐이 짙어 가던 1950년 1월 육군보병학교에 설치됐다. 6·25 남침 전쟁이 터지자 훈련 중이던 갑종장교 후보생 1기의 363명(임관 예정일 : 7월 15일)은 즉시 문산과 김포 전투에 투입됐다. 6·25 전쟁 중에는 참전 장교 총수의 32%에 이르는 10,508명의 갑종장교들이 참전했고, 이 중 805명이 전사했다. 월남전에는 참전 장교 총수의 65.7%나 되는 22,403명의 갑종장교들이 참전했고, 이 중 174명이 전사했다. 우리 172 기 동기생들은 해마다 현충일이면 현충원을 찾아 먼저 간 동기생들의 넋을 위로한다. 현충원에는 월남전에서 순국한 4명의 동기생 외에 군 복무 중에 순직한 이삼룡·한태우·성재홍이 잠들어 있다. 그 동안 투병하느라고 참배를 못했던 나는 2006년 현충일에 처음으로 현충원을 찾았다. 나가 보니 김동수·김영우·김이곤·윤태민·이수철·장정일·조봉국·최진현·황재인 등과 나처럼 일찍 전역해서 건설업을 해 온 백준기, 신문사 간부를 지낸 유진수 등 11명의 동기생들이 모였다. 노병들의 몸은 이미 늙었으나, 갑종장교의 명예와 대한민국을 지키겠다는 동기생들의 의기는 여전했다.

5년 만의 복학, 그리고 청년봉사회장

육군 중위로 전역한 나는 복학 절차를 밟기 위해 안암동에 있는 대학 본부를 찾았다. 5년 만에 찾은 캠퍼스는 많이 변해 있었다. 학적과에 가서 창구 직원에게 군대생활을 마치고 나와 복학하려고 한다고 말했더니 누런 표지가 붙은 학적부를 갖고 와서 확인 작업을 했다. 그는 내게 휴학 처리가 되지 않고 제적 처리가 되어 있어서 이대로는 복학이 불가능하다고 말했다. 휴학 처리란 군 입대로 휴학한다는 휴학계를 제출하고 등록금 절반을 예납하는 절차였다. 나는 그냥 입대했던 것이다. 마침 그 때 학적과 안쪽에 앉아 있던 서 과장이 다가와서 무엇이냐고 물었다. 대학 선배이기도 한 서 과장은 나를 기억하고 있었다. 서 과장은 직원으로부터 나의 학적부를 받아보더니 "성적은 좋군!" 하면서 윗사람들과 의논해 보겠다고 약속했다. 다음날 찾아간 나를 서 과장은 반갑게 맞으면서 "복학 허가가 나왔으니 2학기부터 등록 절차를 밟으라"고 말했다. 나는 고맙다는 말을 남기고 나오는 길에 정문 앞 서점에 들러 복학 준비를 할 책 몇 권을 샀다.

복학까지는 다섯 달 가량 남았다. 나는 정치 현장을 경험하고 싶어서 하왕십리 길가에 있는 민주공화당 성동을구 당사무실을 찾아 들어갔다. 위원장은 박준규 의원이고 사무국장은 고창남이었다. 조직부장이란 사람이 나의 입당원서를 받아놓고 내일 나와 달라고 말했다. 다음날 가보니 고 국장이 반갑게 맞으면서 차를 권했다. 차를 마시면서 나는 벽보 붙이는 일부터 정치 현장을 경험하고 싶다고 말했다. 고 국장은 정치 현장 경험은 정치학 공부에도 도움이 될 것이라고 말했다. 때는 바야흐로 총선거일을 한 달 반 남짓 앞두고 있는 정치 계절이었다. 그 다음날 나가니 고 국장은 나에게 청년부장을 맡아 일해 달라고 말했다. 그날부터 나는 매일 출근하면서 청년 당원들을 끌어 모으고, 성동을 지역의 곳곳을 다니면서 봉사활동을 벌였다. 때마침 민주공화당은 박정희 정부의 권력 싸움의 소용돌이 속에서 자의 반 타의 반으로 당을 떠났던 김종필이 당에 복귀해서 당 의장이 되고, 김종필을 지지하는 사람들이 국민복지회 운동과 청년봉사회 결성 운동을 전개하고 있었다. 지구당별로 청년봉사회가 조직되었다. 나는 성동을구 당 청년봉사회장이 되었다. 동대문갑구에서도 청년봉사회가 조직되었다. 시 · 도 단위로는 서울시가 가장 먼저 조직을 완료하고, 서울 시내 16개 지구당 청년봉사회원들이 장충체육관에 모여 발대식을 가졌다. 이날 행사에는 JP가 참석했고, 나는 전체 봉사대원을 대표해 조국과 당을 위하여 충성을 다 바치겠다는 내용의 선서를 했다. 행사가 끝나고 기념품과 선물이 나누어졌다. 나는 그것들을 전부 동료 회원들에게 나눠주었다.

선거전이 본격화되면서 선거운동원들 간에 충돌이 일어나곤 했다. 벽보를 붙이고 붙인 벽보가 잘 유지되도록 순찰을 도는 것도 우리 청년회원들의 임무였다. 벽보도 아무 곳에나 붙여서는 안 된다. 사람들의 눈에 잘 띄는 장소에 붙여야 한다. 그래서 어떤 때는 본의 아니게 상대방 벽보에 약간 중복시켜 붙이는 수도 있었다. 상대방 벽보를 아예 뜯어내고 그 자리에 벽보를 붙이는 일도 있었다. 심지어 상대방 벽보를 찢거나 눈이나 코 부분을 떼어 버리거나 X표를 해 버리는 경우도 있었다. 한번은 상왕십리의 큰길가에 있는 함석 담벼락에 붙여 놓은 우리 벽보를 훼손하는 청년들을 발견했다. 우리는 그들을 두들겨 패고 파출소로 끌고 갔다. 그들은 야당 후보 운동원들이었다. 선거 결과 민주공화당은 과반수를 넘는 제1당이 되었지만, 서울을 비롯한 도시 지역에서 부진해서 이른바 여촌야도與村野都가 되었다. 특히 서울에서는 16개 지구당 중 우리 성동을 지구당의 박준규 후보가 유일하게 당선되고 나머지 15개 지구당이 모두 패배했다. 서울시당은 초상집이었지만, 우리 성동을구 지구당은 축제 분위기였다. 만일 성동을 지구당마저 패배했다면, 민주공화당은 더욱 체면을 깎였을 것이다. 박준규는 서울시 당위원장이 되고, 고창남 국장은 서울시당 사무국장으로 승진했다. 박준규는 사무실에 당의장 JP의 사진을 내걸었다. 전국 지구당 중 JP 사진을 사무실에 걸기는 최초였다.

민주공화당은 당시 박정희의 계속 집권과 JP에로의 권력 이양을 주장하는 양파로 분열되기 시작했다. 박정희의 집권이 이미 15년을 넘긴 시점에서 후계 부상은 당연한 시대적 추세였다. 그러나 박정희 체제에서 권력의 맛을 보고 있는 친위 세력들은 속성상 박정희의 영구 집권을 밀어붙였다. 청와대의 이후락, 박종규 등을 중심으로 한 친위파들은 민주공화당의 이 같은 움직임에 극도로 긴장하고, JP 견제 작전을 본격화했다. 바로 유신의 망령으로 전국에 먹구름이 일 조짐이 보이기 시작했다. 만일 그때 평화적으로 JP에로의 권력 이양이 이루어지고 정당 간 공정 선거를 통해 어떤 결과로든 새 정부가 탄생했다면 박정희의 비극적 종말과 신군부의 등장, 그리고 광주사태와 같은 국가적 재앙이 일어나지 않았을 것이다. 만일 그때 JP에로의 권력 이양이 정상적이고 순리적으로 이루어졌다면, 박정희는 건국 대통령 이승만이 세운 대한민국을 부강국富强國으로 키운 부국 대통령으로 자리매김되었을 것이다.

역사와 시대는 항상 우리들에게 여러 형태로 경고하고 암시한다. 이승만의 역사적, 시대적 사명은 강력한 리더십으로 나라를 세워 기초를 닦는 일이었다. 국민이 그것을 원했기 때문에 이승만은 건국사업을 훌륭히 마친 것이다. 그것으로 이승만의 임무는 끝났다. 물러나야 했다. 후진이 나와서 국가와 국민이 요구하는 다음 사명을 맡아 나가야 했던 것이다. 즉, 통치의 시대가 끝난 것이다. 그런데 이승만은 권력을 계속 행사하려고 했다. 그것은 참여와 민주를 요구하는 국민의 시대적 요구에 반하는 것이었다. 4·19 혁명으로 이승만은 하야했다. 민주당 정권은 신·구파로 나뉘어 싸우는 동안 민주와 참여의 속도가 너무 빨랐다. 책임이 증발한 자유와 부박浮薄한 참여, 무절제한 민주의 물결이 봇물 터지듯 쏟아졌다. 국가의 질서와 경제회복을 요구하는 시대적 조류가 거세게 밀려왔다. 그러한 요구의 표출이 5·16 군사혁명이었다. 박정희는 그 같은 역사적, 시대적 욕구를 충족시키고자 멸사봉공했다. 질서를 잡

고 안정시켜 나라의 경제를 발전시키고 군사력을 강화했다. 그러나 박
정희 체제 또한 유한할 수밖에 없었다. 국민은 또다시 자유와 민주와 참
여를 요구했다. 변화를 요구했다. 박정희의 유신은 그 같은 국민의 역사
적, 시대적 욕구를 거스르는 행위였다.

껍데기가 위대하다고 일러준 사람

명강의로 이름난 김상협 교수의 '중국정치사정'은 내가 복학한 후 처음 들은 강의였다. 강의 시작 직전에 들어간 나는 넓은 강의실이 학생들로 가득 차서 맨 앞자리의 빈 의자에 얼른 앉았다. 두 줄로 놓인 책상 옆에는 여학생이 앉아 있었다. 나는 교수의 강의 내용을 노트에 메모했다. 5년 만에 새로 하기 때문인지 따라 적기가 쉽지 않았다. 옆에 앉은 여학생을 보니 미동도 하지 않은 채 메모를 해 내려갔다. 옆모습이 무척 인상적이라고 느끼면서 슬쩍 돌아보니 글씨는 남자 글씨 같았다. 한 시간 강의가 끝나고 나는 안면 있는 얼굴들을 만나 반갑게 인사했다. 복학생 중에서 서영기와는 힘차게 손을 마주잡았다. 서영기는 나와 같은 60학번으로 보병학교를 졸업하고 중위로 전역해서 이번 학기에 복학했으니 참으로 깊은 인연이라고 할만 했다. 당시는 5·16 혁명 이후의 군 세대 교체로 새로운 장교들이 많이 필요해서 보병학교 입교를 2주마다 실시했다. 나는 172기였고, 서영기는 180기로 입교했던 것이다.

복학해 보니까 군대를 다녀온 복학생과 아직 가지 않은 재학생 사이에는 큰 사고의 벽이 있음을 느꼈다. 인생관과 시국관이 크게 달랐다. 대학에 다닌다는 신분 자체가 무언가 국가나 사회를 위해 관심을 갖는 위치임을 다 함께 깨닫는 모임을 가져야 한다는 공감대가 복학생들 사이에서 일기 시작했다. 서클을 만들자고 했다. 모임에 동참한 친구들은 서영기·최기동·김석영·정종일·전중신 등이었다. 우리는 서클 명칭을 근화회槿花會로 하고, 지도교수에 김영두 교수를 추대했다. 학생회에 정식으로 등록을 하고, 저명인사 초청 강연회와 세미나 등을 열었다. 근화회는 나라꽃인 무궁화를 상징으로 정한 만큼, 보수적 성향을 가진 서클이었다. 회원을 늘이는데 특히 여학생이 들어와야 회가 활성화된다는 의견이 나왔다. 여학생이 많지 않은 학교여서 쉽지는 않았지만 복학 첫날 강의 시간에 앞자리에 앉은 여학생을 주시했다. 다음날부터 될수록 그녀의 옆자리에 앉았다. 학생들은 앞자리보다는 뒷자리에 앉기를 좋아했다. 앞자리는 강의 시간 내내 긴장을 유지해야 하기 때문이다. 그래서 그녀가 앉는 맨 앞자리의 옆 좌석은 늘 비어 있었다. 그녀의 이름은 김은숙이었다. 어느 날 나는 김은숙의 노트를 빌리는 데 성공했다. 내가 김은숙의 노트를 빌려 베낀 것을 또 빌려다 베끼는 학생도 있었다. 김은숙의 노트는 완벽할 만큼 충실했다. 나는 김은숙에게 근화회 입회를 권했다. 처음엔 사양했다. 몇 번을 설명을 하면서 권했다. 그러고 나서 그녀는 근화회 회원이 되었다. 법대의 정효순(훗날 EBS 실장)도 입회했다. 두 여학생의 입회로 근화회는 더욱 활기를 띠었다.

강의 시간을 빼고는 김은숙은 도서관에 가 있었다. 나도 도서관 출입을 시작했다. 도서관은 자리 잡기가 쉽지 않았다. 내가 도서관에 미리

갈 때에는 옆자리에 내 가방을 놓아두었다. 김은숙은 고마움을 가벼운 미소로 대신하고 자리에 앉았다. 그날 이후 나는 먼저 올 때마다 자리를 잡아놓았다. 가끔 김은숙이 먼저 도서관에 와 옆자리를 잡아놓기도 했다. 그렇게 2학년 2학기의 시간이 도서관에서의 낯익힘으로 끝나고 덕분에 성적이 크게 좋아졌다. 그녀는 미국인 스콜른 부부의 장학금을 받았고, 나는 특대생이 되었다. 김은숙과 나는 서로를 축하해 주었다. 3학년 학기를 마치고 나는 인촌장학생으로 선정됐다. 인촌장학금은 등록금을 비롯해 학교에 내는 기성회비와 학회비 등 일체의 비용과 별도로 도서를 구입할 수 있는 비용까지 주는 최고 수준의 장학금이었다. 서울대생도 인촌장학금을 받았다. 그런데 서울대 등록금이 낮아서 전체 받는 장학금이 고대생보다 적었다. 서울대의 인촌장학생들이 항의했다. 고대의 인촌장학생이 받는 장학금과 똑같이 달라는 것이었다. 그들의 항의가 수용되어 서울대의 인촌장학생은 등록금과 기성회비, 학회비 등을 모두 내고 남는 돈을 용돈으로 쓸 수 있었다.

3학년이 되면서 김은숙은 고대 여학생회장이 되었다. 남학생이 대부분인 대학에서 여학생은 존재 자체만으로 강의실 분위기를 부드럽게 해주는 때인지라 내겐 각별하게 느껴졌다. 3학년 2학기에 접어들어 나는 취직 시험 공부를 시작했다. 김은숙도 여학생회장 일을 하면서 취직 시험 준비를 하는 것 같았다. 9월 초순 어느 날 그녀와 나는 인촌 묘소 근처 벤치에 나란히 앉았다. 그 무렵, 나이로 7년, 대학 입학으로 5년의 차이가 났지만 김은숙과 조금씩 가까워지고 있었다. 맑게 갠 하늘을 바라보다 어렵게 말을 꺼냈다. 무언가 진로에 대해 함께 얘기를 나누고 싶었다. 나는 그녀가 정치외교학과에 들어왔고, 고대 여학생회장으로 활동

■ 1968년 3월 고대 교정 인촌 묘소 잔디밭에서 아내 김은숙과 장래를 약속하다.
  기자 시험 준비 중의 망중한.

하는 것 등으로 미루어 나처럼 정치적 욕망을 갖고 있을 것이라고 예상
하고 졸업 후 무엇을 할 계획인가 물었다. 한참 만에 그녀가 "그쪽은 무
엇을 하려고 하느냐"고 되물어왔다.

나는 정치를 하고 싶다고 했다. 대학에서 공부한 것을 현실 정치에서
제대로 실현해 보고 싶다는 다소 상투적이나 나름대로 단단한 각오로
말을 했던 것 같다. 그러기 위해서 밑에서부터 시작해 보려고 한다. 우
선 민주공화당의 사무처 요원이나 중앙정보부의 사무요원 시험을 보려
고 한다고 했다. 그녀의 반응이 의외로 냉담했다.

한참 뜸을 들인 뒤 그녀의 입에서 나온 말은 너무도 의외였다.

"정치는 권력 놀음이다. 권력의 속성은 정의롭지 못하고 영구하지도
못하다. 차라리 그 권력이 제 주인을 섬기며 적시적소에 제대로 쓰이는

지 감시하고 밝혀내는 언론인이 되는 것이 좋을 것 같다고 생각한다."

나의 예상을 너무나 빗나간 김은숙의 말에 속으로 크게 놀랐다.

"언론인의 역할은 사안의 변죽만 울리기 십상이고 자칫 권력의 언저리에서 서성대다 말 것이다. 내가 정치에 직접 가담, 권력의 알맹이가 되지 못하고 껍데기로 남는다면 나라를 위한 일에 동참하기도 어렵다."고 반박했다.

김은숙이 말했다. 바로 그 껍데기가 위대하다고.

그날 우리들의 진로에 대한 대화는 그 정도로 끝났다. 김은숙과 나는 도서관으로 향했다. 그날 이후 나는 고민을 계속했다. 내가 언론인의 길을 선택한다면, 그것은 내가 그 동안 어려서부터 추구해 온 꿈을 접는 것을 의미한다. 언론인을 하다가 정치인으로 변신하는 사람들도 있지만, 그것은 내가 바라는 바가 아니었다. 언론인과 정치인의 기능과 역할은 전적으로 다르기 때문이다. 정치인은 권력을 행사하는 사람이고, 언론인은 권력의 행사가 정당한지를 비판하고 올바른 방향을 제시하는 사람이다. 솔직히 나는 그때까지 어떻든 권력의 중심으로 들어가 세상을 바꾸는 알맹이가 되고 싶었다.

몇 날을 고민하던 끝에 나는 마침내 결심했다. 정치인의 꿈을 접고 언론인의 꿈을 갖기로 한 것이다. 그 순간 나는 깜짝 놀랐다. 내가 김은숙을 사랑하고 있음을 자신에게 실토한 셈인것이다. 그리고 그해 추석 다음날 경복궁을 걸으면서 나는 기자가 되겠다고 말했다. 김은숙은 걸음을 멈추고 맑은 두 눈에 미소를 담고 나를 바라봤다. 도통 표현을 하지 않아 그녀에 대해 늘 불안했던 내가 처음으로 마음이 푹 놓였다.

그리고 본격적인 시험공부에 돌입했다. 양쪽 모두 넉넉지가 못해 참고서를 나누어 보고 정보를 교환하며 신문 사설에 대한 토론도 했다. 1968년 4학년 2학기에 접어들면서 신문·방송·통신의 시험이 시작되었다. 제일 먼저 동아일보 기자 모집 공고가 나왔다. 나는 인촌장학생이기 때문에 동아일보 기자시험에 유리할 것으로 판단하고 지원을 했다. 그런데 나이가 걸림돌이 되었다. 겨우 한 달 제한 규정을 초과해 응시 자체가 어렵게 된 것이다. 나는 양력으로 7월 25일이지 음력으로는 5월 27일이기 때문에 6월 이후 출생한 사람이라는 제한 규정에 걸리지 않을 수도 있다고 우겼으나, 원칙을 어길 수 없다는 신문사 측의 답변이 계속됐다. 인촌장학회 간부가 내게 응시 자격을 주기 위해 애를 썼지만 소용없었다. 할 수 없이 나는 다음 시험을 기다렸다. 그러던 중 한국일보에서 기자 시험 공고가 났다. 김은숙이 한국일보에는 여기자가 많으니 시험을 보겠다고 했다. 그러라 하고 나는 응시하지 않았다. 그리고 김은숙은 1차 합격을 했다. 2차를 기다리는 사이 중앙매스컴(신문·방송·잡지) 신입사원 모집 공고가 났다. 다행히 연령 제한이 4월 1일 이후 출생자로 되어 있어서 응시할 수 있었다.

한국일보에 1차 합격을 한 상태에서 김은숙도 나와 함께 필기시험을 보았다. 둘 다 합격했다. 나는 방송기자에 김은숙은 PD에. 나의 경우, 25명 기자 모집에 3배수인 75명이 1차 합격자로 뽑혔다. 최종 면접시험에서 50명이 떨어지게 되어 있었다. 면접시험을 기다리고 있는데 김은숙이 PD쪽 줄 밖으로 급히 나와 내게 살짝 말했다. 누가 그러는데 양쪽에 붙은 사람은 양쪽에서 다 떨어진다 하니 아무래도 시험을 잘 본 쪽으로 승부를 걸어야겠다며 면접을 보지 않고 어디론가 갔다. 나중에 들은 얘기로는 법대 교수를 찾아가 한국일보에 인맥이 닿는 분께 지원 말씀을 부탁드리고 왔다 한다. 또 나중에 알게 된 바로는 굳이 그러지 않아도 될 만큼 성적이 좋았다고 한다. 그러나 실력이 있어도 여대생의 취업이 하늘의 별 따기여서 플러스알파의 도움이 필요했던 시절의 얘기다.

아무튼 내 면접시험장에는 이병철 회장과 홍진기 회장 등이 참석해서 수험생들을 살피고 있었다. 이병철은 관상을 잘 본다는 소문도 있었다. 나는 대학 졸업에 왜 9년이나 걸렸냐는 질문에 군 장교 생활을 하고 복학했기 때문이라고 답변했다. 4·19 때에는 직접 데모했느냐고 물어서 나는 솔직히 선배가 시키는 대로 앞장서서 나가다가 신설동에서 경찰 저지선에 밀려 청계천 쪽으로 빗겨났다고 답변했다. 면접위원들 사이에서 조용한 웃음소리들이 터져 나왔다. 나는 순간 데모에 참가하지 않았다고 말했어야 했구나 하고 후회했다. 면접시험장의 제2인자인 홍진기 회장이 바로 4·19 데모 때 이승만 정부의 법무장관을 지낸 인물이라는 사실을 깜빡 했던 것이다. 떨어졌다고 생각하면서 면접장소를 나왔다. 그런데 최종합격자 명단에 내 이름이 들어있었다. 그렇게 해서 나는 중앙매스컴 공채 제5기 기자 시험에 합격, 방송저널리스트의 길로 들어섰다. 아무튼 나의 기자 시험 합격은 아버지와 어머니에게 그리고 김은숙에게 기쁜 선물이 되었다.

방송기자의 길에 들어서다

 1968년 11월 1일, 4학년 2학기 중인데 중앙매스컴 기자로 발령받아 출근하기 시작했다. 대학에서는 양해했다. 25명의 기자는 신문ㆍ방송ㆍ출판의 세 분야에 분산 배치되어 로테이션을 했다. 일주일 동안 전국여론조사 조사원으로 일하기도 했다. 나는 경상북도 의성군 일대의 여론조사를 맡았다. 석 달 동안의 수습기간이 끝나고 정식으로 보도국에 고정 배치됐다. 방송기자의 길에 첫발을 내디딘 것이다. 당시 동기생 25명은 저마다 신문 편집국에 배치되기를 바랐다. 이른바 당시 언론 현황은 신문이 주류였고 방송은 이제 발돋움을 하려고 하는 비주류의 매체였다. 따라서 세칭 방송기자보다 신문기자를 더 알아주던 시절이다. 그러나 나는 그렇게 생각하지 않았다. 신문은 그 영향력이 절정에 이른 '현재의 매체'이지만, 방송은 그 영향력을 얼마든지 키워갈 수 있는 '미래의 매체'라고 생각했다. 나는 평소에 말하는 연습을 많이 해 두었기 때문에 '글로 쓰는 신문'보다 '말로 하는 방송'에서 더 능력을 발휘할 수 있을 것이라고 생각했다. 이제 방송기자의 세계를 적극 개척해 나가야 하겠다는 다짐을 스스로에게 했다. 특히 나는 연령이 나보다 최대 7살이나 적은 후배들과 동기가 되어 경쟁하는 만큼 그들보다 몇 배의 노력을 기울여야 하겠다고 생각했다.

첫날 출근 시각보다 10분 일찍 나갔더니 동기생 두 명이 벌써 나와 있었다. 둘째 날 20분 전에 나갔다. 또 한 명이 나와 있었다. 셋째 날 30분 전에 출근했더니 이번에는 나 혼자뿐이었다. 비록 작은 것이지만 출발 시점이 늦은 나로서는 그 작은 것에조차 정성을 기울이고자 했다. 신입 기자 교육은 전응덕 보도국장과 윤명중, 남정휴 부장이 주로 맡았다. 윤명중 부장은 라디오 녹음 테이프를 편집할 때는 사선으로 자른 뒤 손톱으로 이음 부분의 스프라싱을 눌러야 한다고 강조했다. 윤 부장은 또 우리들에게 사진기를 휴대해야 한다면서 일제 사진기 '야시카'를 집단 구매하도록 했다. 그래서 TBC 기자들은 녹음기와 사진기를 갖고 다니면서 사건 사고 현장을 취재했다. 월부로 구입한 '야시카'는 훗날 우리 집의 가보로 남았다. 윤 부장은 기사 쓰기 훈련도 혹독하게 시켰다. 중지 끝에 못이 박힐 정도로 쓰고 또 썼다. 내 딴에는 정성 들여 쓴 기사 원고인데도 쓰윽 한 번 훑어보고 쓰레기통에 획 던져버리기 일쑤였다. 심지어는 5대 악필五大惡筆 중 한 사람으로 공개하기도 했다. 그 악필을 훗날, 아나운서들이 가장 읽기 좋은 기사로 뽑아준 적이 있다. 처음에 배치된 곳이 TV 편집부였다. 정치 · 사회 · 경제 · 외신 기자들이 써 넘긴 기사를 TV 화면에 맞게 줄여 쓰거나 제목을 뽑는다. 뉴스 큐시트를 만들고 '슬라이드'와 '스캐너'를 제작한다. 그리고 7층 TV 주조에 올라가 뉴스를 진행한다. 이것이 TV 편집부의 일이다.

김우철(1기 공채)이 조장이 되고 내가 조원이 되어 TV 뉴스를 진행하는 날이었다. 김우철은 경상도 출신으로 목소리가 유난히 컸다. TV 주조의 진행자석에 앉아 힘차게 소리쳤다. "뉴스 시작 30초 전. 슬라이드 원투, 스캐너·필름 원투 올 스탠바이." 그리고 톱뉴스부터 진행했다. 뉴스 시그널이 나가고 아나운서가 카메라에 '온' 되었다. 그리고 첫 뉴스가 잘 나가고 두 번째 뉴스로 이어졌을 때 김우철의 당황한 목소리가 터졌다. "앗, 내 큐시트." 큐시트가 없으면 장님이나 마찬가지다. 문제의 큐시트는 김우철이 손바닥의 땀을 닦고 뚤뚤 말아 쓰레기통에 던져버린 것이다. 나는 복사해서 갖고 있던 복사 큐시트를 김우철 앞에 얼른 올려 놓았다. 그날은 다행히 아무 사고 없이 잘 진행되었다.

TV 편집부가 특히 신경 써야 할 것은 진행 사고들이었다. '슬라이드'나 '스캐너', '필름'이 바뀌어 나가거나 자막에 오자가 나오거나 뉴스 시각에 기자 리포트 녹음 테이프가 늦게 도착하는 등 진행 사고의 유형은 다양했다. 특히 보도국(5층)에서 뉴스 진행 준비에 필요한 스캐너 함과 슬라이드 함을 모두 챙기고 뉴스진행조정실(7층)로 올라가야 하는데, 준비가 늦어져 급히 뛰어 올라가다가 계단에 걸려 넘어질 경우에는 맞춰 넣은 스캐너와 슬라이드의 순서가 모두 뒤범벅이 되어 버려 대형 진행 사고를 일으킨 적도 있었다.

어처구니없는 진행 사고가 어느 날 아침 5시 라디오 뉴스 때 일어났다. 간밤 11시 뉴스에 방송된 사건 사고 기사와 야근 기자가 자정 전에 송고해 온 기사의 시제를 어젯밤으로 고치지 않은 채 "오늘밤 10시 동대문시장에 불이 났습니다."라는 오보 기사가 송출되고 만 것이다. 아침 5시 뉴스는 숙직 조장과 조원, 기술 요원, 그리고 숙직 아나운서들이 만들어내는 합작품이다. 보도국의 숙직 기자들이 늦게 일어나거나 기술자들이 준비에 소홀하면 언제든 사고 위험에 노출되고 만다. 새벽 뉴스에는 특히 시제를 고치지 않아 일어나는 사고가 많다.

한번은 이런 일도 있었다. 숙직 아나운서가 아침 일찍 일어나서 아침 5시 뉴스를 하려면, 입을 상하로 또는 좌우로 크고 적게 벌리는 연습을 반복한다. 뉴스를 하기 위해 5분 전에 라디오 부스 안에 들어간 아나운서는 입을 벌리고 다물기를 반복했다. 5시 정각이 되자 큐 사인과 시보와 함께 부스에 불이 켜졌다. 아나운서의 "5시 뉴습니다. 오늘 새벽……" 이런 식의 뉴스가 나와야 하는데, 아무 소리가 안 나왔다. 그리고 아나운서가 손을 흔들고 있었다. 그 순간 사고라고 생각하고 기술자가 비상용으로 준비한 음악을 틀었다. 진행 기자와 기술자가 급히 부스의 문을 열어 보니, 아나운서는 턱을 움켜쥐고 괴로워하고 있었다. 입 벌리고 다물기 연습을 하다가 아래턱이 빠져버린 것이다. 급히 방송사 맞은편에 있는 한일병원 응급실에 가서 빠진 턱을 맞췄다. 1년간의 TV 편집부 생활은 TV 뉴스와 라디오 뉴스가 결코 간단하게 방송되는 것이 아니라는 사실을 알게 했다. 그것은 기계와 인간의 합작품이고 팀워크의 산물이었다. 비록 특종기사라고 하더라도 TV의 이 같은 메커니즘을 충분히 이해하지 않고서는 특종의 의미가 없다는 사실을 알게 됐다.

TV 편집부에서 사회부로 옮긴 나는 동대문경찰서 취재2진으로 청량리경찰서 취재를 맡았다. 당시 청량리경찰서 기자실에는 동아일보 성유보 기자(훗날 한겨레신문 편집국장)와 나 두 사람만이 고정 배치됐고, 나머지 언론사들은 동대문경찰서를 맡은 1진 기자가 함께 취재했다. 성유보와 나는 일종의 변방 기자였다. 변방 기자가 살아있음을 보여 주는 것은 특종을 하는 것이었다. 나는 매일 아침 일찍 청량리경찰서 형사실로 출근해서 간밤의 사건 사고를 점검하고 야근 기자가 빠뜨린 기사들을 송고했다. 그리고 보안과장이 주는 모닝커피(달걀 노른자를 띄운 커피)를 마시고 담배 한 갑을 받아든다. 나는 성바오로병원과 경희대병원의 응급실, 외대 등 관내 주요 출입처를 돌며 취재했다. 특히 성바오로병원에 가서는 영안실을 관리하는 노인에게 보안과장으로부터 받아 넣은 담배 한 갑을 주고 나의 연락처를 알려주었다. 어느 여름 일요일 영안실 노인은 TBC 보도국에 전화를 걸어서 시외버스의 청평 호수 추락 사고로 숨진 7명의 시신이 들어온 사실을 알려줘서 특종을 하게 했다. 작은 담배 한 갑이 값은 큰 보답이었다.

1970년 1월 하순, 설날 전날 저녁 나는 퇴근하는 길에 늘 하던 대로 청량리경찰서 형사실에 들렀다. 마침 40대 중년 신사가 형사실에 찾아와 실종 신고를 하고 있었다.

"설날이어서 면목동에 있는 외할머니 집에 열살짜리 아들 김상훈을 데리고 갔다. 외할머니께 세뱃돈을 받은 상훈이가 근처 가게에 다녀온다면서 나갔다가 밤이 되도록 돌아오지 않고 있다. 가게 주인의 말로는 한 소년이 과자를 사들고 길을 건너다 반트럭에 치어 넘어졌는데, 운전사가 나와서 조수석에 올려놓은 채 태릉 쪽으로 갔다는 것이다."

김상훈 군 아버지의 실종 신고를 받은 경찰은 곧 전 경찰에 지시했다. 나는 허탈한 모습으로 경찰서를 나가는 상훈 군 아버지에게 명함을 건네면서 상훈 군 찾기에 최대한 도움을 주겠다고 말했다. 그는 한국전력의 부장으로 일하고 있었다.

"설날 외할머니 집에 갔던 열살된 어린이가 세뱃돈으로 과자를 사러

나갔다가 뺑소니 차량에 치여 실종됐습니다."

이 뉴스는 TBC 라디오 밤 11시 뉴스부터 톱 아이템으로 보도되기 시작했다. 첫 보도가 나가자 서울 시내 사건 사고 취재 중이던 각 언론사 야근 기자들이 벌떼처럼 청량리경찰서 형사과로 몰려들었다. 그 시각 나는 벌써 김 부장을 따라 김 부장 집에 가서 상훈 군의 정사진과 동사진(8㎜ 필름) 등 관련 자료를 건네받고 있었다. 그리고 상훈 군의 어머니가 상훈이를 돌려보내 달라고 호소하는 것을 녹음했다. 경찰은 청량리경찰서에 수사본부를 차려놓고 상훈 군 찾기에 나섰다. 경찰 수사와 관련된 진전 뉴스는 거의 김 부장에게 통보되고, 김 부장은 진전 상황을 나에게 알려줬다. 속보도 한 발 앞서 보도를 했다. 상훈 군 실종 사건은 보름 동안 끌면서 뺑소니 사고 문제와 차적 관리 문제 등 숱한 속보를 쏟아냈다. 마침내 상훈 군은 보름 만에 연천군 전곡리 농촌마을 볏가리 속에서 꽁꽁 언 시신으로 발견됐다. 이곳에서 농사짓는 청년이 경운기를 반트럭으로 개조하여 사용하다가 설날에 면목동에 사는 아버지 집에 쌀과 과일 등을 내려놓고 귀가하던 중에 가게에서 나오던 상훈 군을 친 것이다. 상훈 군을 태우고 귀가한 청년은 상훈 군이 죽은 것을 알자 겁이 나서 집 앞 볏가리 속에 숨겼다. 상훈 군의 시체가 발견된 날 TBC TV에서는 눈 덮인 볏가리와 그 속에 파묻혔던 상훈 군의 시체, 그리고 상훈 군의 어린 시절을 담은 동영상이 '오버랩' 되면서 방송되어 시청자들을 울렸다.

동영상은 어린 상훈 군이 마루에서 고추를 내밀고 오줌을 멀리 내뻗는 모습과 누나와 더불어 마당에서 공차기를 하는 모습 등이 담겨 있었다. 평소에 사진 찍기를 좋아해 집에 암실을 따로 차려놓을 정도로 사진에 관심이 많았던 아버지 김 부장이 상훈 군 남매의 성장 과정을 카메라에 담은 이 동영상은 8mm로 찍은 것이어서 당시 국내 방송들은 16밀리 전환을 할 수 없었다. 촬영부의 김영훈 기자가 백방으로 노력한 끝에 마침내 16mm로 전환해서 TBC TV를 통해 송출할 수 있었다. 김영훈 기자에 따르면 미8군의 AFKN 측의 협조를 받아 전환했다 한다. 이 사건 특종으로 김영훈 기자와 나는 특종상을 받았다. 기자 생활 3년 만의 첫 특종이었다.

그로부터 얼마 뒤 나는 동대문경찰서 기자실 출입 기자가 되었다. 그로 해서 나의 취재 영역이 기존의 청량리경찰서 관할 지역에 서울대학본부와 서울대병원, 창경원, 성균관대, 동대문시장 등 동대문경찰서 관할구역까지 확대되었다. 그 당시 창경원은 서울 시민과 인근 지역민들의 유일한 유원지였다. 일제가 조선의 궁궐을 폄하하고자 궁궐 내에 동물원과 식물원을 만들고 창경궁을 창경원으로 이름을 바꾸는 등 역사적 상처를 안고 있는 창경원이었지만 당시엔 그대로 시민의 사랑을 받는 휴식 공간이었다. 하루 30여 만 명의 인파가 몰려 이에 따른 기사거리도 많이 뽑아낼 수 있었다. 특히 창경원의 동물원과 식물원은 계절마다 다양한 뉴스의 원천이었고 토요일과 일요일이면 각종 동식물에 관한 얘기와 영상이 뉴스 시간을 장식하곤 했다.

1971년 12월 25일 오전 9시 중구 회현동에 있는 대연각호텔에서 큰 불이 났다. 성탄절을 맞아 호텔 객실은 만원이어서 인명 피해가 엄청났다. 서울 시내 소방차와 소방대원들이 총동원되고 구출해 내는 인명을 수송하기 위해 서울 시내 병원 앰뷸런스가 총출동했다. 불길이 위층으로 번지면서 층마다 창문으로 나와 구조를 애타게 부르짖는 투숙객들의 모습이 보는 이들의 발을 동동 구르게 했다. 언론사의 취재진이 총동원 되고 방송 중계차와 라디오 중계차를 동원해 시시각각 진행 상황을 중계했다. 대사건일수록 방송의 생중계 보도가 힘을 쓴다.

나는 대연각 호텔 동쪽 세종호텔 근처에 설치된 라디오 중계차 보도요원으로 움직이고 있었다. TBC 라디오 중계차는 동·서, 그리고 남쪽에 배치됐는데 동쪽 중계차에서 화재 진행 상황을 가장 자세히 보도할 수 있었다. 석 대의 중계차가 본사 앵커의 진행 아래 교대로 연결되었다. 다른 중계차가 보도를 하는 동안 현장에 가서 취재해 가지고 달려와 보도하는 방식이다. 나는 위치가 좋았기 때문에 상황을 중계차에서 직접 보면서 보도할 수 있었다.

"예, 지금 10층 창가에서 버티던 여자 투숙객이 다가오는 불길과 연기에 견디지 못해 아래로 뛰어내렸습니다. 여자는 경찰이 도로에 깔아놓은 스펀지를 벗어나 바닥에 떨어졌습니다."

"9층에서는 투숙객 남자가 객실에 있던 침대 매트리스를 들고 나와 뛰어내릴 태세입니다. 마침내 남자는 매트리스에 몸을 붙이고 뛰어내렸습니다. 아, 그러나 불길이 일으킨 바람에 휩쓸려 매트리스와 남자의 몸이 분리됐습니다. 남자는 바닥에 떨어지고 말았습니다."

"예, 지금 옥상으로 대피한 투숙객이 헬리콥터가 내려준 밧줄을 두 손으로 잡고 매달린 채 미도파백화점 옥상 헬리콥터로 옮겨지고 있습니다. 밧줄을 단단히 잡아야 하겠습니다. 아, 그러나 명동 상공을 지날 때 밧줄을 놓치고 말았습니다. 그는 그대로 땅으로 떨어졌습니다."

"고가 사다리가 닿지 않는 10층 이상에는 창가에 나와 구조를 기다리는 사람들을 향해 화살 끝에 밧줄을 매어 쏘았습니다. 그러나 화살이 밧줄의 무게를 이기지 못해 10층에 연결되지 않습니다. 군부대가 동원돼 총유탄에 밧줄을 매어 쏘아도 보지만 총유탄도 밧줄의 무게를 버티지 못해 도중에 떨어지고 맙니다."

저녁 7시쯤 한바탕 소동이 끝나 가고 전소된 호텔 내부의 열기가 식어 가자 방열복 차림의 소방대원이 1층부터 잔불 끄기와 생존자 찾기를 하며 올라가기 시작했다. 이때 호텔 전면과 후면에는 경찰 병력이 겹겹이 둘러싼 가운데 후면 도로에는 서울 시내 종합병원 앰뷸런스들이 시동을 건 채 구조되는 생존자를 수송할 채비를 갖추고 있었다. 중계차도 각 방송사에서 한 대씩만 남고 촬영기자, 취재기자도 많이 빠져나갔다. 나는 마무리를 위해 현장에 남았다. 소방대원들이 11층까지 점검하면서 올라갔을 때였다. 갑자기 호텔 주변의 경찰과 소방대원들이 웅성거리기 시작했다. 이어 총으로 무장한 경찰 병력이 호텔 후문 입구에 배치되었다.

나는 순간적으로 무슨 일이 생겼구나 직감하고 때마침 호텔 후문 경비를 지휘하고 있던 동대문경찰서 경비계장 양 경위에게 뛰어갔다. 대연각 호텔은 원래 남대문경찰서 관할구역이지만 경비 요원이 부족해서 동대문경찰서가 후문 경비를 지원해 나온 것이다. 평소 잘 알고 지내던 양 경위는 무전기로 무슨 지시를 내리더니 옆에 있던 내게 11층에 생존자가 한 명 구조되어 소방대원이 업고 내려오고 있다고 말해 주었다.

나는 어느 병원이냐고 물었다. 양 경위는 내 귀에 대고 '메디컬센터'라고 했다. TC-10 녹음기를 메고 메디컬센터 앰뷸런스로 뛰어갔다. 거의 동시에 호텔 후문 입구가 시끄러워졌다. 언론사 카메라 기자와 녹음기를 멘 취재기자들이 우르르 후문 입구 쪽으로 몰려들었다. 후문에서 20미터쯤 떨어진 곳에 대기 중인 메디컬센터 앰뷸런스 앞에서 긴장 속에 기다렸다.

이윽고 생존자를 등에 업은 소방대원이 나타나고 무장 경찰들이 냉혹하게 취재기자의 접근을 저지하면서 메디컬센터 앰뷸런스 쪽으로 들이닥쳤다. 뒷문이 열리고 들것 위에 생존자가 눕혀졌다. 그리고 경찰관이 양쪽에 올라타고 문을 닫으려 했다. 순간 나는 몸을 숙이면서 앰뷸런스 안으로 잽싸게 밀어 넣었다. 경찰관이 좁은 공간에 웅크리고 있는 나를 발견하고 카빈총 개머리판으로 밀어내며 "나가라"고 소리쳤다. 그러나 밖에서 기자들이 아우성을 치고 사진 플래시가 터지고 법석이 난 마당에 문을 다시 열고 나를 끌어낼 수는 없었다. 운전석 옆에 앉아 있던 경찰관이 소리쳤다.

"출발, 시간 없다!"

앰뷸런스는 사이렌을 울리며 중앙우체국 골목길을 빠져 나와 을지로 입구에서 커브를 돌고 전속력으로 달렸다. 나는 몸을 웅크린 채 TC-10 녹음기의 버튼을 누르고 생존자 취재를 시작했다. 생존자는 팬티와 러닝셔츠 차림에 온몸이 물로 흥건히 젖어 있었으며 우리말을 몰랐다. 나는 영어로 물었다.

"나는 중국 공사 여선영이다. 불길이 방 안에 들어오자 욕실로 가서 이불과 요를 물에 적셔 뒤집어쓴 채 열기를 막았다. 춥다. 코트를 달라."

그는 영어로 힘들게 말했다. 2분 20초의 짧은 시간, 나는 옴짝달싹할 수 없는 공간에 처박혀 있는지라 코트를 벗을 수가 없었다. 그러는 동안 앰뷸런스가 메디컬센터 응급실에 도착하고 여 공사는 곧장 응급실로 옮겨졌다. 급히 산소호흡기가 부착되고 말을 할 수 없게 되었다. 그가 나의 녹음기에 남긴 짧은 말이 그의 마지막 육성이 될 줄이야.

나는 호텔에 남아 있던 중계차로 돌아와서 밤 8시 특집 뉴스 시간을 통해 최후의 생존자 여선영 공사의 극적인 구조 상황을 그의 육성과 함께 보도했다. 특종이다. 특종을 할 기회를 포착하게 해 준 양 경위가 지금도 고맙다. 그는 호텔 11층에서 11시간 버틴 끝에 구조되어 병원에서 11일 동안 생존하다가 아쉽게도 운명을 했다. 훗날 그의 마지막 육성 테이프는 대만 TV에 넘겨져서 대만 TV가 특별 기획한 '여선영 공사 특집'을 통해 방송되기도 했다.

170여 명의 사망자를 낸 우리나라 화재사에 기억될 만한 대연각호텔 화재 사건의 취재 보도를 통해 생존자의 생명을 지켜내기 위해 소방대원, 경찰, 나아가 보도 현장의 기자들 모두가 위험을 무릅쓰고 진력하는 모습을 목격했다. 그리고 침착하고 끈질긴 생존 의지를 보여 준 여선영 공사의 육성 녹음 보도로 나는 방송의 위력을 실감했으며 또 한 번 방송기자로서의 보람과 긍지를 느낄 수 있었다. 하지만 여 공사가 끝내 살아남지 못한 아쉬움과 함께 앰뷸런스 안에서 그에게 나의 코트를 벗어 덮어 주지 못한 미안함이 몇십 년이 지난 지금도 마음속에 잔영으로 남아 있다.

변방의 방송기자

3년간의 사건 취재 생활을 마친 나는 시청2진(1진은 정종진)으로 시교육위 취재를 맡았다. 그리고 국방부2진(1진은 변용진) 취재기자도 겸했다. 국방부2진 기자 때는 북한 해군의 서해 NLL 침범으로 빚어진 이른바 '서해 사태'를 취재하기 위해 백령도에 들어갔다가 열흘 동안 갇혀 있었다. 2진 기자 생활은 그리 오래 가지 않았다. 1973년 봄, 마침내 문화공보부의 문화 담당 기자로 배치되었다. 2진이 아닌 1진으로서의 취재부서 담당 기자가 된 것이다.

문화공보부의 공보 분야는 중앙청을 출입하는 정치부 기자가 담당했고 문화 업무 취재는 사회부 기자인 내가 담당했다. 보도국의 기자 로테이션이 있은 다음날 나는 중앙청 구내에 있는 문화기자실을 찾았다. 문화기자실은 중앙청 구내의 효자동 쪽 별관 2층에 있었다. 3층에는 영화검열실이 있어서 '커트' 이전의 영화 필름을 볼 수 있다.

신문과 통신, 방송사의 문화 담당 기자들이 출입하는 기자실 내부 규

정에 신문과 통신 기자들은 정회원, 방송기자들은 준회원으로 되어 있
었다. 기자실 간사도 신문과 통신 기자들이 번갈아 맡아 했고, 방송기자
들은 한 번도 간사가 된 적이 없다 했다. 방송에서는 KBS 남승자 기자
와 내가 문화 전담 기자였고, MBC, DBS, CBS는 과학기술처를 취재
하는 기자가 겹치기 취재를 하거나 중앙청을 출입하는 정치부 기자가
문화 분야까지 함께 취재하는 형식이었다. 말하자면 문화 담당 방송기
자는 출입처에서 변방 취급을 받고 있는 상태였다. 나는 말 그대로 출입
처의 출입 기자로서 내 위상을 찾겠다고 속다짐을 했다.

문화공보부를 출입한 지 사흘째 되는 날, 충남 아산에서 충무공 탄신
기념행사가 있었다. 문화공보부가 마련한 버스를 타고 아산 현충사에
가서 취재를 했다. 보도과 직원이 우리 취재단을 안내하고 점심을 대접
했다. 그때 기자실 간사가 회원들에게 봉투를 하나씩 주는 것이 눈에 띄
었다. 점심을 마치고 차를 마시며 담소하는 중에 KBS 남승자 기자가
내게 다가와 귀띔을 했다. 간사가 작은 마음을 나누는데 우리 몫을 배제
하려는 기미가 보인다는 것이다.

나는 간사를 식당 밖으로 불러내 방송기자에게도 공평하게 하라고 요
구했다. 그가 내 몫만 건네주고 식당 안으로 들어가려 했다. KBS 몫도
남 기자 대신 요구했다. 비록 그것이 지금 잣대로 보면 떳떳하게 받을
수 있는 금전은 아니다. 그것은 그 시절 현실로 수용되던 일종의 관행이
었다. 기자가 집과 회사를 떠나 하루 이틀, 혹은 일주일 동안 출장 취재
시 수고에 대한 '작은 마음'이라는 명목으로 받던 예우였다. 나는 이 일
을 '촌지'라는 것에 초점을 둔 것이 아니라 방송기자로서의 위상을 제자
리에 놓고자 하는 데 두었던 것이다. 비록 방송의 역사가 신문보다 일천

日淺하지만 그렇다고 방송의 언론으로서 영향력까지 폄하되어서는 안 된다고 생각했기 때문이다.

우선 겹치기 출입을 하는 방송기자들에게 전담기자로 배치를 받도록 각자 회사에 품신할 것을 제안 했다. 그래야만 방송의 영향력을 키울 수 있다고 역설했다. 때마침 문화 분야 기사가 폭주하기 시작했다. 경주 155호 고분이 발굴되면서 출토되는 유물들을 취재하는 데 문화 전담 기자가 절대적으로 필요했다. 빌리 그래험 목사의 서울 부흥집회와 경주 불국사 복원 등 종교 관계 기사도 급증했다. 특히 경주에서 시작된 155호 고분 발굴은 금제 왕관과 금제 요대 등이 출토됨에 따라 연일 신문의 1면 톱기사로, 방송에서 저녁 종합 뉴스의 헤드라인 기사로 문화 관련 기사가 채워졌다. 게다가 박정희 대통령이 발굴 현장에 들러 문화재관리국 발굴조사팀을 격려한 이후에는 신문·방송·통신 기자들이 아예 눌러앉아 발굴팀 옆에서 상주하다시피 했다.

자연 문화 전담 기자가 각 방송국마다 배치되었다. MBC의 이영복 기자, DBS의 이성주 기자, CBS의 조남선 기자가 문화공보부 문화 전담 기자로 배치됐다. 고분 발굴 현장에서 특별한 기사가 나오지 않을 때는 촬영기자들과 함께 경주 개발 현장을 취재했다. 때마침 경주에서는 정부가 경주 종합개발계획 10개년 계획에 따라 시내 전체를 뜯어고치는 대대적인 공사를 여기저기서 벌이고 있는 중이었다. 시내 곳곳에서 불도저와 굴착기들이 땅을 파헤치고 있었다. 경주 시내 어느 곳을 파도 자기, 옛 기와, 불상 등 각종 유물들이 쏟아져 나오는 판국이었다. 옛날 기왓장 밑에서, 흙 속에서 주체할 수 없을 정도로 많은 유물들이 모습을 드러냈다. 우리 방송기자들은 그 모든 장면들을 멀리서 '줌인'으로 촬영, 서울 본사에 송고해 보도했다.

"지금 경주에서는 종합개발공사를 한다면서 각종 유물들을 마구잡이로 파헤치고 훼손시키고 있습니다."

방송기자들의 보도 요지는 "개발공사에 앞서서 경주 시내 전 지역에 대한 유물 조사를 실시해야 하며 공사 중에 출토된 유물들에 대한 조사 분석이 선행되어야 한다"는 것이었다. 이미 선진국에서는 모든 개발공사를 하기 전, 충분한 유물 조사를 실시한다. 당시 프랑스에서 고속도로를 건설하던 중 유물이 쏟아져 나와 1년 이상 공사를 중단하고 발굴조사를 실시한 바 있었다. 이 같은 기사가 방송뉴스로 보도되자 문화공보부는 각 방송사에 대해 그 같은 비판 보도를 자제해 줄 것을 요청해 왔다. 그러나 각 방송사 데스크들은 취재기자들이 현장에서 써 보낸 기사를 버릴 수 없다고 거절했다. 나의 경우 이창열 부장이 적극 밀어줬다.

문화공보부 담당이 단호한 방송기자들에 대한 회유책으로 방송기자를 기자실 정회원으로 가입시키는 일을 추진했다. 먼저 기존 회원인 신문·통신 기자들에게 기자실 통합을 종용했다. 그러나 말을 듣지 않았다. 그때 문화공보부가 가장 비중을 두고 있는 연중 행사로 전국 민속경연대회가 있었다. 마침 그 대회가 경주에서 열렸다. 우리 방송기자들은 사전 취재와 현장 취재 내용을 취합해 보도했다.

"민속경연대회가 시·도별로 나눠 먹기식 심사와 시상을 하고 있습니다. 각 시·도가 시연하는 민속에 대한 철저한 고증이 이루어지지 않은 채 노나주기 시상을 하고 있고, 경연장과 시상식장에는 학생들이 동원되어 고생을 하고 있습니다. 특히 시상식에는 중앙과 지방의 관련자가 여럿 나와 축사, 격려사를 하는 바람에 학생들이 일사병에 걸려 쓰러지기도 합니다."

　기사와 보조를 맞춰 시상식에 동원되어 뙤약볕에 서 있던 학생들이 쓰러져서 업혀 나가는 장면이 생동감 있게 보도됐다. 5개 방송에서 같은 보도가 일제히 나가자 마침내 문화기자실의 신문·통신 기자들이 문공부의 요청을 받아들여 신문·방송·통신의 통합기자실이 구성됐다. 변방에 머물렀던 방송기자들이 치밀하고 현장감 넘치는 기사를 써서 문화현장의 문제점을 파헤치고 여론으로 환기시킴으로써 문화 보도의 활성화 발판을 마련한 셈이다. 영상 매스컴 시대의 막을 여는 초창기의 에피소드 같은 이야기지만 당사자인 방송기자로서는 획기적인 변화의 한 장면이었다고 말할 수 있다. 그 이후 방송기자의 영향력은 날이 갈수록 커졌다. 언론의 방송 시대가 활짝 개화를 하고 오늘의 방송기자들은 과거 신문·통신 기자들이 갖던 우월감의 한 면을 체감하기도 한다.

유신시대 특종, 그럴 뜻은 아니었는데

문화기자실의 정식 회원이 되고 나서 곧 방송 보도의 위력이 얼마나 가공한 것인지를 실감하는 사건에 휘말렸다. 그날은 일요일이었다. 나는 일요일에도 취재거리가 있건 없건 출근하는 때가 적지 않았다.

그날 청년회의소가 전국대의원대회를 한다는 소식을 알고는 있었지만 취재거리가 될 만한 행사인지 아닌지를 판단을 하지 못하고 있었다. 그래도 기왕 나왔으니 행사 현장에나 가 보자 하고 촬영기자와 함께 강남에 있는 유스호스텔로 갔다. 가서 보니 다른 언론사 기자들이 한 명도 눈에 띄지 않았다. 허탕 친 셈 치고 행사장으로 들어갔다. 정문을 지켜섰던 청년들이 비공개 대회이므로 기자는 들어갈 수 없다고 했다. 마침 근처에 청년회의소 사무국장 우상순이 보였다. 우상순은 단양 우씨 종친회 관계로 잘 아는 사이였다. 그의 도움을 받아 촬영기자는 대의원들이 모여 있는 장면을 찍고 나오고 나는 녹음도 인터뷰도 없이 취재만 하는 것으로 타협이 됐다.

청년들에게 특강을 하도록 돼 있는 사람은 문화공보부의 박종국 공보 국장이었다. 유신이 단행된 지 얼마 안 되는 시점이라 정부의 대변인이 라고 하는 공보국장의 말은 뉴스거리가 될 것이라고 판단됐다. 나는 둘 째 줄에 앉자마자 TC-10 녹음기를 책상 아래 바닥에 놓고 녹음 버튼을 누른 뒤 신문을 덮었다. 잠시 뒤에 공보국장이 연단으로 들어섰다. 청년 들의 박수가 한동안 지속된 뒤 공보국장의 연설이 시작됐다.

그는 정치와 언론 등 많은 문제들에 대해 자신 있는 어조로 말했다. 나 는 회사에 들어와서 공보국장의 말 가운데 언론에 관한 부분을 뽑아 기 사로 만들었다. 다음과 같은 내용이었다. "언론은 지금 상업주의에 물들 어 있다. 이것을 근본적으로 뜯어고치지 않으면 안 된다. 정부가 하는 일을 비판 위주로만 보도한다. 국가의식과 애국심으로 무장시켜야 한 다." 그의 말은 얼핏 보아 틀린 말이 아니다. 그러나 언론이 비판하는 대 상이 국가가 아니라 정부라는 사실을 그는 간과하고 있었다. 즉, 언론이 유신을 비판하는 것은 대한민국이라는 국가를 비판하는 것이 아니라 박 정희 정부를 비판하는 것임을 알지 못하고 있었다.

내가 그의 육성 인서트를 넣어 1분 30초 동안 리포트로 작성한 기사는 맨 처음 그날 저녁 7시 TBC 라디오 종합 뉴스에 방송되었다. 첫 방송이 나간 뒤 잠시 뒤에 사장으로부터 일요일 데스크에게 전화가 걸려왔다. 전화를 받은 데스크는 나의 리포트를 저녁 9시 TV 뉴스에서 삭제시켰 다. 다음날 TBC 라디오 8시 '뉴스전망대' 시간에 출연 대담 아이템의 하나로 선정했는데 또 삭제되었다. 나는 씁쓸한 기분이 되어 퇴근을 했 다.

그리고 다음날 아침 출근해서 통신 기사를 점검하고 있는데 전화가 걸려왔다. 전화를 걸어온 사람은 합동통신 정치부에서 중앙청을 출입하는 구월환 기자였다. 그는 한국기자협회 부회장을 맡고 있었다. 구 기자는 어제 저녁 공보국장 관련 뉴스를 풀 해달라는 것이다. 나는 별 주저 없이 기사대로 불러주었다. 그런데 그날 점심을 먹고 들어와 석간신문 가판을 보고 깜짝 놀랐다. 내가 구 기자에게 풀 해준 공보국장 관련 기사가 모든 석간신문 제1면에 2단 또는 3단 기사로 비중 있게 보도된 것이다. 그야말로 전혀 예상치 못한 파급이었다.

그리고 다음날 조간과 석간에는 야당과 한국기자협회 등의 반박 기사들이 일제히 보도되었다. 신문 기사의 내용들은 공보국장의 발언이 언론을 정권의 나팔수로 만들기 위한 음모이므로 정부는 사과하고 공보국장을 해임시키라는 것이었다. 정치 문제로 비화되었다. 공보국장은 우선 그런 말을 한 적이 없다고 부인했다. 아마도 그는 청년회의소의 전국대의원대회 특강이 비공개였으니까 취재기자가 없었을 것이라고 판단했던 모양이다. 그의 부인으로 첫 보도를 한 내가 난처한 입장에 놓이게 되었다. 치안국을 출입하는 정종진 선배가 중앙정보부가 나를 데려갈 것이라는 정보가 있으니 잠시 피신해 있는 것이 좋을 것 같다는 정보를 알려주었다. 고마웠지만 내가 잘못한 것이 없으니 굳이 피할 필요가 없다고 생각했다. 긴장은 했지만 굳게 믿는 것이 있었다.

선배 기자의 정보대로 당시 중앙정보부에서 중앙매스컴을 출입하는 요원이 내게 찾아왔다. 그는 내게 공보국장이 극구 부인하고 있으니 잠시 가서 조사하자고 말했다. 나는 공보국장의 연설 전부를 녹음해 놓은 것이 있다고 말했다. 그는 깜짝 놀라면서 그러면 그 녹음테이프를 달라고 요구했다. 나는 순간, 사태가 심상치 않게 돌아감을 직감, 녹음테이프를 복사해서 넘겨줘야겠다는 판단을 했다. 그래서 녹음테이프를 집에 두고 왔으니 내일 아침에 갖고 와서 전달하겠다고 말했다. 그는 좋다고 했다. 다음날 아침 문제의 녹음을 복사한 테이프를 그에게 건네주었다. 그리고 며칠이 흘렀다. 그 동안 정부는 중앙인사위원회를 열어 공보국장을 직위해제하기로 결정했다. 그와 같은 결정을 내리는 데 나의 녹음 테이프가 유일하고도 확실한 증거가 되었다는 후문이 들렸다. 만일 내가 그날 공보국장의 연설을 녹음해 두지 않았더라면, 나는 더 이상 기자 생활을 계속할 수 없었을지도 모른다. 휴우— 안도의 숨을 내쉬면서도 마음이 이내 착잡해져 왔다.

단지 국민의 알 권리를 대신 충족시켜 주고자 부지런히 뛰고 기사를 쓴 것뿐인데, 그럴 뜻은 아니었는데 한 개인의 신상에 커다란 타격을 입혔다는 데 생각이 미치자 괴로웠다. 더구나 해임된 공보국장은 공교롭게도 나의 대학 선배였고, 차관으로 승진될 수 있는 촉망 받는 엘리트 간부 공무원이었다. 나는 여러 날을 고민 속에 보냈다. 기자의 보도가 미치는 엄청난 영향력에 두려움마저 느꼈다. 그 사건 이후 나는 되도록 이면 약자의 이야기나 고통 받는 사람들의 사연, 그리고 사회 전반에 걸친 문제점 등을 기사로 쓰고자 힘썼다. 남보다 더 뛰어 특종기사를 발굴하는 것도 좋지만 나의 보도 기사로 해서 한 개인의 삶이 상처를 받는 일이 없도록 각별히 조심을 했다. 그리고 문제점보다 좋은 일에 대한 칭찬 기사를 발굴하려고 애썼다. 그리고 또 한 가지 이번 사건으로 내가 박정희 유신정부에 맞서는 민주투사처럼 보이기를 원하지 않았다. 저널리스트로서의 정도를 가야한다는 주관에 입각, 유신 이후 박정희와 유신 이전의 박정희를 엄밀히 구분하여 사안을 파악했을 뿐이다. 유신 이

전 박정희 정부의 부국강병책을 적극 지지했지만 유신이후 박정희 정부의 언론정책에 대해서만은 동의할 수 없었던 것이다.

아무튼 이번 사건은 개인적으로 기자라는 직분에 대해 많은 생각을 하게 했다. 그럼에도 어떤 정부도, 어떤 일이 있다 해도, 언론을 정부의 나팔수로 만들어서는 안 되며 또 만들도록 방임해서도 안 된다는 언론의 본령을 지키려는 작은 몸부림이기도 했다.

정부는 언론이 때로 껄끄럽고 마뜩찮은 비판을 하더라도 국가와 국민의 이익을 추구하는 쪽으로 가도록 놓아주어야 한다. 그것이 종국적으로는 정부의 이익이 될 수 있기 때문이다. 언론은 정부의 언로이기도 하지만 국민의 언로이기도 하다. 아니 정부는 국민이 선거로 선출한 한시적 수권 조직이 아닌가. 그러니 언론에서 우위를 갖는 쪽은 오히려 국민이다. 특히 공공성이 높은 방송 언론은 더욱 그러하다. '현명한 정부는 결코 언론을 조정하는 법이 없고 현명한 기자는 결코 언론을 칭찬하는 법이 없다'는 뉴욕타임스의 대논객 제임스 레스턴의 말은 의미심장하다. 정권은 가변적인 것이지만, 언론은 이 불변의 진리로 생명력을 이어간다.

한바탕 회오리바람이 지나가고 문화 담당 기자에서 처음으로 독립 부서인 교통부 출입 기자로 배치되었다. 교통부에 나가 보니, 관리들이 나에게 무척 신경을 쓰는 눈치였다. 나는 관례에 따라 전국 철도에 승차할 수 있는 우대증을 발부 받았다. 그러나 시간이 없어 제대로 쓰지도 못한 채 양복 안주머니에서 잠잤고, 나는 여전히 국민의 알 권리를 충족시켜주기 위해 이리 뛰고 저리 쏘다녔다. 그러다 우연히 한천교 철교가 붕괴 위험에 놓여 있다는 정보를 입수, 현장 취재를 통해 고발했다. 보도가

나가자, 교통부에서 조사가 이루어지고 이에 대한 근본적인 보수 계획
이 마련되는 등 야단법석이었다. 교통부 대변인과 철도청 공보관이 웃
으면서 내게 "제발 쏘다니지 말라"고 부탁했다. 그런데 철도청장 감사패
를 주어 감사히 받았다.

　1년간의 교통부 취재를 마친 나는 문교부로 배치됐다. 여기서 '둔마鈍
馬' 장관으로 유명한 유기춘 문교부 장관을 만났다. 그는 교육입국의 신
념으로 학생들의 애국심을 고취하는 교육에 강렬한 의지를 보였다. 그
는 야당의 반대를 무릅쓰고 '학도호국단' 창설을 밀어붙였다. 학자이면
서 두주불사의 호걸이기도 한 그는 뇌일혈로 쓰러져서 교육 발전에의
뜻을 접었다. 실로 안타까운 일이었다.

농림수산부 취재를 원합니다

내가 취재 담당 부처를 옮길 때마다 등 뒤에 유신정부의 공보국장을 옷 벗긴 기자라는 꼬리표가 늘 따라붙었다. 그 때문에 나는 취재원들로부터 경계 대상이 되고 말았다. 그러나 다른 한편으로 나와 가까이 하려는 취재원도 적지 않았다. 그야말로 불가근불가원不可近 不可遠의 대상이 된 것이다.

1976년 봄, 사회부에서 정경부로 부서 이동이 됐다. 이동이 되던 날, 이방훈 보도국장은 나를 불러 세우더니, 상공부 취재를 맡으라고 말했다. 그런데 나는 농림수산부 취재를 꼭 한 번 하고 싶었다. 부모님이 농사를 짓고 있는데다 나 자신도 농촌 출신이기 때문이었다.

내 가슴 밑바닥에는 농촌에 대한 연민이 남아 있고 농정에 대한 남다른 관심을 갖고 있었다. 무엇보다 농민이라는 정직하고 순박한 직업에 대해 애정을 갖고 있다. 그래서 나는 이방훈 국장에게 말했다. "농수산부를 취재하고 싶습니다." 이 국장은 입가에 가벼운 미소를 머금고 "그

래?” 하고는 의외라는 듯 침묵했다. 한참 만에 “본인이 정 그렇다면 그
렇게 하지!” 그날 저녁 경제부 부회에서 임응식 부장이 부원들의 취재
담당 부서를 발표했다. 기대했던 대로 농수산부가 나의 출입처로 배정
되었다. 상공부는 이보길 기자가 배정됐다. 나는 그때부터 농수산부와
농업현장 취재 보도에 온 심혈을 기울였다.

앉아서 배포되는 보도 자료만으로는 농정의 현황을 정확하게 파악할
수 없었다. 특히 TBC는 지방 네트워크가 없어서 지역 농촌 정보와 여타
뉴스가 다른 방송사보다 한발 늦고 내용도 빈약할 수밖에 없었다. 그래
서 나는 한 달에 한 번은 일주일간 지방 출장 취재를 신청해 다녀왔다.
일주일 취재로 일주일 뉴스거리를 낚아다 TBC TV 저녁 프라임 뉴스
시간마다 방영할 수 있으리란 꾀를 냈던 것이다. 벼멸구가 번질 땐 나주
벌판에 가서 직접 멸구 피해를 입은 벼 포기 수를 세고 사전 방제 작업
이 미흡했음을 보도했다. 그래서 전국적으로 방제 작업이 순조롭게 진
행되어 걱정할 것이 없다는 농수산부 당국의 보도 자료 발표가 실제와
다름을 증거와 함께 제시, 농정당국을 긴장케 했다. 가을 수확기에는 김
제 지방에 가서 탈곡한 수천 개의 벼 가마들이 한 데에 산더미처럼 야적
되어 있는 현장을 보도하고, 비가 오면 속수무책임을 지적했다. 보도를
본 농림수산부는 낡고 부족한 곡물 창고 실태와 창고 증설을 위한 특별
자금 지원 계획을 급히 발표했다. 농수산부는 나 때문에 골치가 아프다
고 했다.

쌀 생산과 직결되는 뉴스로 ‘무미일 실시 검토’ 건이 있었다. 당시 농
수산부 출입을 하고 있는지라 기사 거리를 찾아 국·실장 방을 노크하
곤 했다. 하루는 우연히 한 국장 책상 서류철의 보고서에 눈이 갔다. ‘무

미일 검토 보고서'였다. 소스라치게 놀랐다. 당시 우리나라는 농민들의 추곡수매가 책정 시, 이중곡가제를 실시할 만큼 농정에 각별한 신경을 쓰고 있던 시절인지라 '무미일 검토'라는 보고서는 가히 엄청난 파문을 일으킬 소지가 다분한 보고서였던 것이다. 그것을 그 자리에서 직감, 기사를 썼다. 그리고 자료 화면과 함께 저녁 9시 TV 뉴스 진행팀에 넘겼다. 그리고 다음날, 아침 라디오의 '뉴스전망대' 프로그램 출연을 준비하고 있는데 급히 김덕보 사장으로부터 전화가 걸려왔다. "무미일 기사로 관리들의 입장이 난처하게 되었다 하니 더 이상 보도하지 말아 달라"는 당부 아닌 당부였다. 그리고 농수산부는 TBC의 '무미일' 기사 보도는 사실과 다르니 보도하지 말아 달라고 요청했다. 그로해서 '무미일'에 관한 나의 보도에 이은 후속 보도는 어느 매체에도 없었다. 농정이 농민을 우선하여 행해져야 한다는 나의 평소 지론을 근거로 해서 무미일을 정하는 일에 신중을 기하도록 하고자 함이었는데 아쉽게도 '무미일' 기사는 내 손에서 불발로 가라앉았다. 농수산부가 무미일 실시 보도를 차단하려고 한 것은 '무미일' 실시로 국내 쌀 소비가 위축되고 외국 밀가루 수입이 늘어나서 결국 국내 쌀 생산 농민들의 반대를 초래할까 걱정해서였다. 그럼에도 조금은 영향을 주었을까, '무미일'은 그로부터 석 달쯤 뒤에 실시되었다.

일 년 반 농수산부 출입을 하는 동안 남다른 열정을 쏟아 취재 보도 하게 한 배경에는 고향 광적에서 농사를 짓고 계시는 아버지 어머니에 대한 작은 효의 마음도 있었음을 고백한다. 전화도 TV 수상기도 없던 그 시절 어머니는 배터리를 고무줄로 묶은 오래된 트랜지스터 라디오를 통해 아들의 목소리를 들을 수 있었다. 밥을 지을 때는 안방과 통하는 쪽

문 문틀에 라디오를 올려놓고 밭에서 일할 때는 나뭇가지에 라디오를 매달아 놓고 아들의 목소리를 들었다. 라디오는 어머니가 아들의 소식을 확인하는 유일한 비밀통로였다. 나의 목소리가 나오는 시간이 아침 8시 '뉴스전망대'와 오후 2시의 '뉴스의 현장', 그리고 저녁 7시 라디오 종합 뉴스라는 걸 알고 계시는 어머니를 생각해서라도 뉴스거리를 찾아 바삐 돌아다녀야 했다.

 돌아다니는 것만으로도 부족하다 싶어 적극적 취재 욕구를 가지고 뉴스 아이템을 개발하는 데도 관심을 가졌다. 보도 자료로 주어지는 발표 기사나 발생 기사에만 의존해서는 뉴스 가치가 있는 뉴스를 발굴하는 데 한계가 있었다. 계절과 사물의 변화에 따른 기획 기사를 통해 능동적으로 뉴스 가치를 창출해 내야 한다고 판단, 기사감이다 싶으면 일단 써서 데스크에 넘겼다. 매주 월요일 아침 '뉴스전망대'는 나의 기사가 채택되는 확률이 가장 높은 시간대였다. 월요일 아침 '뉴스전망대'는 대개 특별한 발표 기사가 없기에 간밤의 사건 사고와 외신, 그리고 기자들이 만들어 내는 기획 기사로 메워졌다. 다른 날의 경우, '뉴스 전망대'의 아이템으로 정해지려면 여러 기자들의 기사가 폭주하여 경쟁을 거쳐야 했지만 월요일 아침은 웬만한 뉴스거리도 아이템으로 선정될 수 있었다. 물론 그렇게 선정된 아이템도 대형 돌발 사고가 터질 때에는 밀리게 된다. 아무튼 월요일 아침의 '뉴스전망대'에 내가 단골 출연 기자가 되다시피 했다. 덕분에 고향에 내려가면 어머니는 내 목소리를 자주 들을 수 있어 좋다고 하셨다.

 농림수산부 출입을 하는 동안 취재에 대한 나의 기본 생각은 중농주의 重農主義에 바탕을 두고 있었다. 농업이 발전해야 공업과 상업도 발전할 수 있다고 굳게 믿고 있었다. 그러나 취재 과정에서 시대는 이미 농업의 중요성이 축소되고 공업과 상업의 중요성이 신장되고 있음을 간파했다. 국가 산업경제에서 농업이 차지하는 비중이 갈수록 낮아지고 있고 농업의 채산성마저 떨어져 농업 인구가 급속히 감소하는 변혁의 바람은 더 이상 막을 수 없는 상황으로 가고 있었다. 산업화의 거센 물결 속에 농지의 공장부지화가 가속화되는 마당에 일차 산업인 농업이 살길은 생산물의 채산성을 높이고, 농업의 기계화를 촉진하는 길밖에 없었다. 그래서 나는 중농정책重農政策 대신 농공병진정책農工竝進政策이 절실히 요구되는 때임을 강조했다. 농업을 아주 외면해서는 안 되고 농업과 공업을 함께 발전시켜야 한다는 입장으로 방향을 바꿔 농업 문제를 취재 보도했다.

제3부

나무와 함께 숲도 보아야

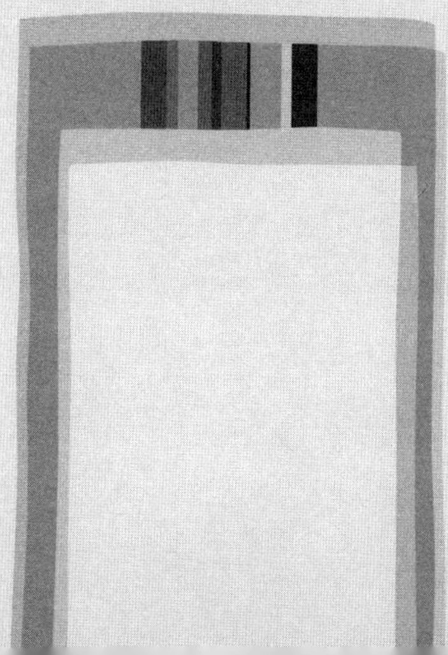

나무와 함께 숲도 보아야

경제의 중요성이 커지고 경제 기사가 홍수처럼 쏟아지면서 보도국의 편제가 새로운 변화에 적응할 수 있도록 개편되었다. 즉, 정경부가 정치부와 경제부로 분리되었다. 경제부장 김성호는 나를 상공부 출입 기자로 바꿨다. 상공부의 기사 취재는 현장보다는 보도 자료를 점검 분석하는 데 훨씬 많은 수고를 필요로 하고 현장 취재를 했다 해도 해당 기관이나 기업체가 취재에 동의해 주어야 비로소 기사화할 수 있었다.

내가 상공부에 나간 1977년은 마침 연간 수출 목표 100억 불을 달성하기 위해 국가적인 총력을 기울이고 있을 때다. 서울과 지방, 심지어는 세계의 수출 시장까지 취재 지역과 대상이 광범위했다. 수출 시장을 점검한다는 명목으로 상공부 출입 기자들은 1년에 1회 정도 해외 시찰을 했다. 직접적인 취재원이 있어서가 아니라 세계 시장에 대한 안목을 넓히고 우리 수출 시장을 점검하기 위해서였다. 기자들의 수출 시장 점검 해외 출장에는 무역 특계 자금이 사용되었다. 대기업들도 홍보를 위해 기자들의 취재 활동에 대한 지원을 아끼지 않았다. 이 무렵 나는 기자의 촌지에 대해 진지하게 생각을 해 보았다. 소위 언론인에게 있어 '촌지'라는 말은 언론인이라는 직업명을 갖고 있는 동안 피하려야 피할 수 없는 단어였다. 특히 출입처를 배정받는 기자에게 있어 촌지는 받고 싶다고 해서 받고 받고 싶지 않다고 해서 받지 않을 수 있는 것이 아니었다.

 그때는 그랬다. 나 역시 예외가 아니었다. 때로 괴로워하면서도 어쩔 수 없이 받을 때도 있고 때로 받고 나서 괴로워 회사 선후배와 술로 마셔버릴 때도 많았다. 시간이 흐르고 시대가 바뀌어 바르지 못한 관행들이 많이 고쳐지고 떳떳치 못한 대접에 대해 언론인 스스로 자정 의지自淨意志로 많이 개선됐다고 본다. 어쩌면 내가 회고록을 쓰면서 가장 드러내기 힘들어했던 부분이 이 부분이 아닌가 싶다. 그래도 밝혀야 한다고 생각에 부끄러운 일면을 드러내기로 했다. 촌지와 관련해서 나는 두 가지 잊지 못할 에피소드가 있다.

 하나는 문화 취재 때였다. 도선사가 신도들의 대규모 방생 법회를 열었다. 취재를 위해 주최 측이 마련해 준 버스를 타고 방생 법회가 열린 남양 방조제로 갔다. 그곳엔 문화 담당 기자뿐 아니라 경제신문 기자와 잡지 기자 등 40명 가량의 취재기자들이 동승했다. 행사가 끝난 뒤 우리는 주최 측이 마련해 준 점심 식사를 했다. 나는 평소에 잘 알고 지낸 도선사의 이혜성 주지스님이 이끄는 대로 버스 뒤쪽으로 따라갔다. 다른 사람들이 보이지 않는 곳에서 스님은 승복 장삼에 손을 넣더니 만 원짜리 돈다발을 꺼내서 내게 주었다.

 "중은 돈을 세지 않아요. 우 기자가 알아서 한 장씩 나눠주세요."

 나 역시 돈을 세어 얼마인지를 확인해 볼 상황이 아니라서 돈다발을 서류 봉투 속에 넣고는 상경하는 버스에 올라탔다. 버스에서 기자들에게 한 장씩 나눠주었다. 문화기자실 출입 기자를 제외하고 나머지 기자들부터 나눠주고 나니 넉 장이 모자랐다. 나를 포함한 기자실 기자 네 명이 받지 못했다. 다음날 아침 나는 도선사의 혜성스님에게 전화를 걸었다. 내 말을 듣고 혜성스님이 크게 웃었다.

"그래, 부족한 게 넉 장밖에 안 됩니까? 나는 더 많이 부족할 줄 알았는데요."

나도 그의 말뜻을 알고 크게 웃었다. 그리고 그 이후 혜성스님과 나는 더욱 친해졌다.

또 한 번은 이런 일도 있었다. 내가 상공부를 출입하던 시절 나는 창원공단의 방위산업 현장 취재를 갔다. 1박 2일 코스로써 탱크와 잠수함 제작 현장 촬영과 취재였다. 한 공장에 들러 취재를 마쳤다. 취재를 마치고 다른 공장으로 이동해서 한창 촬영을 하고 있는데, 먼저 공장의 관리이사가 찾아왔다. 나를 으슥한 곳으로 끌고 가더니 봉투 하나를 내밀었다.

"우 기자님, 봉투가 바뀌었습니다. 아까 드린 봉투는 저의 월급봉투입니다."

나는 얼른 안주머니에 넣어두었던 봉투를 꺼내 그에게 주고 나서 그가 새로 내민 봉투를 받았다. 그와 나는 크게 웃었다. 그는 마침 월급날이어서 월급봉투를 양복 오른쪽 주머니에 넣고 우리 취재팀에 건넬 촌지봉투를 왼쪽 주머니에 넣고 있다가 그만 깜박해서 오른쪽 주머니에 있던 자신의 월급봉투를 꺼내 주었던 것이다. 만일 우리가 다음 공장 취재를 안 하고 서울로 올라왔더라면, 그는 자신의 월급봉투를 찾기 위해

TBC가 있는 서울 서소문까지 밤새 달려 올라왔을 터이니, 얼마나 끔찍한 일이겠는가? 천안휴게소에서 저녁을 먹으면서 촌지 봉투를 열어 촬영기자와 운전기사, 그리고 나, 셋이서 나눠 가지면서 박장대소를 했다.

1년 6개월쯤 상공부 출입 기자를 마치고 경제기획원을 출입했다. 경제부장 노계원이 상공부 출입을 계속하거나 재무부 출입을 할 것을 권했다. 그러나 나는 경제기획원 출입 기자로 가고 싶다고 말했다. 당시 내가 경제부의 수석기자였던 만큼 경제기획원을 출입하는 것이 마땅하다고 생각했기 때문이다. 상공부에는 김장년 기자가, 재무부에는 유균 기자가 각각 배치되었다. 나는 경제기획원 출입을 하면서 경제의 흐름을 파악할 수 있었고, 부분적이나마 재정금융도 공부할 수 있었다. 경제기획원 취재는 후일 내가 경제부장 업무를 수행하는 데에 크나큰 도움이 되었다. 특히 경제기획원 출입 때 김재익 기획국장과의 만남은 내게 실물경제를 보는 안목을 넓혀주는 계기가 됐다. 그러나 나와 다른 견해를 갖고 있어 가끔 열띤 토론을 하기도 했다. 내가 중농주의와 자립경제주의였던 반면 김재익은 철저한 비교우위론자였다. 내가 간척지를 넓혀서 식량 자급률을 제고해야 한다고 주장하면, 그는 공장을 증설하고 고품질의 공산품을 많이 만들어 수출하고 모자라는 식량은 수입해 먹어야 한다고 반박했다. 서로 기본 입장은 달랐지만 수출을 늘려야 하고 수출을 늘리기 위해서는 물가안정이 절대적으로 필요하다는 데에는 나도 동의했다. 그도 또한 우리의 농업 생산기술을 향상시키고 채산성을 높여 농산물도 수출상품화해야 한다는 나의 주장에 일면 공감했다.

요컨대 경제문제는 나무와 함께 숲을 보아야 한다. 나무 한 그루 한 그루를 보듯 부분 부분의 개별경제 동향을 미시적微視的으로 들여다보는 것

과 함께 전체 숲의 상황이나 생태를 보듯 국가경제 전체를 거시적巨視的
으로 파악해야 한다는 뜻이다. 즉, 농업과 공업, 그리고 상업을 따로 분
리해 접근할 경우 국가산업 전체의 균형 있는 발전 방향을 찾기 어렵다.
반대로 국가 경제를 거시적 구조로만 본다면, 개별 산업에 대한 관찰이
소홀해 어떤 산업 분야는 과잉 성장을 하고 어떤 분야는 낙오를 하거나
하는 일에 직면하게 된다. 어떻든 오로지 '농업' 그 말 자체만을 집착하
던 나의 미시적 경제관이 상공부와 경제기획원 취재를 거치면서 거시적
경제관으로 확장된 것은 순전히 김재익 당시 경제기획원 기획국장에 힘
입은 바 컸다. 그렇다고 해서 내가 완전히 거시적 경제관으로 바뀐 것은
아니었다. 어디까지나 경제는 나무 하나하나의 건강 상태를 정확히 진
단하면서 나무들 간의 상호연관 작용들이 형성해 가는 숲의 건강 상태
를 동시에 진단해야 나무와 숲이 건전하게 발전할 수 있는 처방을 찾아
낼 수 있다는 생각에는 변함이 없었다.

세계의 식량 전략

1·2차 석유 파동으로 이농 현상이 극심해졌다. 농사를 지어서는 대학은커녕 고등학교도 보낼 수 없다는 말이 나올 지경이 되고 농촌을 지키던 농민들이 땅을 버리고 서울로 도시로 올라왔다. 자연 식량 자급률이 떨어지고 엎친 데 덮친 격으로 세계 곡물 가격의 급등과 식량 무기화 추세가 가속도를 내기 시작했다. 바야흐로 식량 농업 문제가 세계적 관심사로 떠올랐다.

1979년 7월 초, 나는 촬영부 문경춘 기자와 함께 식량 문제를 집중적으로 취재 보도하는 프로그램을 제작하기 위한 기획에 들어갔다. 달포에 걸친 세심한 기획, 그리고 사전 예비 취재를 거쳐 기획안이 확정되었다. 선진 농업의 생산기술과 유통 과정, 그리고 시카고 곡물 시장과 UN, FAO 사무국 등 세계의 식량 농업 문제와 정책 문제를 관장하고 있는 주요 기관과 인물들의 인터뷰 등 50여 일간의 방대한 취재 일정이 잡혔다. 취재국은 미국·일본·덴마크·프랑스·스위스·이탈리아 등이었다.

일본에서는 군마 현의 농장과 목장을 찾아 양질의 농축산물을 생산하고 판매하는 과정을 취재했다. 특히 일본 농협의 계통출하 사업이 인상적이었다. 조합원인 농민은 밭에서 양질의 무와 배추를 재배하는 일에만 몰두한다. 그리고 잘 자란 배추를 깔끔하게 정리한 다음, 자기 농장 브랜드가 찍혀 있는 각 종이상자에 넣고 포장을 한다. 연락을 받고 밭에 와 있던 조합 직원이 배추의 무게를 재서 기록한 뒤 트럭으로 실어 간다. 조합은 그날 가장 좋은 가격이 형성된 시장에 배추를 팔고, 조합원 통장에 입금시킨다. 조합원은 생산물에 대한 판매에 대해 일절 신경을 쓰지 않아도 된다. 오직 더 좋은 농산물을 더 많이 생산하는 데만 신경을 쓴다. 판매는 전국의 시장 정보를 잘 알고 있는 조합의 몫이었다. 조합의 계통출하가 모범적으로 되는 곳이었다. 우리 농협의 운영과 크게 대비되는 부분이었다. 우리 경우, 조합원의 계통출하 업무와 조합의 금융신용 업무, 그리고 마트 사업 세 가지 중 계통출하 업무가 가장 소홀하다. 그것을 개선해야 한다는 내용의 기사를 집중 보도했다.

미국에서는 위스콘신 주의 옥수수 농장을 찾아 기계화 대량 생산의 현장을 목격할 수 있었다. 그리고 옥수수를 사료로 먹여 소를 기르는 대규모 목장도 취재했다. 이들이 생산한 사료 곡물의 수출, 쇠고기의 대한對韓 수출 물량이 갈수록 늘어나고 있었다. 이는 거꾸로 우리의 수입 물량의 증가를 의미했다. 게다가 대량 생산되는 곡물과 쇠고기는 가격 경쟁 면에서 우리나라 축산농가의 제품을 압도했다.

시카고 곡물 시장의 취재도 무척 인상적이었다. 시카고 곡물 시장은 날마다 미국산 쌀과 밀·콩·옥수수 등의 주요 곡물 시세를 정하고 거래한다. 사실상 세계의 곡물 시장이나 다름없다. 안내자는 한국 TV 기자로서는 최초의 방문이라고 했다. 문 기자와 나는 출입문 입구에서 검색을 받은 뒤 직원의 안내를 받아 시장 전체를 조감할 수 있는 방으로 들어섰다. 시장의 규모가 엄청났다. 수백 명의 중개인들이 소리를 지르면서 손가락을 폈다 구부렸다를 반복했다. 해마다 급등하는 곡물 가격의 추이를 취재하면서 나는 식량 무기화의 검은 먹구름이 다가오고 있음을 예감하고 '식량 무기화'라는 세계적 추세를 당시 버글랜드 농무성 장관과의 인터뷰를 통해 더욱 강하게 느낄 수 있었다. 버글랜드 장관은 미국의 잉여 식량의 상당 부분을 아프리카와 아시아의 빈곤 국가들에 지원하고 있다고 했다. 그러나 테러와 전쟁을 일으키거나 자유를 억압하는 독재국가들에 대해서는 식량 제공을 조정한다고 말했다. 그의 이같은 발언은 식량이 언제든지 무서운 무기로 변할 수 있음을 의미했다. 미국의 농업 생산기술은 놀라운 수준이었다.

애리조나 주 피닉스 시 외곽에 자리 잡은 수경재배水耕栽培 농장에 들렀다. 지금은 수경재배가 흔하지만 당시로는 첨단 재배법이었다. 대형 비닐하우스를 세우고 묘판에 씨를 뿌린 다음 물을 주어서 작물을 재배하는 방법인데 물을 주고 성장에 적합한 온도를 맞추는 등의 모든 일이 자동화되어 있었다. 말하자면 사막 위에 세워진 농작물의 자동화 공장이었다. 여기서 재배된 호박·오이·토마토 등 농산물들은 시장에서 일반 재배 농산물보다 두 배 이상 비싸게 팔렸다. 이른바 무공해 농산물이라고 할 수 있다.

덴마크에서는 퇴비 농법과 축산물 가공 공장을 중점적으로 취재했다. 소농과 대농 한 곳씩을 선정해 취재 협조를 받았다. 소농이라고 해도 재배 면적이 10정보쯤 되는 농가였다. 우리나라로 치면 대농大農이다. 그는 자기 일생에 처음으로 지구 반대편에 있는 나라에서 방문해 주었다면서 우리 취재팀을 반겼다. 안주인이 두 딸과 함께 빵과 치즈, 커피 등을 준비하는 동안 바깥주인은 오늘이 경사스러운 날이니 국기를 달고 싶다고 했다. 그가 국기(태극기)를 가져왔느냐고 우리에게 물었다. 없다고 하니까 그는 덴마크 국기를 꺼내다 게양대에 올렸다. 참으로 인상적이었다. 그리고 그는 농기계로 가득 찬 창고를 보여 주었다. 거기 바퀴에 흙이 묻어 있는 퇴비 살포기가 있는데 상판에 퇴비가 반쯤이나 남아 있었다. 퇴비를 뿌리는 작업을 하다가 우리 취재팀을 맞이하기 위해 작업을 중단한 것이다. 역시 고맙고 인상적이었다. 나는 그의 농가 방문을 통해 깊은 감명을 받았다. 첫째, 창고 안에 있던 수많은 농기계는 한결같이 깨끗하게 닦이고 기름칠이 잘되어 있었다. 농기계는 사용 후에는 흙과 오물을 씻어내고 보관해야 수명을 길게 할 수 있는 것이다. 둘째, 화학비료를 주지 않고 반드시 퇴비를 쓰고 있었다. 퇴비는 이웃집의 축산 농장에서 구해 온 것이었다. 퇴비를 써야 '땅심'이 생기고 수확량을 늘릴 수 있다는 설명이었다. 퇴비 대신 비료를 쓰고, 사용한 농기계를 밭이나 마당귀에 아무렇게나 버려두는 우리 농촌 모습과 퍽 대조적이었다.

다음으로 방문한 농장은 대농의 농장이었다. 60에이커에 이르는 넓은 농장의 주인이었다. 농장 안에는 수영장과 휴게실 등을 갖춘 호화 주택이 있었고 여러 명의 농업 노동자와 관리인을 두고 있었다. 그가 자신의 농장을 안내하는 동안에도 농업 노동자들이 농장의 곳곳에서 뿌려진 퇴비를 고르게 펴는 작업을 하고 있었다. 살포 차량이 이동하면서 퇴비 통을 회전시키면 퇴비가 솟구쳐 밭이랑에 뿌려졌다. 퇴비는 농장 옆에 대형 축사에 비축해 두고 있으면서 필요한 양만큼 그때그때 꺼내 쓴다고 했다. 퇴비를 주어서 옥수수와 목초를 생산하고, 그 옥수수와 목초를 돼지에게 먹였다. 말하자면 농업과 축산이 연결된 일관 작업이었다. 생산성을 높이는 방법이었다.

스위스와 프랑스에서는 농업에 대한 국가의 지원 정책을 중점적으로 취재했다. 프랑스에서 스위스로 넘어갈 때 국경 지대의 스위스 경비원들은 반드시 차량 내부와 트렁크를 열어 확인했다. 그들의 검사 목적은 프랑스 농산물을 갖고 들어오지 못하도록 막는 것인데, 그것은 스위스 농업을 보호하기 위함이었다. 스위스에서 프랑스로 넘어갈 때에는 반대로 프랑스 경비원들이 스위스 농산물을 무단으로 수입해 오는지를 확인했다. 역시 프랑스 농업을 보호하기 위해서였다. 유럽 국가들은 국가 간의 인적·물적 이동을 완전 자유화시켰음에도 유독 농산물만큼은 철저하게 통제하고 있었다.

스위스에서는 알프스 산록의 1,300m 고지대에서 목장을 하는 농가를 찾았다. 그 고산 목장은 겨울에는 골짜기에 있는 축사로 소를 데리고 내려오고, 여름에는 높은 산록에 있는 초지에 소를 방목해 기르는 방식이었다. 골짜기 축사 옆에는 넓은 밭이 있어서 사료용 옥수수를 재배해서 엔실리지를 만들어 겨울에 먹였다. 일거리가 없어지는 겨울철이면 고산 농민들은 골짜기에 있는 관광호텔과 치즈 공장에서 일해서 부수입을 올렸다. 그러나 고산 농민들의 소득은 세계 최고의 소득을 자랑하는 스위스 국민의 평균을 밑돌았다. 그래서 정부는 고산 농민들에게 지원금을 주고 있다. 그리고 고산 농민들의 생산성을 높이기 위해 가축 개량과 초지 개량 사업을 적극적으로 폈다. 고산 지대에서 사육되는 소는 비탈에서 넘어지지 않도록 개량되었고, 농기계도 비탈에서 구르지 않게 특수

제작되었다. 취재팀을 고산 초지로 안내한 농민은 푸른 산록을 바라보며 이렇게 말했다.

"이 산비탈의 넓은 초지는 나의 할아버지가 나무를 베어내고 돌을 골라냈고, 나의 아버지가 밭을 만들어 목초를 심었다. 내가 그 목초로 소를 키우고 있다."

그의 말에 나는 감동했다. 3대가 땀을 흘려 노력한 끝에 지금의 고산 농장을 만들었다는 그의 말은 땅에 대한, 농업에 대한 끈기 있는 자세와 깊은 애정을 물씬 풍겼다.

이탈리아의 로마에 있는 세계식량농업기구(FAO) 취재는 세계 식량 문제의 심각성을 인식하는 계기가 되었다. 나는 먼저 사무국에 들러 세계 식량의 생산과 소비, 그리고 흐름에 대한 많은 자료를 얻은 다음 '사우마' 총장 인터뷰 준비를 했다. 그는 웃으면서 내게 "취재팀이 다 온 것이냐?"고 물었다. 우리 취재팀은 문 기자와 나, 그리고 로마 주재 한국 대사관의 농무관 등 세 명이었다. 나는 마이크를 들고 인터뷰할 자세였고, 문 기자는 받침대 위에 설치된 카메라에 눈을 대고 있었고, 농무관이 '라이트'를 머리 높이 쳐들고 있었다. 그리고 그 옆에 FAO 공보관이 서 있었다. 나중에 FAO 공보관이 말해 준 바에 따르면, 일주일 전에 일본의 NHK 취재팀이 다녀갔는데, PD · 취재기자 · 촬영기자 · 오디오맨 · 비디오맨 · 작가 등 모두 7명으로 구성되어 있었다는 것이었다. 우리 취재팀이 농무관을 빼면 문 기자와 나 둘뿐이었으므로 사우마 총장이 속으로 놀란 듯 했다. 인터뷰어인 나는 녹음기를 틀어놓고 그에게 '세계 식량 사정과 전망'에 대한 일반론적인 질문을 던졌다. 그런데 그는 매우 중요한 내용들을 자세히 말해 주었다. "기상 이상과 사막화 확

대 등으로 식량 증산에 적신호가 울리고 있는데, 인구는 엄청나게 늘어
나서 세계의 식량 부족 현상이 더욱 심해질 것이다. 식량 부족 국가의
어려움이 커진다는 뜻이다. 그런데 세계 식량 대국들은 빈곤국 원조를
점점 줄여 가고 있고, 식량 가격의 인상이 더욱 가속화되고 있다. 세계
의 식량 증산과 식량 대국의 빈곤국 원조 확대 등이 시급하다. 그렇지
않으면 머지않아 식량 전쟁이 일어날 것이다."

UN 산하 기구의 수장인 만큼 한국의 TV 취재팀이 FAO 사무총장을
인터뷰한 것은 처음 있는 일이었다.

해외 출장 중 가장 길었던 50일 간 세계 농업 식량 취재를 통해 세계
의 식량 농업 현황을 파악하고 '식량의 무기화' 라는 새로운 화두에 대한
인식을 갖게 됐다. 27년이 지난 지금 다시 세계는 식량의 무기화가 뉴스
의 초점이 되고 있다. 긴 줄다리기 끝에 타결된 FTA(한미무역협정)도

■ 1980년 10월 3일 로마 FAO 본부에서 FAO 사무총장 사우마와 인터뷰.

쇠고기등 먹거리 관련 조항이 문제였다. 기상이변으로 곡물가가 오르고 곡물 값 인상은 사료 값 인상-생산비 증가-축산농가 위축-공급 부족-가격 인상의 사이클로 이어지고 관련 업체의 구조조정을 불가피하게 한다. 첨단산업이 휘황찬란하게 조명을 받고 있는 현 시점에 와서도 생명과 직결되는 먹거리 관련 뉴스는 전 인류의 관심거리일 수밖에 없다.

아무튼 힘들고 지루할 만큼의 긴 취재 여행이었지만 그래도 큰 탈 없이 마무리되어 감사했다. 취재 도중 차장으로 진급을 하는 기쁜 소식도 있었다. 미국 워싱턴에서 차장 진급 소식을 듣고 김건진 선배와 밤새도록 술을 마시며 자축했다. 취재를 마치고 10월 초에 귀국해 보니 뜬금없이 TBC가 없어진다는 소문이 떠돌았다. 50분짜리 3편으로 기획 취재된 이번 보도 특집을 제작해야 하는데, 일이 손에 잡히지 않았다. 어떻든 취재 보따리를 하루라도 빨리 풀어 내보내야겠다고 생각했다. 우선 일

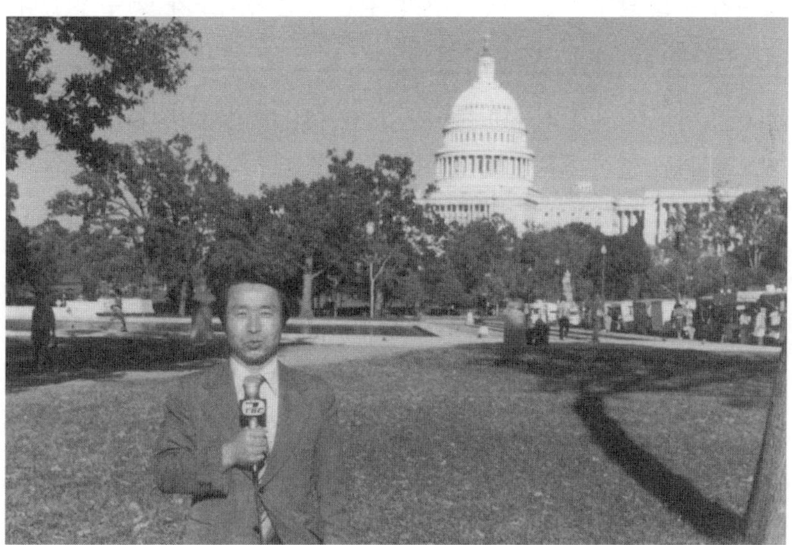

■ 1980년 9월 25일 미국 워싱턴 국회의사당 앞에서 미국의 식량 무기화 정책을 취재하다.

차 원고를 정리했다. 큐시트를 만들고 거기에 따라서 문 기자가 영상 자료의 가편집을 했다. 그 다음 외국인들의 인터뷰를 우리말로 바꾸고 다시 원고를 정리해서 데스크에 넘겼다. 데스크를 거쳐 나는 원고 낭독의 더빙 작업을 했다. 회사가 문을 닫으면 나는 어찌 되나 하는 걱정들이 회사 안을 불안 속에 몰아넣었다. 다행히 편집의 귀재 최정웅이 선뜻 편집을 맡고 나서서 '세계의 식량 전략' 3편의 편집과 제작이 끝났다. '세계의 식량 전략'이란 주 제목은 경제부장 노계원이 달았다. 부제는 제1편이 '좋은 농산물을 보다 많이'였고, 2편은 '문제는 유통이다'였으며, 3편은 '식량 무기화와 미래'였다. 방송 시간은 저녁 7시였고, 1편이 11월 19일, 2편이 11월 20일, 3편이 11월 21일 편성됐다.

방송이 나가면서 시청자들의 전화가 쇄도했다. 테이프를 구할 수 있느냐, 재방을 해 줄 수 없겠느냐 등등의 전화였다. 그러나 열흘 후에는 방송사가 문을 닫게 되는 마당에 재방 같은 것은 생각조차 할 수 없었다. KBS에 통폐합되면, KBS로 가서 무슨 일을 할 것인지도 불확실했다. 지금의 직급과 직책이 그대로 KBS에 흡수된다면 나는 KBS 경제부 차장으로 가는 것이 틀림없었다. 마음이 하도 뒤숭숭해서 경제기획원 기자실에 나와서 하염없이 창 밖을 내다보고 있는데, 기자실의 김 양이 내게 전화가 왔다면서 수화기를 건네주었다. 내게 전화를 걸어온 사람은 뜻밖에도 회장 비서실장이었다. 회장 비서실장 전화는 내가 TBC 보도국에서 근무한 12년 동안 처음이었다. 지금 회장님이 찾으시니 곧 들어오라는 전갈이었다. 나는 더욱 놀라서 무슨 일인가를 생각해 보았다. 홍진기 회장은 사원들에게는 호랑이 같은 무서운 존재였다. 나는 최근에 내가 무언가 잘못한 것이 있나 하고 곰곰이 생각해 보았다.

두근거리는 가슴을 진정시키면서 회장실로 들어갔다. 아무리 무관의 제왕이라는 기자지만 처음 들어가 본 회장실의 위엄에 조금 기가 죽었다. 선 채로 인사를 했더니 홍 회장이 웃으면서 와서 앉으라고 손짓을 했다. 홍 회장이 무슨 말을 하려는지 알 수 없어 내심 불안해하며 탁자만 바라보고 있는데 내게 차를 권하면서 말했다.

"식량 특집 잘 봤지. 내용도 좋고 취재를 많이 했더군. 좋은 특집이었다고 나도 여러 곳에서 전화를 받았네. 수고 많았어."

그리고 회장은 이렇게 말했다.

"회사가 문을 닫는 마당인데도 특집에 광고가 많이 붙었던데, 애 많이 썼군."

나는 순간 어제 남정우 광고국장이 식량 특집에 광고가 많이 붙어서 회사 임원들이 좋아하고 있다는 말을 해 준 것이 생각났다. 보통 그 시간대에는 광고 2~3개가 고작인데, 이번 식량 특집에는 각각 6개씩 모두 18개가 붙었던 것이다. 아마 광고를 유치하는 데 취재기자의 공이 컸다고 광고국장이 보고를 한 모양이었다. 나는 회장에게 사실대로 말했다.

"사실을 말씀 드리면, 농수산부의 강인희 차관이 도와주었습니다. 방송사가 문을 닫는다고 하니까 광고를 하려는 사람이 없다고 남정우 광고국장이 걱정하기에 강 차관을 찾아가서 부탁했습니다. 다행히 강 차관이 농수산 관계 기관과 기업체에 전화를 해 주어 광고를 여럿 붙일 수 있었습니다."

회장은 이렇게 말했다.

"차관이 해 준 것은 자네를 위해서 해 준 것일세. 공무원이 업체에 광고를 부탁하면 약점을 잡히는 것일 텐데도 차관이 해 준 것은 차관이 그만큼 자네를 신뢰했기 때문이야. 아주 잘했어."

그러고 나서 홍 회장이 내 진로에 대해 언급을 했다.

"자네 KBS로 가지 말고 남게. 중앙일보도 좋고 삼성에도 자네 능력을 필요로 하는 곳이 있을 것일세. 일하고 싶은 곳을 말해 보게."

나는 침을 꿀꺽 삼키고 말했다.

"그러시다면 중앙일보 경제부에서 일하고 싶습니다."

회장은 쾌히 들어주었다.

"좋아. 지금 직급이 차장이지. 편집국 경제부 차장으로 일하도록 하게. 그리고 지금 내가 말한 것을 인사발령 날 때까지 아무에게도 말하지 말게. 지금 나가는 길에 이종기 전무에게만 내 말을 전하도록 하게."

나는 나오면서 이 전무에게 회장의 말을 전했다. 이 전무는 메모지에 메모를 했다. 그 시간 이후 나는 회장 면담 사실을 부장과 국장에게도 말할 수 없었다. 동료와 후배들이 KBS로 갈 것이냐 말 것이냐를 물어와도 나는 말을 할 수가 없었다. 11월 말일이 가까워 오면서 누구는 중앙일보에 남고 누구는 삼성으로 간다는 미확인 소문들이 나돌았다. 11월 30일, KBS로 가는 사람들의 인사발령이 KBS 벽보에 붙었다. 벽보를 본 남승자가 내게 급히 전화를 걸어왔다. KBS 보도국의 TV 경제부 차장으로 발령이 났으니 꼭 오라고 알려주었다. 나는 알려줘서 고맙다고 말했다. 그러면서도 끝내 중앙일보에 남는다는 사실을 남승자에게 털어놓지 못했다. 그리고 다음 달(12월 1일) 나는 중앙일보 편집국의 경제부 차장으로 발령을 받았다.

TV를 통한 국민경제 교육

취재하고 기사를 써서 보도하는 것은 방송기자와 신문기자가 다를 바 없으나, 마이크를 잡는 방송기자만 12년 동안 해오다가 활자화되는 신문 기사를 쓰게 되자 자연히 긴장이 되었다. 최우석 부장의 지시에 따라 TBC TV의 해외 특집 '세계의 식량 전략'을 신문 기사로 바꿔 써서 중앙일보 간지에 전면 특집기사를 냈다. 주로 TV 특집 3편에서 다룬 세계의 식량 사정과 식량 생산의 편재 현상, 그리고 장래의 식량 예측과 식량 무기화 추세 등에 대한 내용으로 짜였다. 특집이 나가자 독자들로부터 커다란 반응이 쏟아졌다.

그 기사를 마무리하고 곧 이어 '전업 가이드' 기사를 썼다. 그 기사는 시의를 탄 기사였다.

1980년 후반에서 1981년 전반까지 신군부의 집권에 이은 전두환 정부의 출범은 정치·경제·사회·문화의 전 분야에 걸쳐 대변화의 계기가 되었다. 정책의 변화는 물론 특히 사회 각 분야에서의 인적 교체가 큰 폭으로 이루어졌다. 새로 '들어서는 사람들'에 밀려서 '물러나는 사람들'은 전업轉業을 준비하기 위해 관련 정보들을 목말라했다. 여기에 착안해 기획된 '전업 가이드'가 중앙일보 사회면에 실렸다. 내가 쓴 전업 가이드 제1편은 'DP점'이었다. 'DP점' 기사를 쓰기 위해 현재 DP점을 잘 운영하고 있는 점주들을 만나 취재하고, DP점에 물건을 공급하는 도매상과 '코닥' 같은 필름제작 회사까지 종합 취재를 했다. 입지 조건, 창업 자금, 임대료 등을 상세히 취재해 안내했다. 제1편이 나가자 독자들의 문의 전화가 많이 들어왔다. 데스크는 아예 나에게 전업 가이드 시리즈를 하도록 했다. 이어진 시리즈는 '알루미늄 섀시점', '제과점', '화장품 판매점', '대중음식점', '메리야스점', '문방구점' 등 소자본으로 창업할 수 있는 '자영업' 가이드였다.

1981년 새해에 접어들어 '전업 가이드' 연재에 골몰하고 있을 때, KBS의 강용식 보도본부장으로부터 스카우트 형식의 제의가 들어왔다. KBS 보도국 경제부장이었다.

강용식 본부장은 TBC에 있을 때 내게 남다른 관심을 보여 준 선배였다. 하지만 나를 중앙일보 경제부 차장으로 선택해 준 홍진기 회장의 기대를 저버릴 수도 없는 노릇이었다. 내가 고민하고 있을 때에 이번에는 농수산부의 강인희 차관이 농수산부 대변인으로 와 줄 것을 제의해 왔다. 농수산부 대변인은 국장급이고, 출퇴근 차가 제공된다고 했다. 그러나 내가 정부 관리가 되는 것은 스스로 언론인의 길을 선택한 뜻에 맞지 않아 고사했다. 그리고 KBS 경제부장으로 가는 것은 내 뜻에는 맞지만, 홍 회장의 나에 대한 배려와 호의를 배반하는 것이었다. 나는 한밤 내내 잠을 못 이루고 번민했다. 결국 나는 신문기자보다 방송기자로서 언론인의 삶을 선택하기로 결심했다. 이때 나 자신을 정당화하고자 생각해 낸 말이 있다. "송충이는 솔잎을 먹고 살아야 한다." 딱 맞는 비유인지는 모르겠으나 어떻든 방송기자로 돌아가고 싶은 마음이 홍 회장의 배려를 저버리게 한 데 대한 변명을 대신하여 떠올린 말이었다.

그렇게 결론을 내리고 KBS 경제부장의 길을 택했다. 1981년 2월 16일 KBS 보도국의 TV 경제부장에 부임했다. 두 달 반 전 차장 발령으로 승진을 했던 내가 다시 TV 경제부의 부장이 된 것이다. 중앙매스컴센터 5기 출신 기자 중 첫 부장이 되는 영예를 안았다.

TV 경제부는 보도국의 3개 경제부 중 가장 인원이 많고 일거리가 많았다. 그런데 부임 첫날 이보길 선배(중앙매스컴 4기 출신)의 의자가 비어 있었다. 후배가 부장으로 왔으니 더 이상 근무할 수 없다고 나갔다는 것이었다. 그날 저녁 나는 이 선배 집을 방문했다. 그리고 다음날 이 선배는 다시 출근했다. 당시 KBS 조직은 방송 4사(KBS · TBC · DBS · CBS)의 통폐합으로 생긴 구조조정이 불가피했다. 1981년에만 두 차례 기구 개편을 거치면서 라디오경제부와 경제특집부가 잇달아 TV 경제부에 통합되었다. 명칭은 KBS 보도국 경제부였고, 나는 통합 경제부장이 되어 계속 경제부의 책임 데스크가 되었다.

KBS에서 4년간 경제부장으로 일하는 동안 내가 역점을 둔 것은 방송을 통한 국민 경제 교육이었다. 당시의 전두환 정부는 5 · 18 광주사태를 무력으로 진압한 후여서 정치적 어려움에 빠져 커다란 부담감에 시달릴 때였다. 전두환 정부는 이 같은 정치적 약점을 경제 발전으로 보완할 계획이었다. 게다가 정치적 · 사회적으로 불안을 느끼고 있는 국민을 안정시키기 위해서도 경제만은 시장 원리에 따라 합리적으로 운용되어야 한다는 것을 강조할 필요가 있었다. 그래서 김재익 경제수석이 중심이 되어 국민의 경제 교육을 실시하도록 했다. 전두환은 김재익을 경제 대통령이라고 부르고 경제에 대한 전권을 주었다. 김재익은 사심이 없고, 경제를 균형 있게 보며, 인간 관계를 좋게 유지해 온 사람이다. 그는 국민경제 교육은 방송을 통해 하는 것이 가장 효율적이라면서 나라를 위해 협력해 달라고 부탁했다. 나는 경제기획원을 출입할 때 기획국장이던 그와 경제 문제에 대해 많은 의견을 나눈 바 있었고, 그의 검소한 생활 태도에 호감을 갖고 있었다. 그는 오래되어 팔 길이가 짧아진 양복을 입고 다녔고, 생각이 다른 사람과의 열띤 논쟁에서도 정연한 이론과 차분한 목소리로 설득하곤 했다. KBS는 1TV 9시 뉴스 뒤에 10분짜리 경제 교육 프로그램 '4천만의 살림'을 편성해서 월요일부터 금요일까지 연속 방송했고, 우리 경제가 국민 한 사람 한 사람의 노력으로 발전되고 있는 현장을 열심히 취재 보도했다.

미국 동북부 지역에 폭설과 한파가 몰아쳐 미국인들이 눈 속에 갇혀 추위에 떨고 있다는 외신 보도가 날아들어 왔을 때에는 우리나라 방한복 수출이 부쩍 늘고 있다는 기획 기사를 만들어 1TV 9시 뉴스의 톱 아이템으로 보도하기도 했다. 외신 보도 기사에 힌트를 얻어 삼성물산 상황실에 전화를 걸었더니, 안 그래도 미국 지사로부터 방한복 수출 신용장이 많이 들어오고 있다고 알려주었다. 그래서 삼성물산에 중계차를 내보내 밤 9시까지 환하게 불이 켜져 있는 현장을 비추면서 수출 전선에서 뛰고 있는 무역 전사들의 모습을 보여 준 것이다.

우리 경제부는 다양한 특집을 만들었다. 이병순 기자는 '무역 전쟁 시대' 등의 대작을, 방윤현 기자는 '반도체 혁명 시대', '디자인 혁명 시대' 등의 대작을 돌아가며 제작 방송했다. 남승자 기자와 고수웅 기자는 '초지 조성으로 산지 개발', '人工풍년 시대' 등의 대작을, 백낙천 기자는 '자원전쟁 시대', '자원 개발 시대' 등 역작을 남겼다. 이런 보도 특집들은 국민들의 경제를 보는 눈, 세계를 보는 눈을 한층 고양시켰고 정부의 정책 수립에도 직·간접으로 반영됐다. 이따금 청와대 국무회의에서 KBS 특집 프로그램을 보았느냐는 대통령의 질문에 장관이 답변을 못해 진땀을 뺐다는 보고도 들어왔다.

민감한 시사 문제를 다루는 '노동 문제 관련 특집'을 경제부장인 내가 기획하고 직접 앵커로 나선 적이 있었다. 당시 "도산이 들어오면 그 기업은 도산한다"는 상황에서 나는 이원홍 사장과 강용식 본부장의 허락을 받고 범보도국 차원의 취재팀 구성에 착수했다. 현장 취재가 어려운데다 노동계로부터의 비난을 감수해야 하는 프로그램 제작이어서 기자들의 취재팀 구성이 힘들었다. 나의 제의를 받은 정치·경제·사회부 기자들 중에서 대부분이 사양했다. 경제부의 방윤현 기자와 사회부의 황호형 기자 등 민완 기자들로 취재팀을 구성한 나는 즉시 취재에 들어갔다. 보름 동안의 취재 끝에 제작된 특별기획 '콘트롤데이터사는 왜 문을 닫았나?'는 구로공단에 있던 외국계 회사 '콘트롤데이터' 사가 노동조합의 잇따른 태업과 파업 등에 시달리다 마침내 공장이 문을 닫고 사원들은 직장을 잃고 말았다는 내용이었다. 도시산업선교회의 과격한 노조 운동이 기업과 사원들의 동시 멸망을 초래한 것이다. 이 프로그램은 과격한 노동운동의 결과가 얼마나 비극적인가를 설득력 있게 일깨웠다.

방송이 나간 이후 격려와 비난이 엇갈린 가운데 프로그램이 재방되었다. 시대적 호응을 받은 것이다. 그런데 훗날 MBC 프로그램 '이제는

말할 수 있다'에서 과거 정권에서 방영된 프로 가운데 지금 정권의 성향
과 반대되는 혹은 실제로 왜곡 방영되기도 한 사안들을 다시 끄집어내
어 방영할 때 나의 이 프로그램도 거론을 했다. 내가 투병 중이던 때였
다. 당시 상황에 대한 인터뷰를 요청했는데 물리적으로 여의치 않기도
했지만 그렇지 않았다 해도 응할 생각이 없었다. 당시 나무도 보지만 숲
도 보아야 하는 긴박한 우리 경제 현실에서 나는 내가 만든 프로그램에
대해 추호도 부끄러움을 갖지 않았기 때문이다. 프로그램의 성향으로
보아 그들의 속내는 내가 그때 방송에 무리가 있었다거나 잘못된 부분
이 있었다는 것을 말하기를 원했던 것 같다.

아무튼 전두환 정부의 경제 올인 정책과 방송의 적극적인 국민경제 교
육은 나름대로 상승 작용을 하여 경제 성장은 5년 연속 10% 안팎의 고
도성장을 보였고, 수출 실적은 매년 20~30%씩 증가했다. 농업 생산도
5년 연속 풍작을 이루고 물가 역시 안정세를 유지했다. 정부가 공공요금
의 인상 억제 등 물가 안정 정책을 추진했고, 국민이 사재기 자제 등 소
비 패턴을 자정, 물가 오름세 심리를 스스로 자제했기에 가능했다. 이러
한 물가 안정은 수출품의 가격경쟁력을 제고시키고 수출의 증대는 우리
경제의 고도성장에 원동력이 되어주었다.

1983년 4월 1일자로 국민경제 교육 유공 언론인들에 대한 훈·포장
수여가 있었다. KBS 경제부장인 나는 국민훈장 동백장을 받았다. 훈장
을 받기 위해 국민경제 교육을 해 온 것은 아니다. 그러나 나라가 훈장
을 준다면, 고맙게 받아야 한다고 믿고 받았다.

경제부장을 하는 동안 나는 서울국제마라톤대회의 협찬 유치를 비롯
해 광고 유치와 불우이웃돕기 성금 모금 등에 주도적 활동을 하기도 했

다. 1984년 KBS 1TV가 광고를 시작했을 때 포항제철과 전국경제인연합회 등의 슬라이드를 만들어 9시 뉴스 직전 블록 광고로 방송했다. 포철은 사전에 전화로 양해를 구했으나, 경제인연합회는 사전 양해를 얻지 못한 채 방송했다. 이른바 '대포' 광고를 한 셈이다. 당시 경제인연합회 회장은 현대 정주영이었다. 다행히 정 회장이 사후 승인을 해 줘서 잘 해결되었다. 그런 일이 있고 나서 광고국이 광고가 어려울 때면 우리 경제부에 SOS를 보내 왔다.

그 한 케이스가 바로 KBS가 기획한 서울국제마라톤대회였다. 제1회 서울국제마라톤대회는 1988년 올림픽을 주최하게 되어 있는 대한민국의 위상을 높이기 위한 사업으로 세계의 유명 선수들을 초청하는 의욕적 행사였다. 그러나 대회에 필요한 총 행사비 2억 원 가운데 공식 협찬금으로 받은 것은 주식회사 진로의 1억뿐이었다. 1억 원이나 모자랐다. 박세호 스포츠국장이 SOS를 받고 삼성·대우·럭키·선경·현대 등 5대 그룹에 연락, 2,000만원씩 협찬해 줄 것을 요청했다. 대기업들은 연초에 책정된 협찬 계획에 포함되지 않은 것이라면서 난색을 표시했다. 나는 서울마라톤대회가 서울올림픽을 앞둔 국가적 사업임을 강조하면서 협찬을 간청했다. 대기업들의 협찬으로 마라톤대회는 성공적으로 끝났다.

대회가 끝난 지 사흘쯤 지났을 때 당시 KBS를 담당했던 안기부 허서영(고대 정외과 동기동창)의 전화가 걸려왔다. 남산 안기부 근처 모 음식점에서 만나자는 것이었다. 나는 약속 장소에 나갔다. 허서영과 모르는 다른 사람이 함께 나와 있었다. 허서영은 그를 경제부서 직원이라고 내게 소개했다. 그는 내게 서울국제마라톤대회 협찬금 문제에 대해 알아볼 일이 있어서 몇 가지 묻겠다고 말했다. 말이 묻는다지 취조 자세였다.

"협찬금을 누구의 지시로 걷었는가?" "걷은 협찬금은 얼마인가?" "5대 기업 이외의 기업에서 협찬금을 받은 곳은 어디어디인가?" "경제부장이 기업에 강요를 했다는 말이 있는데 사실인가?" "일 억 원 외에 더 받은 돈은 없는가, 있다면 어디에 썼는가?"

대충 이런 내용이었다. 한 톨도 더함도 덜함도 없이 사실대로 말해주었다. 누가 무슨 말을 했는지 몰라도 이 안기부 직원은 사실을 알고 싶어 나를 만났을 테니 사실대로 말해주면 되는 것이다. 협찬금 모금에 협조한 내 행동이 국가적 사업을 돕는다는 순수한 뜻에서 행해진 것이기에 안기부 직원을 만나고 나서도 크게 걱정은 하지 않았다. 안기부 직원이 먼저 청사로 들어간 뒤 허서영과 나는 근처에 있는 찻집으로 갔다. 허서영은 내게 미안하다며 다음과 같이 배경 설명을 했다.

며칠 전부터 업계 요원들의 보고가 올라왔다. 국제마라톤대회를 핑계로 KBS가 엄청난 협찬금을 강제 모금해서 업계의 불만을 사고 있다. 모금은 이원홍 사장 지시에 따라 경제부장이 주도했다 한다는 것이다. 허서영은 당초 자기 부에서 이사장과 경제부장을 소환, 엄정 조사키로 한 것을 자신이 먼저 알아보겠다고 했다 한다. 국가안보, 국민의 안전을 위해 일하도록 되어 있는 안기부가 언론사 등 국내 주요 기관의 동태를 살피기 위해 상주하는 행태가 당연시 되던 시절의 얘기다.

어쨌거나 5공 시절에는 유난히도 성금 모금 운동이 많았다. 해마다 연말이면 연례 행사처럼 전개되는 불우이웃돕기 성금 모금 외에도 독립기념관 건축 성금, 금강산댐 조성 성금, 그밖에 수재 등 재해 재난 극복을 위한 성금 등이 자주 있었다. 그때마다 언론사들은 자체 성금 모금 규모를 늘리기 위해 전사적全社的 노력을 기울여야 했다. 언론사 성금 모금 규모는 곧 해당 언론사의 사회적 영향과 국민적 신뢰도의 척도였다.

특히 각 사의 경제부장들이 성금 유치 작전의 총사령관이 되어 대기업을 우선적 유치의 주 타깃으로 삼았다. 삼성은 중앙일보로 가게 돼 있어서 최대의 관심사는 현대그룹이었다. 나는 현대 홍보팀 이영일(고교 후배)의 귀띔을 받고 광화문에 있는 현대 사옥으로 이명박 사장을 찾아갔다. 이 사장은 대학 동문이어서 얘기하기가 편했다. 현대그룹이 거액의 성금을 KBS에 기탁해 왔다. 나는 즉시 럭키금성 홍보팀의 이인호(고교 후배)에게 연락했다. 럭키금성도 KBS에 성금을 맡겼다. 이어 선경(당시 홍보팀장 최시호) · 한진 · 한라 · 삼양 · 삼미 · 한일 그룹 등 대기업들이 속속 KBS에 성금을 기탁했다. 대기업을 필두로 10시간에 걸쳐 진행된 KBS 1TV 성금 모금 방송은 전국에서 국민들의 참여로 이어졌다. 그리하여 KBS의 성금 모금은 전체 언론사의 총 모금액의 절반 이상을 차지했다. 그 후의 여러 가지 성금 모금에서 KBS는 주도적 역할을 하게 되었다.

분단 시대의 북부 개발

4년간 경제부장을 마치고 보도국의 뉴스제작실장이라는 신설 부서의 장이 되었다. 뉴스제작실장은 보도국이 하루에 생산해 내는 모든 뉴스의 편집 책임자이고, 1TV 9시 뉴스의 책임 편집자였다. 그리고 지방부장을 거쳐 부국장으로 승진했다. 부국장이 되면서 아침뉴스 편집, 보도본부 24시 편집에 대한 책임도 맡게 되었다. 동시에 'TV 회견'과 'TV 기자실' 등 주 1회 보도 프로그램의 앵커로 활동했다. 다양한 뉴스를 접하면서 문득 고향이 있는 경기 북부 지역이 국가의 균형 발전이라는 측면에서 많이 낙후되어 있음을 깨달았다. 할 수 있는 범위 안에서 고향 지역의 발전을 위한 행동을 해야겠다는 생각을 했다. 경기 북부는 분단 시대에는 국경 지역이지만 통일 시대에는 국토의 중심이 된다는 점에 주목했다. 단지 경기 북부가 전방 지역이란 이유 하나 때문에 휴전 이후 오늘까지 30여 년 동안 방치되어 왔다는 사실을 구체적 사안의 예시를 통해 알리고 방법적인 제안을 하는 글을 써 모아 『분단시대의 북부 개

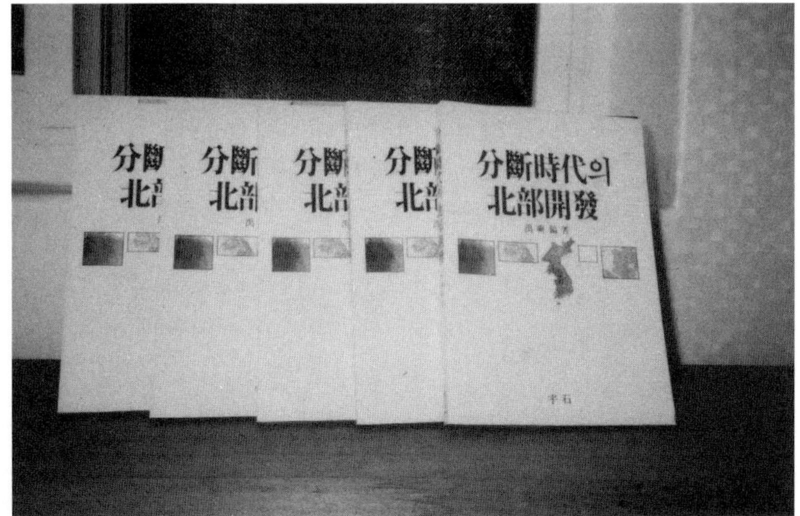

■ 『분단시대의 북부 개발』에서는 경기 북부 지역에 신도시와 자유로, 교량 등을 건설하고 특히 우이령 도로를 열어서 고랑포까지 고속도로를 만들어야 한다고 주창했다.

발』(우석출판사, 1987)이라는 책을 냈다. 대학 재학 중 혼자서 타블로이드판 미니 책을 냈던 경험이 있긴 하나 출판사를 통해 저자 이름이 박힌 책을 내 보긴 처음이었다. 감개무량했다.

간단하게 내용을 훑어보면, 경기 북부 지역은 넓은 의미에서 경기도의 옹진군·김포군·강화군·파주군·양주군·연천군·의정부시·구리시·남양주시·양평군·가평군·포천군 일대를 말한다. 경기도는 의정부에 제2청사를 두고 경기 북부 지역을 관장한다. 이들 지역의 공통점은 모두 휴전선 접경 지역이라는 것이고, 국토의 다른 지역에 비해서 많은 부분이 군부대 주둔 지역, 군사작전 관련 통제구역을 포함하고 있다는 것이다. 파주군의 광탄면과 법원읍·파평면의 적성면·양주군의 장흥면·백석면·광적면·은현면·남면과 연천군의 장남면·백학면·미산면·왕징면·군남면 지역은 특히 더 낙후되어 있다. 이들 지역은 분단 시대에는 국토의 변경 지역이지만, 통일 시대에는 국토의 허리이자 중심 지대다. 국토의 심장에 해당하는 이 지역이 단지 휴전선에 인접해 있다는 이유만으로 관심 밖에 방치되거나, 국토 개발에서 등한시되어 온 것이다. 휴전선에 인접한 탓에 전쟁에 대한 불안감이 내·외부적으로 팽배해 있어 정부 차원의 인프라 구축이 소홀하고 지역 개발 등 본격적인 투자에서도 외면당해 왔다.

군 작전 개념도 문제였다. 적군이 진지에서 나와서 남진하는 경우, 공군력과 각종 원거리 타격을 통해서 제압한다는 이른바 기동방어機動防禦 개념이어서 생산성이 높은 산하와 들판이 작전 지역으로 묶여 있기 일쑤였다. 그린벨트·군사보호구역·민간인 통제선 등의 각종 개발 제한 조치에 경기 북부가 갇힌 신세가 되어 있었다. 이러한 상황을 개선하기 위한 방안으로 나는 군의 작전 개념을 기동방어에서 진지방어陣地防禦로 바꾸고, 민간인 통제선을 과감하게 완화시켜야 한다고 주장했다. 특히 북부 지역에 계획도시와 상공업단지가 들어서면, 오히려 그 자체가 튼튼한 방어 진지가 될 수 있다. 아파트는 적병을 저격하는 참호가 되고, 옥상은 적기를 떨어뜨리는 대공포대가 될 수도 있다. 지형적으로 볼 때에도 한강과 임진강을 동서남북으로 잇는 교량과 시가지의 도로들은 우리 군의 기동력과 방어 효과를 배가시킬 수 있다. 그런 일이 있어서는 안 되겠지만 이를 테면 시가전의 경우, 지형지물에 익숙하고 상대적으로 안정된 시야 확보가 가능한 방어군에게 유리하다. 여기에 자신의 가족과 재산을 지키고자 하는 시민군의 참여를 이끌어낼 수 있어서, 더욱 강력한 방어 수단을 확보할 수 있을 것이다.

시가전이 개활지에서의 전투보다 방어에 훨씬 유리하다는 사실을 여러 전쟁사를 통해서 알 수 있다. 한 예로 1942년 8월 23일 독일군의 기계화 부대 22개 사단이 소련의 제2도시인 레닌그라드를 공격했다. 독일군은 막강한 화력으로 소련군의 방어선을 무너뜨리면서 시내 중심부까지 진출했다. 그러나 소련군 20개 사단과 시민군은 완강히 저항했다. 독일군 병사는 반쯤 무너진 건물의 창문으로부터 날아든 총탄에 쓰러졌다. 독일군 탱크가 무너진 콘크리트 더미 속에서 갑자기 날아온 포탄 한발에 불탔다. 소련군과 시민군의 집요한 기습과 저격으로 독일군이 점점 불리한 형국으로 치달았다. 마침내 독일군 33만 명은 시의 서쪽 지구에서 소련군에 포위되고 치열한 공방전 끝에 독일군이 백기를 들었다. 1943년 1월 32일, 시가전이 시작된 지 꼭 5개월 8일 만에 살아남은 독일군 9만 명이 항복했던 유명한 전사 기록이 있다. 북부 지역을 도시와 공업단지로 개발하는 것은 보다 적극적인 방어 전략이다.

이 무렵 국토 개발 문제의 최대 화두는 동서 차별론과 호남 푸대접론이었다. 즉, 역대 정권의 담당 세력이 영남 출신으로 장기간 이어지다 보니, 국토의 동남축(경상도와 부산 일대) 일변도로 발전한 데 반해, 국토의 서남축(충청 호남 지역) 지나치게 낙후되었다는 지적이다. 특히 호남 지역 사람들은 자신들의 고향이 역대 정부 개발정책에서 완전히 따돌림을 당한 채 푸대접을 받고 있다고 생각했다. 그러나 그것은 어느 정도 납득은 가지만 온전히 맞는 얘기는 아니었다.

왜냐하면 경기 북부와 강원도는 호남 지역에 비해서도 더욱 현저하게 늘 정부의 개발 정책에서 소외되어 왔기 때문이다. 특히 휴전선에 인접한 경기 북부와 강원 북부는 최근까지도 국토 개발 정책의 대상에서 제

외되어 왔다. 접경 지역이라는 특수성 때문에 한마디로 '개발 불가'였
다. 기실 경기 북부와 강원 북부는 그동안 정부의 각종 개발 정책에서
푸대접이 아닌 무대접無待接 지역이 되어 버렸다 해도 과언이 아니다. 통
일 이후에 한반도의 미래 국토 종합 개발을 대비하기 위해서는 북부 지
역을 무시한 국토 개발 계획은 무의미하다고 하겠다.

　또한 나는 이 책을 통해 민간인 통제선을 북쪽으로 끌어올려 임진강을
따라서 도로를 내고, 예부터 '고랑포 8경'으로 알려져 있고, 신라의 마
지막 왕인 경순왕의 능이 있는 고랑포를 중심으로 장파리·자장리·장
좌리 일대에 '평화공원'을 조성하면, 관광과 통일 교육의 센터로 활용할
수 있다고 제안했다. 아울러 1·21 사태 이후 막힌 우이령 도로를 열고,
서울의 우이동과 양주의 송추·광적·파주의 적성·연천의 장남을 연
결하는 가칭 '제2평화로'의 건설과 정릉 계곡에 북한산 터널을 뚫어 고
양의 효자리와 파주의 광탄·법원·파평을 잇는 가칭 '제2통일로'의 건
설, 그리고 양주군 청사의 광적 이전 등을 주장했다. 이것은 서울과의
접근성이 좋은 우이령 도로의 통행을 허용하고 도봉산, 북한산의 환경
훼손 우려를 슬기롭게 보완하여 개방하면 낙후된 서양주와 동파주, 그
리고 서연천 지역을 획기적으로 발전시킬 수 있다고 확신하기 때문이
다. 서울을 둘러싼 경기도와 인천 등 수도권 지역 발전은 누가 뭐라 해
도 수도 서울과의 접근성 제고에 달려 있다는 것이 내 주장의 근거였다.
인천의 눈부신 발전은 경인철도와 경인고속도로 덕분이었고, 경기 북부
지역 중 서부의 상대적인 발전은 경의선과 통일로, 자유로가 있어서 가
능했다고 생각하며, 동부 지역의 상대적인 발전은 경원선과 평화로가
있어서 가능했다.

『분단시대의 북부 개발』은 꽤 관심을 불러 모았다. 당시의 상황이 직선제 개헌 이후 최초의 대통령 선거를 앞두고, 국토의 균형 개발 문제가 주요 이슈로 떠오른 때였다. 1987년 대선은 영남 출신의 노태우, 김영삼 후보와 호남 출신의 김대중, 그리고 충청도 출신의 김종필이 출마해서 국토의 균형 개발 문제에 대해 다양한 논의를 전개했다. 나는 국토개발연구원이 주최하는 세미나에 초청받아 "균형 개발이란 차원에서 경기 북부 지역의 개발 문제가 최우선적으로 다뤄져야 하며, 특히 이 지역은 통일 시대를 바라볼 때 국토의 심장 지대인 만큼 통일 이후의 한반도의 국토종합개발이란 신개념의 틀에서 비중 있게 다뤄져야 한다."는 주장을 했다. 특히 "경기 북부는 더 이상 개발할 수 없는 전방 지역이 아니다. 남북 군대 간의 DMZ는 남북 4㎞로 충분하며, 민간인 통제를 남방 한계선까지 과감히 북상시켜야 한다."고 신개념 틀에서의 경기 북부의 적극적인 개발 필요성을 강조했다.

노태우 정부가 들어선 이후 이른바 '북방정책'은 외교 분야뿐 아니라 국토 개발 분야에서도 획기적 변화를 보이기 시작했다. 소련, 중국과의 외교 관계 수립을 추진하면서 북한과의 남북 평화 정착을 위한 밀사 교환 등 다각적인 새로운 움직임이 있었다. 그 즈음 청와대 비서실의 건설 담당으로 있던 노건일이 나의 이러한 생각에 관심을 가지고, 이와 관련해서 수차례 의견을 나누었다. 얼마 후 북부 지역에 대한 대대적인 개발 정책이 수립되고 동시에 경기 남부 지역에 2개의 신도시가 건설된다는 얘기가 들려왔다. 소련(1990년)에 이어 중국(1992년)과도 외교 관계가 맺어지고 남북기본합의서(1991년)가 조인되는 등 노태우 정부의 북방 정책은 눈부신 성과를 보여 주었다. 이와 더불어 자유로가 건설되고, 일산 신도시가 조성되었다. 국방부의 방어 개념도 진지방어로 바뀌면서 민간인 통제선도 북상했다. 북부 지역의 지가地價가 휴전 이후 50년 만에 처음으로 오름세로 나타났고 북부 지역이 개발 관심 지역으로 부상하기 시작했다. '경기 북부 지역의 국토 균형 발전'이라는 나의 오랜 소망이 가시적인 일보를 내디딘 것이다. 이 소망은 무엇을 도모하기 위한 의도적인 소망이 아니라 경기 북부에 고향을 둔 순전히 내 개인적인 생활 체험에서 나온 고뇌와 착상을 근거로 삼은 것이다. 물론 공식적인 견해로 제안하고자 관계되는 자료를 수집·분석하고 지인들과의 토론을 통해 객관적인 타당성을 도출해 내고자 힘쓰기도 했다.

1988년 국회의원 선거 당시 양주 동두천 지구에 출마한 고故 임사빈은 나의 제의를 받아들여 우이령 도로 개설을 7대 공약 중 하나로 넣었다. "장흥에서 많은 지지표가 나왔다. 우이령 도로가 개방 확장되고, 송추에서 백석, 광적을 거쳐 남면, 적성을 잇는 4차선 북부중앙도로가 완성되면 그 동안 낙후되어 있던 통일로와 평화로의 중간 북부 지역이 발전의 새 시대를 맞게 된다. 우이령 도로 개방 확장은 북부 지역 개발의 선결 과제이며, 나아가 수도권 균형 발전의 초석이다."

이에 따라 우이령 도로 개방을 위한 경기도와 서울시의 예산 57억원이 1993년에 확정됐다. 우이령의 남쪽 도로는 서울시가, 북쪽 도로는 경기도가 맡기로 했다. 그러나 진행 과정에서 복병을 만났다. 환경보호 단체들의 저지·반대 여론에 부딪친 것이다. 그들의 논리는 한 가지, 자연 훼손으로 인한 생태계 파괴였다. 그에 대한 보완책으로 우이령 도로를 터널로 만들면 야생동물들이 북한산과 도봉산을 자유로이 드나들 수 있다는 합리적 보완책을 내놓았다. 그리고 우이령 도로가 결코 새로 열리는 도로가 아니라 오랫동안 생활 도로로 이용된 기존 도로라는 점, 그 생활 도로가 1968년 1·21 사태 때 무장공비의 청와대 습격 사건 이후 통행이 금지된 도로라는 점, 이제는 일일 생활권이 된 서울과 수도권 도로가 속속 개통되는 마당에 인위적으로 막아놓은 기존 도로를 재개방함은 주민의 자유로운 왕래를 위해서도 절실하다는 사실을 인지시키고자 했다.

그러나 막무가내였다. 합리적 이론 앞에 맞대응을 하지도 못하면서 조건반사적인 불가 반응을 보이고 반대 투쟁을 했다. 반대를 위한 반대 투쟁에 우이령 계곡의 음식업주 단체들의 물심양면 지원이 있었다 한다. 우이령 계곡 음식업주들이 우이령 도로가 개방되면 우이동 계곡을 찾던 손님들이 고개 너머 송추로 가버릴 것이라고 판단, 환경보호 단체들을 지원해 간접 저지 운동을 폈던 것이다. 그러나 그들의 판단은 잘못된 것이다. 길게 보면 우이령 도로가 개방될 경우, 서울과 경기 북부의 손님들이 서로 자유로이 넘나들게 됨으로써 우이동을 찾는 손님들이 더 늘어날 수 있다. 그것이 시장 원리다. 동대문시장이나 남대문시장에 가보면 같은 업종의 가게들이 몰려 있지 않던가.

졸저 『분단시대의 북부 개발』의 내용이 일으킨 또 하나의 파문은 양주군청 이전 문제였다. 양주군은 지리적으로 불국산과 도락산을 사이에 두고 회천 중심의 동양주와 광적 중심의 서양주로 나뉘어 있다. 평화로가 지나는 동양주는 그나마 발전된 모습이 보이나 우이령 도로가 막힌 서양주는 상대적으로 더 낙후되어 있었다. 그리고 정계 관계에 진출한 인적 배경이 서양주보다 강세인 동양주에서 의정부시에 있는 군 청사를 동양주로 옮기려는 운동을 적극적으로 추진했다. 그곳 출신 국회의원과 군수가 알게 모르게 영향력을 행사했으리라 짐작을 한 서양주 주민들이 크게 반발했다.

그들은 지리적으로 광적이 서양주 권내에 들어가기는 하나 양쪽을 거리로 재면 거의 중간 지점이라는 데 명분을 세워 양주군 청사는 광적에 지어야 한다는 주장을 폈다. 그리고 양주군청으로 가서 동양주로의 시 청사 이전을 반대하는 집회를 가지기도 했다. 광적 사람들이 선봉에 섰다. 동양주 사람들 가운데 서양주 사람들의 군 청사 이전 관련 반대 투쟁의 이론적 뒷받침이 되어 준 『분단시대의 북부 개발』이라는 책을 예의 주시했다. 그들은 책을 쓴 나를 규탄하기 시작했다. 심지어 내가 일하는 방송국으로 쳐들어온다는 정보가 입수되어 경찰이 방송국 주변에 배치되기도 했다. 나중에 안 일이지만 그때 임사빈이 동양주 사람들을 설득해 행동에 옮기지 않도록 조처를 했다고 한다. 아무튼 길고 뜨거웠던 회천과 광적 간의 군 청사 이전 싸움은 승자도 패자도 없는 대타협으로 막을 내렸다.

양주군 청사는 회천도 광적도 아닌 주내읍으로 정해졌고, 청사의 출입문도 회천과 광적 두 곳으로 만들어졌다. 당시 재경 양주군민회 회장이던 임사빈과 부회장이던 나는 경기 북부 발전을 추진하면서 양주군 청사 이전 문제를 제외한 모든 사안에 대해 완전히 의견 일치를 보고 있었다. 그는 리더로서의 추진력이 탁월했고, 나는 현직에 충실하면서 고향의 지역 발전을 위해 이론적 지원을 하고 함께 고민하는 데 기꺼이 동참했다. 그의 죽음은 경기 북부의 손실이기도 했다. 그가 경기도 도지사 선거에 도전하면서 내게 양주·동두천 지구 지구당직을 권했을 때 고사는 했지만 적어도 경기 북부 발전을 위하는 일에 관한 한 그와 동지임을 알게 되었다. 그리고 훗날 방송 생활을 마치고 고향인 광적 농장에 내려와 은거하고 있던 내가 무소속으로 양주시장에 출마한 그의 동생 임충빈을 지지하고 친지와 동료들에게 지원을 부탁하기도 했던 것도 그의 형과 가졌던 동지적 유대감의 인연에서였다.

그가 아직 생존해 있다면 우이령 도로는 벌써 개통되어 장흥 · 백석 · 광적 · 남면 · 적성면 · 백학면 등 경기 북부 개발 사각지대의 모습이 크게 달라졌을 것이다. 그는 '우이령 도로 개통을'이라는 선거 공약의 실천을 위해 우이동에서 송추까지 현장 답사 차원의 등산을 결행했다. 우이령 고개를 지키고 있던 전투경찰들이 삼엄한 경계 태세를 하고 일행을 저지했다. 신분과 용무를 밝히자 차단봉이 올라갔다. 우이령을 통과해 송추로 가는 고개에서 송추 쪽 군부대 초소에서 다시 저지를 당했다. 같은 식으로 차단봉이 올라가고 일행은 송추고개를 넘어 양주로 돌아왔다. 뒤에 임사빈이 내게 우이령 도로 답사 무용담(?)을 들려주면서 말했다.

"우 이사, 우이령 도로를 넘고 송추 일대를 답사해 보았는데 지금까지 닫혀 있어야 할 이유를 어디서도 찾을 수 없었소. 이유도 없이 이렇게 닫혀 있는 우이령을 반드시 열고 말겠소."

그가 결연한 의지로 말했다. 그렇다. 불필요하게 닫힌 곳은 열어야 하고 막힌 곳은 뚫어야 한다. 그것이 국토 개발과 국가 발전의 기본 원칙이 되어야 한다. 다만 그 과정에서 야기되는 문제나 우려 사항은 치밀한 계획 · 구상 단계에서 발견되고 그에 따른 보완책으로 커버되어야 할 것이다. 그러기 위해 여러 경로를 통한 의견들을 취합하고 공청회 등 진지한 토론을 거쳐 관계되는 지역 주민이나 환경 보전에 모두 상생되는 냉정한 합의를 도출해 내야 한다.

임진강은 한이 흐른다

1970년대 접어들면서 국가 경제의 눈부신 발전으로 남북 간의 국력 차가 역전되었다. 지하자원을 배경으로 하는 북한의 자립경제와 자주국방 정책은 한계점에 이르렀고, 사람과 기술과 개방을 자산으로 하는 대한민국의 정책은 지속적인 국력 신장을 가능케 했다. 박정희 정부는 국력 신장을 지속시키기 위해 산업구조를 중화학공업 중심으로 전환했다. 1971년 남북공동성명이 발표되고 남북 간에 평화 무드가 조성되기 시작했다. 나는 고향에 대한 생각이 날 때마다 임진강을 찾았다. 고향 적성말은 민통선 안에 들어가 있어 갈 수가 없기 때문에 적성말과 5백 미터쯤 떨어져 있는 장마루까지 가서 임진강을 내려다보고는 했다. 장마루에는 적성말에서 함께 살았던 친구 김진국과 이상운 등 네 가구가 정착해 살고 있었다.

미 2사단이 임진강 북쪽 DMZ를 지킬 무렵 장마루촌은 전국 최전방 기지촌으로 밤이면 불야성을 이루던 곳이다. 장마루의 도로 양쪽에는

■ 북진교에서 바라본 임진강 하류. 왼쪽이 적벽 위의 장마루이고 오른쪽 모래 기슭이 진동면이다. 강 아래쪽에 멀리 화석정이 있고 그 아래가 문산이다. 오른쪽 모래벌이 길게 이어진 곳이 내 친구 김진국이 고물 수집하러 건너갔다가 인민군에게 납치되어 간첩 교육을 받고 남파됐던 곳이다.

단층 또는 2층의 상가 건물들이 길게 들어서고, 리비교로 이어지는 삼거리에는 5층짜리 매머드 호텔도 세워졌다. 임진강의 남쪽 장마루와 북쪽 장단의 방축동을 연결하는 유일한 다리인 리비교의 이름이 '리비교'로 명명된 것은 1950년 7월 대전 전투 때 용전분투하다 전사한 미8군 공병단 리비LIBBY 중사의 전공을 기리기 위해서였다. 리비교는 훗날 북진교 北進橋로 개칭됐다. 이 리비교는 임진강 북쪽을 지키는 미군 2사단 장병들의 외출과 외박 때 수많은 미군 장병들이 이용하던 다리다. 특히 외출과 외박이 밀리는 토요일과 일요일이면 거리를 누비는 미군 장병들로 장마루촌은 서울 번화가를 뺨칠 정도로 화려했다. 점포들의 이름도 '켄터키 바'니 '네바다 캬바레'니 '아리조나 홀'이니 하는 식으로 미국 지

명이 주종을 이루었다. 장마루에는 미군 장병들을 상대로 하는 이른바 양공주들이 수백 명에 이르렀고, 미군 장병들과 국제결혼을 해서 사는 여성들도 적지 않았다. 그러던 중 1978년 한국을 방문한 카터 미국 대통령이 미 2사단을 철수시키자 장마루촌은 졸지에 폐허와 죽음의 거리가 되고 말았다. 흥청거리던 점포들이 하나씩 둘씩 사라지고 5층짜리 호텔은 흉가가 되었다. 귀국하는 미군 장병 남편을 따라 떠나는 여인들은 그나마 행복한 사람들이었다. 미련 없이 등을 보이고 떠난 미군 남편을 원망하며 눈물로 세월을 보낸 여인이 임진강 적벽 아래로 몸을 던지는 일이 마을의 슬픈 뉴스로 떠돌았다.

이쯤에서 잊으려야 잊을 수 없는 내 친구 김진국 이야기를 해야겠다. 달러의 물결이 넘실대던 1976년 11월의 어느 날 김진국은 임진강 북쪽 장단 땅에 널려 있는 탄피와 고철 등을 수집하기 위해 강을 건넜다. 그때는 지금보다 겨울이 빨리 오고 추위도 매서워 11월이면 벌써 북풍이 불기 시작했다. 금파리와 강 건너 북쪽 장단군 하포리 사이는 강폭이 넓어서 썰물 때는 수심이 얕아진다. 임진강이 서해와 연결되어 있는 강인지라 강의 수위가 간만에 따라 크게 좌우된다. 썰물이 빠져나갈 때 강의 중심 지역은 모래펄이 거의 드러나다시피 해 누구나 쉽게 건너다닐 수 있을 정도다. 김진국은 바로 이 시간대를 이용해 동네 친구(이씨)와 함께 고무 튜브로 만든 뗏목을 밀고 가서 북쪽 강가에 매어놓고 뭍으로 올라가서 탄피 등 고철을 줍기 시작했다. 한참 작업에 열중하고 있을 때 갑자기 군인 두 명이 불쑥 나타나 손을 들라고 소리쳤다. 돌아보니 따발총을 든 인민군이었다. 순간적으로 함께 갔던 이씨는 달아나고 인민군과 가까운 거리에 있던 김진국은 그들에게 끌려갔다. 고철을 수집해서

목돈을 만들어 보려던 김진국의 소박한 꿈은 한순간에 사라지고 말았
다. 김진국은 그로부터 6개월간 간첩 밀봉 교육을 받고 남쪽으로 내려왔
다. 하지만 김진국은 휴전선을 넘어오자마자 소지했던 권총 등 장비 일
체를 땅에 파묻고 임진강을 건넜다. 자수를 할 생각이었던 것이다.

　김진국을 아는 주민이 보안대에 신고했다. 김진국이 장마루에 있는 집
마당에 도착하기 무섭게 보안대원이 들이닥쳤다. 김진국은 그 자리에서
체포됐고 모진 고문 속에 심문을 받아야 했다. 그가 자수하기 위해 권총
과 암호문 등 모든 장비를 임진강 건너 장단 땅에 묻었다고 말해도 그의
진술은 인정되지 않았다. 그는 남파간첩으로 수감되어 2년 가까이 감옥
생활을 했다. 그의 부모와 동생 진태는 아들과 형인 진국의 석방을 위해
온갖 노력을 다 기울였다. 마을 주민들도 친지들도 김진국을 돕는 데 힘
을 모으려 법원에 진정서를 냈다. 여러 사람의 탄원으로 김진국은 석방
되었다. 하지만 두 달 남짓 살다 죽었다. 북쪽의 납치와 간첩 교육, 남쪽
에서의 모진 심문과 감옥 생활에서 받은 신체적 · 정신적 고통이 건강했
던 그의 생명을 앗아간 것이다.

　임진강에서 시작된 북조선의 납치극은 우리나라 전 지역에서 자행되
고 일본과 중국, 유럽 등지까지 퍼졌다. 북조선의 무차별 납치 범죄는
농민 · 어민 · 교사 · 영화인 · 기업인 · 언론인 등 다양했고, 그중에는 나
이 어린 학생들도 적지 않았다. 김진국이 임진강에서 납북된 다음 해인
1977년 8월에는 전남 통도해수욕장에서 최승민(당시 평택태광고 2년)
과 이민교(당시 평택태광고 2년)가 납치됐고, 1978년 8월에는 전북 군
산 선유도 해수욕장에서 김영남(당시 군산기계공고 1년)과 홍건표(당시
천안상고 3년), 이민우(당시 천안농고 3년)가 납치됐다. 북조선은 납치

해 간 사람들을 대남 간첩으로 양성해서 남파하거나 간첩 훈련관으로 이용했다. 말을 듣지 않는 사람들은 총살되거나 강제수용소 또는 탄광 등지로 보내졌다. 게다가 그렇게 강제로 납치해 간 사람들을 자진 월북 또는 의거 월북인 양 거짓 선전을 함으로써 또 한번의 인도적 범죄를 저질렀다. 북조선의 이런 무차별 납치와 간첩 남파를 통해 우리나라의 요인을 암살하고 민주화 데모에 위장 가담하여 사회 혼란을 야기시켰다. 심지어는 버마 랑군에 있는 건국의 아버지 '아웅산'의 사당을 폭파시켜 정부 방문단의 요인 17명이 한꺼번에 목숨을 잃게 한 엄청난 테러 사건을 일으켰다.

당시 방문단을 대동했던 전두환 대통령은 현장 도착이 늦어져서 화를 면했으나 경제 발전의 틀을 짜고 역할을 성실히 수행하던 정부 요인들이 다수 희생된 대참사였고 국가적 대손실이었다. 특히 경제 발전을 주도해 온 김재익 경제수석과 농부의 아들로 농정에 관심이 많아 내게 큰 도움을 주었던 강인희 농수산부 차관의 희생은 누구보다 커다란 충격과 슬픔을 내게 안겨주었다. 그들의 희생을 추모하기 위해 '아웅산 테러 순국 추모탑'이 임진각 광장에 세워졌다. 내 고향을 흐르는 임진강 건너 북한 땅이 멀리 보이는 이곳에 김 수석과 강 차관의 혼령이 머물러 있다 생각하니 이분들과 나의 인연이 이중으로 오버랩되어 마음이 무거웠다. 저들의 대남 적화통일 야욕이 가장 두드러지게 드러나는 곳이 임시 국경선인 38선과 휴전선이 지나가는 임진강이다. 그 때문에 임진강은 숱한 원혼이 통곡하며 흘러간다. 가까이는 좌우 대립과 남북 분단, 6·25 전쟁과 휴전선에서의 대치 등을 거치면서 수많은 사람들이 피를 흘리고 눈물을 쏟았다. 멀리는 삼국시대부터 북쪽 나라의 남진 정책과 남쪽 나라의 북진 정책이 치열하게 맞부딪친 전쟁의 강이다.

그러나 이러한 슬픔의 강, 국경의 강, 전쟁의 강이 내게는 기쁨의 강, 희망의 강이기도 하다. 전쟁이 나기 전 나는 집에서 6분만 북쪽으로 걸어가면 만나는 임진강에서 멱을 감고 임진강 강바람을 마시며 유년의 시간을 즐겁게 보냈고 전쟁 뒤 피난지를 전전하며 돌아갈 고향의 강으로 힘을 얻곤 했다. 또 어른이 되어서는 임진강이 겪었던 역사의 현장을 보면서 혈통적 민족주의를 뛰어넘어 시민적 민족주의를 지향, 국가를 먼저 생각하고 국민 개개인의 정치적 결단과 동의를 중시하는 국민국가주의 정신을 함양케 해 주었다.

강폭이 넓으면서도 그리 깊지 않아 몸을 담글 수 있었던 임진강은 맑은 물도 물이지만 깎아지른 듯한 적벽, 그 적벽에 사는 독수리와 백로의 한유하면서도 의연한 모습으로 더욱 선명하게 각인되어 있다. 아버지가 잡아온 황복과 참게와 뱀장어의 맛 또한 잊을 수 없다. 가을에 접어들면 어머니는 마을 어머니들과 함께 조개잡이를 나갔다. 금파리 쪽 임진강에는 조개가 유독 많았다. 어머니는 내게 조개 잡는 강 복판으로는 따라 들어오지 못하게 했다. 대신 함께 어머니들을 따라간 김진국·구연배·이상하 등 친구들과 함께 강가에 나뭇가지를 꽂아놓고 밀물이 들어오는지를 감시하곤 했다. 앞에서도 말했듯이 임진강은 서해와 연결되어 있어 간만의 차에 따라 수위가 크게 달라졌다. 그리고 침강으로 생긴 강인지라 강안江岸 한쪽이 깎아지른 적벽이면 다른 한쪽은 평지를 이루고 있는데 수심은 적벽 쪽이 단연 깊고 강 중심이 오히려 얕았다. 나와 친구들은 임진강 남쪽 금파리 강가에서 나뭇가지를 물과 뭍이 맞닿는 지점에 꽂아놓고 있다가 밀물이 올라와 수위가 높아지면 강 복판에서 조개를 잡고 있는 어머니들을 향해 소리쳤다.

"물 들어와요!"

그러면 조개를 잡던 어머니들이 서둘러 강가로 나온다. 한번은 우리들이 물장난을 치느라 밀물이 들어오는 것을 잊고 있다가 큰일이 날 뻔한 적도 있었다. 그날 어머니들은 목까지 불어난 강물을 헤치고 겨우 빠져나왔다. 그래도 어머니들은 우리를 야단치지 않았다. 어린 시절 추억이 많은 임진강은 내게 희망의 저수지요, 살아가는 힘의 원천이기도 하다. 방송 생활을 하면서 힘들 때나 중대한 결정을 해야 할 때면 임진강가 반구정에 올라 넓은 강물과 건너편 갈대 숲 위를 나는 새들을 바라보며 생각을 정리했다. 희한하게도 가슴이 시원해지곤 했다. 기나긴 슬픔의 역사를 헤쳐 온 임진강이 나를 위로하고 희망을 안겨주는 듯했다.

이제 임진강이 달라지고 있다. 남쪽 강안이 하루가 다르게 변화 발전하고 녹슨 철교 흔적이 남아 있는 곳 옆에 새로 통일대교가 놓여졌다. 기존의 자유로를 연장해 제2자유로가 시원하게 뚫려 전곡까지 논스톱으로 달릴 수 있다. 가는 동안 중간 중간에 역사 유적지를 들러 볼 수도 있다. 이율곡이 임진왜란 때 정자에 불을 질러 왕의 도강을 도왔다는 이야기를 간직한 화석정, 임진왜란 때 선조대왕이 난을 피해 비를 맞으며 건너갔던 임진나루터와 건너편 초평도 등. 더욱 우리들을 감동시키는 것은 율곡이 미리 임진왜란의 발발과 왕의 피난 도강을 예견하고 날마다 화석정 기둥에 기름칠을 해 놓았고, 그래서 억수같이 비가 쏟아지던 밤에도 왕의 피란 도강선을 대낮처럼 밝게 비출 정도로 화석정이 잘 탔다는 것이다. 6·25 때 최대 격전지였던 파평산 정상에 올라 장마루 일대의 긴 강줄기와 남북 강안에 병풍처럼 마주 선 적벽, 그리고 강 건너 장단벌과 그 너머 개성과 송악산을 바라보며 57년 전의 그 참혹했던 전쟁의 악몽을 떨쳐버리고 반드시 평화의 마을이 건설되기를 기원하곤 했다.

통일이 되고 임진강이 기쁨의 노래를 부를 날이 오기를 간절히 소망하며 임진강 다큐멘터리를 제작한 일이 있다. 1983년 7월 27일 휴전 30주년을 기념하는 특별 기획이었다. 제작팀장은 '엄 다큐'로 불릴 만큼 다큐멘터리를 잘 만드는 엄광석 기자가 맡았다. 엄광석 기자는 보안대의 협조를 받아 처음으로 임진강의 비경과 임진강 사람들의 증언을 취재했다. 그 동안 DMZ의 야생 조수와 자연경관을 다룬 TV 다큐와 신문의 기획 기사들은 더러 있었으나 ENG 촬영에 의한 본격적 취재와 컬러 TV 방영은 이번이 처음이었다. 그 동안 출입이 통제되어 제대로 볼 수 없었던 임진강의 적벽 비경, 고랑포 8경이 소개되고 분단과 전쟁의 상처를 안고 흐르는 임진강의 물줄기를 따라 화면이 움직였다. 임진강의 강 마을에서 날마다 적의 대남 방송을 들으며 살아가는 원주민과 실향민들의 애환과 통일의 염원도 고스란히 담았다. 프로그램의 제목은 '30년 만에 들어가 본 한 많은 임진강' 이었다.

얼핏 신파조의 냄새가 풍기는 이 제목은 당시 KBS 사장이었던 이원홍이 직접 지었다. 시청자들의 반응이 뜨거웠다. 나에게 전쟁의 아픔을 안겨준 임진강, 동시에 통일에의 의지를 굳게 지켜주는 임진강! 강 하나가 극명하게 대비되는 가치를 공유하고 흐르고 있다. 임진강은 한이 흐르고 있다. 지금도. 그 강을 변함없는 애정으로 바라보고 있다. 노인이 된 임진강의 소년은. 그리고 꿈꾼다. 평화와 화합의 상징이 되는 영원한 임진강을.

권력으로부터의 독립 투쟁

1987년 12월 대선을 앞두고 정국은 대통령 전두환의 호헌조치에서 민정당 대표 노태우의 6·29 선언으로 이어지는 이른바 6월 민주항쟁의 소용돌이 속으로 빠져들었다. 그리고 민주화의 물결은 방송계에도 밀려들어, 방송 민주화 운동은 정부가 주주로 있는 KBS와 MBC에서 권력의 지배로부터 벗어나기 위한 투쟁의 성격을 띠게 되었다. 먼저 MBC에서 노동조합이 결성되었다. 대선에서 전두환 정부의 연장선으로 볼 수 있는 노태우 후보가 당선됨에 따라 방송계의 민주화 운동은 더욱 치열해졌다.

1988년 초, KBS에 언론계 최대의 노동조합이 발족했다. KBS 제1대 노조(위원장 고희일)는 PD들이 주도했다. 당시 KBS PD들은 이미 'PD 협회'라는 자체 조직을 운영하면서 방송 개혁에 목소리를 높이고 있었다. 이에 비해 기자들은 객관적인 사실의 전달에 치우치는 경향이 있는 데다 방송기자협회가 아닌 범기자협회의 방송사별 지부(예 : KBS

지부) 형식으로 조직되어 있었다. PD와 기자는 프로그램의 방향을 다루는데 다소 시각의 차이가 있다. 즉 PD는 프로그램의 내용이 될 정보에 주관적으로 접근하는 데 비해 기자는 기사가 될 사안에 대해 객관적 접근을 하는 경향이 있다. 그런 연유인지 몰라도 방송 개혁의 목소리는 PD 쪽이 상대적으로 더 높았다.

1988년 3월 정기 인사를 통해 나의 직급이 부장에서 국장급으로 승진하면서, 사장 직속 기구인 심의실의 실장으로 전보되었다. 구 동양방송(TBC)에서 기자로서 방송계에 발을 들여놓은 이후 20년간 몸담았던 보도부서를 처음 떠나게 됐다. 당시 한번 보도부서를 떠나면 다시 보도로 되돌아오기 힘들다는 점을 잘 아는 나로서는 아쉬운 마음 없지 않았다.

그러나 막상 심의실장으로서 업무를 시작하고 보니 이 또한 방송 메커니즘을 더 잘 파악해야 해는, 방송 언론인으로서 꼭 거쳐 갈 만한 기회임을 깨달았다. 심의 업무는 KBS의 모든 채널을 통해 방송되는 프로그램의 적정성을 판단하는 것이었고, 심의 결과 부적절하다고 판단되는 내용은 삭제 또는 수정되었다. 심지어는 심의 결과 방송 불가 판정이 내려지고 다른 방송으로 대체되어 방송되는 경우도 있었다. 모든 프로그램은 심의실의 사전 심의를 받도록 되어 있었으며, 다만 뉴스와 중계방송 등 생방송 프로그램의 경우 사후 심의를 받았다.

나는 심의 업무를 수행하면서 그 동안 경험하지 못했던 제작·기술·경영·편성과 같은 보도 이외의 분야들을 접하고 이해할 수 있었다. 지금 생각해 보면, 방송이라면 '보도'만 생각했던 '보도'만 아는 '우물 안 개구리'에서 방송의 전분야를 바라보는 시야를 갖는 기회가 됐다. 그리고 현재의 심의규정에 충실한 심의 업무를 수행하다 불가피하게 야기되는 전향적인 프로그램의 제작진들과의 마찰을 현명하게 극복해 나가는 법도 터득하게 되었다. 정권에 지나치게 비판적인 프로그램에 대해서도 신축적으로 대응했다. 그렇지만, 상대적으로 대한민국의 가치와 이익을 외면, 명분 없는 비판을 하는 프로그램에 대해서는 엄정하게 이유를 물었다. 예를 들어 남북 문제를 다룬 프로그램에서 프로그램의 본질과 관련성이 적으면서 적기가를 부르고 '인민공화국 만세'를 외치는 장면은 삭제하도록 하였고, 88서울올림픽 개회식 때 광고가 나가는 바람에 태극기가 방송되지 못했던 것을 지적하기도 했다. '태극기 불방 사고'는 개회식 다음날 사장 주재 심의회의에서도 문제 제기가 돼 당시 정구호 사장이 언성을 높이기도 했다.

"내일부터는 매일 심의 보고를 하라. 대회 기간 중엔 일요일에도 심의 보고 회의를 연다."

그 일이 있은 이후 정 사장은 심의실에 힘을 실어 주고 보고 사항이 있으면 언제든지 보고하라고 내게 지시했다. 심의실은 오랜만에 생기가 돌았다. 심의실에는 20여 명의 심의 위원과 20여 명의 심의 요원, 그리고 전국에 있는 수백 명의 모니터 요원이 유기적으로 모니터와 심의·평가 업무를 수행하고 있다. 그 동안 사실 심의실로 배치되면 흔히 물 먹는 것으로 인식되어 있었다. 그러던 심의실에 힘이 실렸다. 일하는 데 신바람이 났다. 심의실의 업무에 대한 중요성이 새롭게 인식되었다. 방송의 내용상 문제점은 물론 진행상의 크고 작은 사고, 기술상 사고가 심의실의 감청망에 제대로 잡히지 않으면 매끄럽고 공정한 방송을 기대할 수 없다. 심지어 심야 시간대에 방영된 드라마의 마지막 장면에서 주인공이 죽는 장면이 나가고 이어 죽었던 주인공이 다시 일어나는 장면이 나오는 어처구니없는 일도 직전에 심의실에서 잡아낸 일도 있었다. 그동안 웬만한 문제와 사고에 대해서는 보고도 없이 넘어가던 본부장들이 심의에 긴장하기 시작했다. 심의실장으로 있던 8개월 동안 심의실의 위상을 높이는 데 작은 힘을 보탰다고 자부한다.

1989년 2월 정구호 사장이 떠나고 후임으로 서영훈 사장이 부임했다. 그리고 새로 부임한 서 사장은 보름 만에 대규모 인사를 단행했다. 이때 나는 보도국장으로 임명됐다. 보도국장은 내가 방송기자로 일하면서 언젠가 되었으면 하고 꿈꾸던 자리였다. 나는 KBS 보도의 품질을 한층 높이고 공정 보도의 기본 틀을 만들기로 스스로 다짐했다. 그러나 KBS 보도국장은 정부의 홍보 방송이기를 요구하는 권력과 방송 민주화의 급속한 전환을 요구하는 노조 사이에서 좀처럼 접합점을 찾기가 힘들었다. 나는 KBS의 권력으로부터의 독립은 일시에 혁명적으로 이루어질 수 없으며 점진적으로 차근차근 실천해 나가야 한다고 판단했다. 이 같은 신념에 따라 정부의 요청이 들어오면 수용할 것과 거부할 것을 구별해서 처리했다. 예컨대 10개 요구 사항이 있다고 하면 반쯤 들어주고 반쯤은 적당한 명분으로 들어주지 않았다. 이 때문에 모든 것을 거부하기를 요구하는 노조와의 충돌이 불가피했다. 노사 합의로 만들어진 노사공정방송위원회에서는 늘 보도국장이 노조 측의 성토 대상이 되었다.

어느 날 미국 신문이 한국 경제의 발전상을 크게 보도한 것을 인용해서 9시 뉴스에 보도하도록 외신부장에게 지시한 적이 있었다. 다음날 공정방송회의에 나갔더니 노조 측이 처음부터 나를 성토하기 시작했다. '한국 경제 안정 성장'이란 외신 보도는 청와대 지시를 받은 보도국장이 지시한 불공정 보도이니 책임을 져야 한다는 것이었다. 나는 이 외신 보도에 대한 청와대의 요청을 받은 바 없으며 나의 판단에 따라 보도를 지시했다고 분명히 말했다. 그런데도 노조 측은 표결에 부칠 것을 제의했다. 노조 측의 제의에 따라 이날 회의에서는 나의 불공정 보도 행위에 대한 표결이 있었다. 예상대로 5대 5가 되었다. 노조 측 위원 5명은 불공정 행위로 보았고, 회사 측 위원 5명은 불공정 행위가 아닌 것으로 본 것이다. 5대 5면 부결이나 마찬가지다.

KBS 노동조합이 문제 삼은 사안 가운데 낙하산 인사가 있었다. 당시 KBS에는 정부 부처로부터 간부직에 특채되는 경우가 적지 않았다. 즉, 청와대 · 안기부 · 국방부 등에서 근무하던 사람이 KBS의 부장 또는 국장급으로 오는 인사였는데 노조는 이를 권력의 방송 지배 사례로 보고 그들의 즉각적인 해고를 요구하고 나섰다. 그리고 회사가 그 요구를 받아들이지 않자 노조는 그들의 출근을 저지하고 그들의 의자와 책상을 치워 버렸다. 노조가 낙하산 인사를 반대한 것은 명분은 옳았으나, 그 실행 방법이 비인도적인 면도 없지 않았다.

노태우 정부는 민주적 리더십의 서영훈 사장이 노조에 휘둘린다고 보고 임기 도중에 서영훈 사장을 퇴진시키고 새로 서기원 사장을 임명했다. 명분은 서영훈 사장이 노조의 요구대로 연말 상여금을 변칙 지급했다는 것이었다. 그러자 노조는 서기원 사장의 취임을 반대하면서 방송 사상 최초의 총파업에 들어갔다. 그로부터 길고 긴 노사 간의 실력 투쟁이 지속됐다. 간부들이 사장실 복도에서 스크럼을 짜고 사장을 보호하면, 노조는 수적인 우세로 간부들을 밀어냈다. 나는 다른 국 · 부장들과 함께 사장실 복도에 누워 버티다가 네 명의 노조원들에게 헹가래처져 들려 나가기를 수없이 반복했다.

총파업에 들어간 노조는 소수의 차장급 이상이 겨우겨우 유지해 나가는 뉴스 진행을 방해하기 시작했다. 어느 날 저녁 9시 뉴스 준비에 바쁜 보도국에 일단의 노조원들이 확성기로 서기원 사장의 퇴진과 공정 방송을 외치면서 들어왔다. 그들은 마침내 9시 뉴스가 진행되고 있는 뉴스 룸의 문을 열었다. 뉴스 룸의 철문 안팎에는 나와 국·부장들이 막아섰으나, 그들은 힘으로 밀쳐내고 뉴스 룸에 난입했다. 이로써 9시 뉴스는 중도에 끊어졌다. 이것은 중대한 사건이었다. 뉴스 룸에 뛰어든 노조원들은 업무방해로 고발되어 모두 실형을 언도 받았다. 파국으로 치닫던 노사분규는 구속 노조원들에 대한 사측의 석방 건의서 제출을 계기로 겨우 해결의 실마리를 찾았다. 나는 보도국장이라는 직위 때문에 노조와는 정반대의 입장에서 싸웠지만, 권력의 지배로부터 벗어나서 국민의 방송으로 만들겠다는 노조의 취지에는 전적으로 공감했다. 분명히 노조는 KBS가 국민 방송으로 가는 개혁의 과정에서 권력의 막강한 지배력에 맞서 싸울 수 있는 실질적으로 유일한 힘이었다. 그리고 실제로 KBS가 방송 민주화로 가는 데 노조가 상당한 역할을 했음을 부인할 수 없는 사실이다. 다만 노조의 과격하고 비민주적인 투쟁 방법이 노조의 순기능을 역기능으로 증폭시킨 점에 아쉬움이 남는다.

노사 격돌이 하루가 멀다 잦았던 1990년 7월 초 나는 보도국장에서 다시 해설위원으로 전보됐다. 일종의 문책 인사의 냄새가 없지는 않았지만, 나는 오히려 홀가분한 마음으로 1년 8개월 동안 지켜 온 보도국장석의 짐을 쌌다. 그 자리는 단 하루도 나를 돌아볼 틈이 없는 자리였다. 사건 사고는 물론 업무 외 업무에 더 많이 시달리는 자리에 앉아 일요일에도 방송국에 나와야 했고, 휴가도 반납해야 했다. 가족의 얼굴을 제대로 바라볼 시간조차 없었다. 모처럼 자신을 돌아보며 조용히 재충전의 기회로 삼고 싶었다. 때마침 나는 근무 규정상 20일 간의 보상 휴가를 받을 수 있었다. 별을 보고 나와 별을 보고 귀가하는 아빠를 딸아이가 귀신이라고 했다는 말을 아내에게 전해 듣고 쓸쓸하게 웃었다. 어찌 딸 아이 뿐일까. 며칠을 아이들 곁에서 맛있는 것도 사주고 모처럼 아빠 노릇을 한 다음 아내와 함께 국토 순례에 나섰다.

아내와 나는 배낭을 메고 대구로 떠났다. 팔공산에 올라 젊은이들과 어울려 호연지기를 펴고 버스 편으로 합천으로 향했다. 합천에서 해인 사에 들러 천 년 고찰의 향기에 취해 보고, 가야산에 올랐다. 이어서 이 웃한 거창에 들러 장모님(이한영)의 고향 거창읍 삼포면을 찾았다. 산골 의 대명사처럼 되어 있는 거창읍의 거리를 돌아보면서 유난히 서점이 많은 데 깜짝 놀랐다. 많은 인물을 배출한 거창고등학교가 있는 지방의 교육 저력이 바로 여기에 있었구나 하는 생각을 했다. 구절양장의 육십 령을 넘어 진안에 도착했다. 시외버스 기사로부터 고개 이름의 유래를 들었다. 옛날 이 고개가 무척 험한지라 산적 떼가 많았는데 혼자 넘으려 면 위험한지라 한 명 두 명 모이기를 기다렸다가 육십 명이 되면 비로소 함께 고개를 넘었다 한다. 육십 명 고갯길은 여전히 험했다. 버스가 고 개를 넘고 또 넘으며 쉴 새 없이 부릉거렸다. 진안에서는 바다가 솟아올 라 만들어졌다는 마이산에 올랐다. 부여에서 하룻밤을 보내고 낙화암과 고란사를 둘러보았다. 발길 닿는 대로 주로 시외버스를 이용한 열흘 동 안의 국토 순례를 마치고 돌아오니 고단하긴 했지만 바람내가 온몸을 휘감아 상쾌했다.

주어진 스무 날 휴가를 다 쓰고 회사에 출근하니, 새 민방 출범을 둘러

싼 소문들이 무성했다. 동료 해설위원이 내게 새 민방으로부터 스카우트 제의를 받았느냐고 물었다. 그런 일이 없으니 그저 웃을 수밖에 없었다. 나는 해설위원들의 순번에 따라 해설을 방송하는 일에 열중했다. 주로 경제문제에 대한 해설을 전담했다. 그러던 어느 날 서기원 사장의 전화를 받고 사장실로 갔다. 서 사장은 먼저 나의 해설이 좋다고 칭찬을 하더니, 내게 청주방송 총국장을 맡으라고 말했다. 내가 해설위원을 더 하고 싶다는 말로 거부 의사를 비쳤더니, 서 사장은 혼잣말처럼 중얼거렸다.

"성이 차지 않는 모양이구먼!"

소설을 쓰는 작가이기도 한 서 사장의 말이 참 재미있다고 나는 속으로 생각했다. 솔직히 본부장이면 모를까, 지방 방송 총국장을 할 생각은 없었다. 그로부터 사흘쯤 뒤에 임형두 선배가 청주방송 총국장으로 발령이 났다. 그리고 그로부터 보름쯤 뒤에 새 민방의 지배주주가 된 윤세영에게서 만나자는 전화가 걸려왔다. 1990년 11월 하순께 나는 약속 장소인 여의도 LG쌍둥이빌딩의 일식집으로 갔다. 거기서 처음으로 나는 윤세영을 만났다. 윤세영은 내게 새 민방의 보도 이사를 제의했고, 나는 즉시 수락했다.

1990년 12월 6일 나는 새 민방이 개국을 하게 될 여의도의 태영빌딩으로 출근했다. 새 민방인 서울방송의 창업 임원진은 오너인 윤세영이 직접 사장을 맡았고, 전무에 표재순, 관리이사에 변건, 편성제작이사에 김광수, 기술이사에 심익섭, 감사에 이기화, 그리고 보도이사에 필자 우석호였다. 임형두 제작이사는 이듬해 3월에 동참했다.

나는 보도 분야를 소수 정예로 구성하기로 하고 보도국의 조직도 편집부·정치부·경제부·사회부·외신부·촬영부 등 6개 부서로 최소화한다는 원칙하에 부장급부터 스카우트에 들어갔다. 서울방송으로 오려고 하는 후배들 가운데 능력 있는 적임자를 찾는다는 것은 쉬운 일이 아니었다.

그래도 많은 후배들이 동참해 주었다. 특히 나와 만난 인연이 길지 않은 KBS2기 출신 유자효의 동참은 나를 퍽 기쁘게 했다. 끝까지 함께 왔으면 하고 바랐던 후배로 고수웅, 김홍, 이종학이 있었다. 어제까지 한 방송국에서 일하던 후배들과 헤어져 서로가 섭섭해했지만 지금은 홀가분한 마음으로 지난 날을 얘기한다.

많은 동료 후배기자들을 SBS로 끌어들인 것을 보고 안기부의 KBS 담당인 대학동창 허서영이 내게 '모세'라고 별칭을 붙여주었다. 모세는 이스라엘 백성을 이끌고 이집트를 떠나 가나안 복지로 인도한 성경 속 인물인데 그런 큰 인물의 이름을 내게 슬쩍 붙여주니 싫지는 않았다.

8시 뉴스로 승부를 걸다

1990년 12월 6일 서울방송의 첫 보도이사로 임명되어 새 민영방송의 개국 준비에 참여했다. 나는 민영방송 TBC와 공영방송 KBS를 거치면서 우리 방송의 문제와 개혁 방향에 대해 균형적 사고를 하고 있었다. 즉 공중파 방송은 공영이든 민영이든 건전한 국민 방송이 되어야 한다는 것이 나의 방송 철학이었다. 뉴스의 가치 판단 기준을 소비자인 국민의 시각에 맞추고 극단적 이념이나 상업주의에 기울지 않는, 그래서 사회적 통합에 기여할수 있는 방송을 꿈꾸었다. 구 TBC가 공개념과 사개념 중 사개념에 너무 치중, 사영방송私營放送으로 기울어 문을 닫은 사례를 특히 민영방송이 유념해야 할 교훈으로 삼았다. 구 TBC가 KBS로 통폐합된 것에 대해 전두환 정부의 언론 장악 정책의 산물로 인식되어 있지만, 전두환 정부가 구 TBC의 지나친 사개념 추구에 대한 국민의 비판적 여론을 이용해 민영방송 구 TBC를 공영방송 KBS에 흡수 통합해 버린 것이다. 소위 '언론통폐합' 이란 명목으로 구 TBC 소멸의 아픔을 몸으로 겪은 나는 새로 출범하는 서울방송이 훗날 구 TBC의 전철을 밟는 일이 없도록 공개념과 사개념의 조화라는 큰 틀에서 새로운 밑그림을 그려야 한다고 생각했다.

수많은 토론 끝에 방송의 기본 틀이 하나 둘 만들어졌다. 서울방송을 상징하는 대표적 표어가 정해졌다. '건강한 방송·건강한 사회'였다. 이 표어는 내가 이웃 건물 세우회관에 걸려 있는 표어 '건강한 사회·건강한 세정'에서 힌트를 얻어서 제의한 것인데 많은 논의 끝에 채택이 됐다. '건강한 방송'이 '건강한 사회'보다 앞에 나오게 함으로써 방송의 적극적 역할을 강조했다. 서울방송의 'SBS'는 변건의 아이디어였다. 영자 표기는 'SBS'와 'SBC'의 두 개 안이 토론에 부쳐졌으나, 'SBS'로 결정됐다. 서울방송 로고는 영문자로 'sbs'로 결정되었고, 이기화의 아이디어로 'b'자 위에 위성안테나 모양을 씌웠다. 심벌마크는 표재순의 아이디어로 '곰돌이'로 결정됐다. 편성에서는 방송의 공공성을 제고하기 위해 보도와 교양의 비율을 최대한 높이기로 했다.

조직과 기구에서도 소수정예주의가 채택되었다. 보도국의 기구는 국장과 6개 부서장으로 최소화됐다. 국장에는 내가 송도균을, 변건이 오효진을 각각 추천했는데, 윤세영이 오효진을 선택했다. 6개 부장에는 편집부장에 엄광석, 정치부장에 유자효, 경제부장에 김장년, 사회부장에 송석형, 외신부장에 백낙천, 촬영부장에 박충을 스카우트했다. 스포츠 분야에는 박세호·정건일·이재명이 스카우트되었다. 그런데 갑자기 대구MBC 보도국의 촬영부장이라는 사람이 내 방에 인사를 하러 왔다. 그는 변건이 대구MBC 상무로 있을 때 함께 근무했다면서 내게 서울방송 촬영부장으로 내정됐음을 통보했다. 나는 즉시 변건에게 전화를 걸어서 이런 식으로 하면 내가 그만두겠다고 소리쳤다.

관리이사로서 인사를 담당한 변건은 때로는 직접, 때로는 오효진을 앞세워 나의 보도국 조직과 스카우트에 제동을 걸었다. 청와대 출입 기자를 민충기로 정할 때에는 함량 미달이라고 반대했고, 백낙천을 데려올 때에는 호남 출신이어서 안 된다고 반대했으며, 주동원을 스카우트할 때에는 '구 TBC' 출신이 너무 많아서 안 된다고 반대했다. 그러면서 오효진을 앞세워 자신이 근무했던 MBC 출신들을 대거 스카우트했다. 그들 중 일부는 나의 보이콧으로 되돌아가기도 했다. 나중에 안 일이지만, 보도국의 스카우트 과정에서 변건은 내게는 법인 카드를 주지 않고 오효진에게는 법인 카드를 주어 쓰게 했다고 한다. 신설 방송국의 창업 멤버의 스카우트를 친소 관계로 하려 함은 옳지 못한 처사다. 오직 품성과 능력 중심으로 해야 비로소 성공할 수 있다.

라디오 개국은 기존의 'KBS라디오서울'을 인수해서 방송하는 것이었으므로 TV보다 훨씬 빨리 준비가 진행됐다. 마침내 1991년 3월 20일 SBS라디오의 첫 전파가 발사됐다. 나는 개국과 함께 방송된 첫 와이드 프로그램 '세계와 함께 미래를 향해'라는 50분간의 특별 생방송을 직접 진행했다. 신설 민영방송의 첫 전파 테이프를 내가 끊은 셈이다. 이 일도 나의 방송 인생 30년에 잊지 못할 한 장면이다. SBS라디오는 뉴스와 정보, 그리고 음악이 주축을 이루는 생동하는 매체로 출발했다. 특히 15분마다 5분간의 뉴스를 편성·방송함으로써 방송계에 엄청난 충격을 안겼다. 이른바 '쿼터 뉴스'로 명명된 SBS라디오 뉴스는 '편성의 혁명'이라는 좋은 평가를 받았다.

라디오를 개국한 서울방송은 곧 이어 TV 개국 준비에 온 힘을 기울였다. TV를 개국하기 위해서는 남산 송신소를 짓는 일과 프로그램의 편성을 짜고 제작하는 일이 급선무였다. 편성에서 보도와 교양의 비중을 높여야 한다는 데에는 이의가 없었다. 보도의 편성 비중은 25%를 넘었다. 그런데 TV 저녁 뉴스의 시간대를 언제로 잡느냐에 대해서는 여러 의견들로 갈렸다. 첫째, '9시 종합 뉴스' 안은 기존의 KBS · MBC와 3파전을 벌여야 하는 부담이 있었다. 신설 방송사의 인원과 장비로 정면 대결을 편다는 것은 역부족이고 무모해 보였다. 편성 차별화 원칙에도 맞지 않았다. 둘째, '10시 종합 뉴스' 안은 시간적으로 너무 늦을 뿐 아니라 9시대에 이미 KBS · MBC가 우려먹은 뉴스 아이템들을 재탕하는 데 불과했다. 셋째, '8시 종합 뉴스' 안은 KBS · MBC의 보도보다 한 시간 빨리 보도한다는 이점利點을 살릴 수 있는데다가 편성 차별화라는 좋은 평가를 받을 수도 있다. 그러나 8시 종합 뉴스를 제작해 방송하려면 취재와 제작 시간을 서둘러서 단축해야 하는 부담을 떠안아야 한다. 며칠을 두고 토론에 토론을 거듭했다. 나는 줄기차게 '8시 뉴스' 안을 밀었다. 신설 방송의 개국에 참여한 기자들의 자부심과 열성이 한 시간 빠른 종합 뉴스를 감당할 수 있을 것이라고 믿었다. 마침내 '8시 뉴스' 안이 확정됐다.

　TV 개국일을 1991년 12월 9일로 정한 이상, 이에 맞춰 시설과 장비를 갖추고 프로그램을 제작하는 일에 몰두했다. 그런데 변건과 오효진은 민영방송의 뉴스는 재미있는 연성 뉴스여야 한다면서 밤 10시대에 30분간의 'SBS뉴스쇼'를 편성하자고 주장했다. 나는 밤 10시대에 와이드 뉴스 프로그램을 편성하면 8시 뉴스 제작 방송에 심혈을 쏟아야 하는 기자들의 업무가 가중되기 때문에 8시 뉴스와 10시 뉴스가 동시에 부실해

진다며 강력히 반대했다. 그러나 10시 뉴스쇼는 편성됐다. 첫날 10시 뉴스쇼에는 탤런트이자 영화배우인 이혜영이 수영복 차림의 몸매를 자랑해서 장안의 화제를 불러일으켰다. 현대그룹의 정주영 회장 특별 인터뷰를 제작·방송하는 등 SBS 10시 뉴스쇼는 연성 뉴스 프로그램으로 성공하는 듯싶었다. 하지만 소재가 달리고 제작 업무에 피로가 겹치면서 10시 뉴스쇼는 시청률의 급속한 하락을 초래했다. 결국 10시 뉴스쇼는 짧은 수명을 마감했다.

반면에 SBS 8시 뉴스는 날로 발전했다. SBS 8시 뉴스는 편성의 차별화를 가장 극명하게 보여 준 사례로 꼽혔다. TV 종합 뉴스하면 으레 9시 뉴스를 정설처럼 여기던 시절에 한 시간 빠른 SBS 8시 뉴스는 '편성의 혁명'으로 시청자들에게 각인되었다. 한 시간 빨리 SBS 뉴스를 보고 나면 KBS와 MBC의 9시 뉴스를 볼 필요가 없다는 시청자가 늘어났다. SBS 8시 뉴스를 보고 나서 9시대의 드라마를 여유 있게 본다는 시청자도 늘어났다. 특히 8시 뉴스 앵커로 지정된 맹형규의 매끄러운 뉴스 진행이 8시 뉴스의 성가를 높이는 데 크게 기여했다. 나는 특파원 생활을 하다 돌아온 그에게 현실 인식과 애국심을 심어 주기 위해 임진강변의 반구정 장어구이 집에 가서 소주잔을 기울였다. 박충 촬영부장이 함께 했다. 때마침 지축을 흔드는 포성과 쇳소리를 내며 머리 위를 지나서 강 건너 갈대숲에 떨어지는 박격포탄의 폭발음이 연거푸 들렸다. 분단과 전방 지역의 긴장감을 실감할 수 있었다.

1992년 3월 윤세영 사장이 나와 오효진을 함께 사장실로 불러 "왜 둘이서 화합하지 못하는가?" 하고 나무랐다. 아마도 나와 오효진이 반목해서 보도국 발전에 지장이 있다고 판단한 모양이다. 하지만 그것은 모르고 하는 말이었다. 나와 오효진이 반목하는 것이 아니라, 오효진이 변건의 후광을 등에 업고 상사인 나의 지시에 따르지 않는 것이었다. 그리고 다음날 나는 보도이사에서 사장특별보좌역으로, 오효진은 동경 지국장으로 각각 발령되었다. 보도국장 후임에는 송도균이 스카우트되었다. 송도균은 내가 개국 때 보도국장으로 스카우트하려다가 오효진이 오는 바람에 무산되고, 그 후 부국장 또는 정치부장을 제의했으나 오효진 밑에 갈 수 없다면서 오지 않았었다. 보도이사 자리는 한동안 공석으로 남았다.

소유와 경영은 따로다

사장특별보좌역은 이름은 그럴 듯하지만 나의 이력과 전혀 맞지 않는 직책이었다. 일선 방송기자로 시작하여 보도국의 수장직까지 거치며 보도에 관한 일만 해온 내게 일종의 비서직인 보좌역 직책을 맡김은 분명 꺼림칙하기 짝 없는 인사였다. 불편한 심기를 가누려 애쓰며 이쯤에서 방송 생활을 아주 끝낼까 하고 생각했다. 그러나 그냥 물러날 수는 없었다. 내가 만일 여기서 그만둔다면 내 스스로 택한 방송의 길을 내 발로 나오는 셈이 되지 않는가. 실망과 좌절감 속에 일단 수용하기로 했다. 윤세영은 내게 서울방송에 대한 각계의 여론을 수집하고 서울방송의 이미지를 사회 각계의 지도급 인사들에게 알리면서 무엇을 개선하고 보완해야 하는지를 취합해 알려달라는 주문을 했다.

TV를 개국하고 두 달쯤 지난 당시 서울방송에 대한 여론은 최악의 상태였다. 개국한 지 한 달쯤 된 1992년 1월 초에 'YMCA방송모니터실'이 한 달간의 서울방송 모니터 보고서를 발표했다. 이 모니터 보고서는 서울방송의 프로그램들이 선정성과 폭력을 조장하는 저질 상업쥬의로 물들어 있다고 지적했다. 이 모니터 보고서의 내용은 신생 TV 방송국의 개국으로 광고에 악영향을 받는다고 생각하고 있던 신문 매체들에게 좋은 공격 자료가 되었다. 신문들은 처음에는 모니터 보고서 내용을 스트레이트 기사로 쓰더니 사설로 이어갔다. 그리고 사내 필진과 사외 방송학 교수들을 동원해서 시론과 칼럼 등으로 서울방송을 비판했다. 여기에 부채질을 한 것은 서울방송의 난시청 문제였다. 홍제동과 평창동 같은 골짜기에서는 서울방송이 잘 보이지 않았다. 파주와 양주 등지에는 서울방송이 아예 나오지도 않았다. 서울 시내에서도 서울방송의 화면이 흐리게 나오거나 음향이 불분명하게 들렸다. 준비 없이 개국을 서둘렀다는 비난의 소리가 쏟아졌다. 그래서 신문들은 사설과 칼럼을 통해 '태어나서는 안 될 방송'이라고까지 혹평을 했다. 동아일보·한국일보·한겨레신문이 상대적으로 더 심하게 서울방송을 공격했다. 악연惡緣의 꼬투리가 내밀하게 숨어 있었던 것이다. 이를테면 동아일보는 서울방송이 KBS로부터 가져온 라디오 채널이 동아일보의 DBS였고 한국일보는 서울방송의 지배주주 선정 때 인켈을 지지했다는 유감을 갖고 있었다. 한겨레신문은 근본적으로 자본주의 민영방송에 대한 부정적 인식을 갖고 있었다.

이렇게 되자 서울방송의 프로그램 시청률이 점점 떨어지고 광고 판매율도 따라서 떨어지기 시작했다. 내게 주어진 임무는 이런 여론을 좀 잠재우거나 아예 돌려놓는 일이었다. 나는 사회 각계각층 사람들을 만났다. 그 동안 출입처에서 만났던 사람들, 언론인 모임에서 만난 사람들, 그리고 대학과 고등학교 동창 언론인들에게 걸음마 방송의 애로를 이해해 주길 부탁했다. 그리고 최단 시일 안에 서울방송이 기술적 난시청을 해결하고 프로그램의 품질 제고에 전력투구할 테니 지켜봐 달라고 부탁했다.

언론인들과의 만남을 계속하면서 청와대, 안기부, 공보처, EPB(경제기획원), 정당 등 방송 관계 공무원들도 만났다. 광고 부진을 타개하기 위해 KOBACO(한국방송광고공사)와 광고 단체, 광고주들도 만났다. 그들 가운데는 서울방송의 지배주주 선정 때 깊이 관여한 사람도 있었다. 그들이 서울방송을 보는 시각이 어떤지, 서울방송이 무엇을 해야 하는지 등을 광범위하고도 심도 있게 들었다. 그들의 시각은 대체로 일치되어 있었다.

1. 서울방송의 '오너' 사장 체제는 오래 가면 안 된다. 서울방송의 오너 사장 체제를 허용한 것은 창업 초기의 개국 준비를 위한 한시적 조치였다. 빠른 시일 안에 전문 방송인의 사장 체제가 이뤄지고 소유와 경영의 분리를 생각해야 한다.

2. 서울방송은 너무 상업주의적 이윤 추구에 얽매여서는 안 된다. 사회는 서울방송이 공익적인 민영방송이 되어 줄 것을 요구한다. 구 TBC의 교훈을 서울방송은 명심해야 한다.

3. 서울방송의 기술적 난시청 문제를 가능한 한 빠른 시일 안에 해결해야 한다. 그리고 광고를 끊지 말고 조금만 참아줄 것을 부탁했다. 음향이 잘 들리지 않고 화면이 잘 보이지 않는데 누가 서울방송 채널을 틀겠으며 광고를 하고 싶겠는가.

결국 서울방송 시청률 저하에 직접적 원인이 되는 것은 저질 프로그램이 직접적 원인이 아니라 기술적 난시청 문제가 더 큰 원인임을 지적해 주었다.

 4월 중순쯤 그 동안 만난 언론인·공무원·광고인 등의 쓴 소리들을 정리해서 보고서를 만들어 윤세영 사장에게 보고했다. 그가 나의 보고서 내용들을 어떻게 받아들였는지에 대해서 나는 알고 싶지도 않고 또 알려고도 하지 않았다. 그의 성격상 아마도 오너 사장 체제를 전문 방송인 사장 체제로 바꿔야 하고 너무 상업주의적 이윤 추구에 매달려서는 안 된다는 대목에 대해 불쾌하게 여겼을 것이라는 생각이 든다. 나는 그런 껄끄러운 대목은 당초 보고서에서 제외시키려고 생각했었다. 그러나 가감 없이 보고하라는 그의 말에 따라 나는 내가 취재한 모든 내용을 포함시켰던 것이다. 아무튼 나는 그로부터 달포쯤 지난 1992년 5월 1일 직제 개편과 함께 관리이사로 임명됐다. 이날 직제 개편에서 기획이사가 신설되었다. 관리이사 소관이던 인사와 기획실을 통합한 기획이사에는 변건이 임명되었다.

 보도로 잔뼈가 굵은 내가 방송사 실람꾼이 된 것이다. 묵묵히 수용했다. 관리이사의 소관 업무는 총무와 관재와 광고 세 가지였다. 이 가운데 가장 시급한 것은 땅을 사서 스튜디오를 짓는 일과 수도권 여러 곳에 송신소, 중계소를 세우는 일, 그리고 바닥에 떨어진 광고 판매율을 높이는 일이었다. 일산제작센터를 짓기 위해 탄현 일대의 5만여 평 땅을 사들이는 일은 쉬운 일이 아니었다. 중심 지역의 대형 필지들은 쉽게 샀지만, 주변에 붙어 있는 작은 필지의 땅을 사들이기가 쉽지 않았다. 지주들이 조금이라도 더 받기 위해 버텼다. 매입 초기에는 평당 40~50만 원에 사들였는데, 나중에는 평당 90~100만 원에 사야 했다. 끝까지 응하지 않고 있다가 제작센터가 준공되자 그 자리에 자체 건물을 세우는 지

주도 있었다.

TV의 가시청권을 넓히고 난시청을 해소하기 위해 모두 8개의 송신소, 중계소를 설치하기로 했다. 그런데 수도권에 있는 크고 작은 산의 정상은 모두 그린벨트 지역이거나 군사보호구역이었다. 그곳에 송신소, 중계소를 설치하려면 건설부와 군부대 동의를 받아내야 했다. 특히 구 황실 소유로 되어 있던 홍제동의 스위스그랜드호텔 뒷산에 송신소를 설치하기 위해서는 문화재관리국의 심의까지 거쳐야 했다.

가장 시급한 것이 관악산 중계소의 설치였다. 관악산은 비좁은 정상에 KBS와 MBC 중계소가 들어섰기 때문에 새로 중계소를 설치하려면 정상 남쪽의 바위로 된 비탈밖에 없었다. 여기에 중계소를 설치하는 것은 마치 '나바론' 요새를 만드는 것과 다름없었다. 이 지역은 안양에 주둔한 육군예비사단이 교대로 병력을 파견해 지키는 군사보호구역이었고 그린벨트에 들어 있었다. 순서상 군부대 동의가 앞서야 했다. 군사 동의를 받는 일이 결코 쉽지 않았다.

군부대 동의는 옛날에는 사단장에게만 잘 부탁하면 받아낼 수 있었다. 그러나 김영삼 정부의 이른바 '하나회 숙청' 이후 군기가 해이해짐에 따라 사단장의 재단권이 크게 위축되었다. 우리는 아래서부터 일을 추진하기로 했다. 먼저 관악산 관할 일선 대대를 찾았다. 돼지 한 마리를 잡아 장병들과 푸지게 회식을 했다. 그리고 사단 작전과에 들렀다. 마침 작전참모가 우성열 중령이었다. 나와 같은 성씨라는 데 금세 친근감을 느꼈다. 나는 육사 출신인 우 중령에게 사단 장병들과의 회식을 제안했다. 회식 날짜와 장소는 우 중령이 잡기로 했다.

토요일 오후 사단에 들르니 사단장을 비롯한 사단 장교단 50여 명이 넓은 강당에 의자와 책상을 'ㄷ'자로 놓고 회식을 시작했다. 서울방송과 사단의 영원한 발전을 위해 축배를 들었다. 흥이 고조되자 누군가 일어서서 사단과 SBS 간의 기마전을 제의했다. 즉시 'ㄷ'자 중앙에 6명의 위관 장교들이 뛰어나와 두 마리의 기마를 만들었다. 한 말에는 사단장이 오르고 다른 말에는 내가 올랐다. 사단장 머리에는 사단장의 모자가 씌워지고, 내 머리에는 우 중령의 모자가 씌워졌다. 모자 뺏기 기마전이 벌어졌다. 나는 술에 만취되어 정신이 오락가락했지만, 작전상 져 줘야 한다고 생각하고 슬쩍 머리를 내밀었다. 사단장이 내 머리에 있던 모자를 낚아챈 뒤 높이 들고 흔들었다. 강당이 떠나갈 듯 환호했다. 나는 그 시간 이후의 기억이 전혀 없었다.

그리고 다음날 우 중령으로부터 전화가 왔다. 사단장의 동의 허가가 나왔다는 반가운 소식이었다. 건설부에 넘어간 '관악산 중계소 설치' 건은 담당 직원을 거쳐 차관까지 결재가 나 있었다. 건설부에 나가 있던 이충기 부장으로부터 전화가 걸려왔다. 장관 결재에 들어가기 전에 장관에게 전화를 넣어 달라는 것이었다. 허 장관은 나의 고교 선배였다. 나는 즉시 허 장관에게 전화를 걸어 간곡히 부탁했다. 그렇게 해서 관악산 중계소의 공사가 시작됐다. 관악산 중계소가 준공되는 것과 동시 서울방송은 시청 권역이 서울 남부와 경기 충청권까지 넓어졌다.

홍제동 송신소 등 나머지 송신소들은 대개 강북 지역에 위치했다. 그래서 1군단과 9사단이 걸려 있었다. 특히 9사단은 우리 방송이 일산스튜디오와 탄현제작센터 등 방송 시설을 집중적으로 건설 중이어서 군부대와의 관계가 많았다. 일산스튜디오는 고봉산 기슭에 위치해 군부대와 접한 군사보호구역이었다. 일산스튜디오가 들어섬에 따라 9사단이 계획해 놓은 각종 방어진지와 작전 계획에 수정이 불가피하게 되었다. 예컨 대 적 탱크 예상 진입로 주변에 수많은 벙커와 진지를 만들어 놓은 것을 옮기거나 수정해야 했다. 우리는 작전과 요원들과 기무부대 장병들과도 격의 없는 회식 자리를 만들어 설득을 해 나갔다. 아들 같은 장병들과 어울려 수도 없이 폭탄주를 마시고 또 마셨다.

한참 술잔이 오가고 노래자랑이 벌어졌다. 취한 기무부대장 박 소령이 한껏 기분을 내면서 노래를 부르는데 갑자기 김수웅이 박 소령의 '거시 기'를 훑어 내렸다. 노래는 끊어지고 박 소령은 자신의 거시기를 움켜쥐 었다. 순간 기무대 장병들의 험악해진 분위기를 감지한 나는 김수웅의 옆구리를 찔렀다. 수습하라는 뜻이었다. 그러나 김수웅은 꼼짝도 않은 채 웃고만 있었다. 그때 박 소령이 느닷없이 김수웅 앞에 큰절을 하면서 형님으로 모시겠다고 소리쳤다. 박 소령은 김수웅의 대구 후배였다. 나 는 경상도 사나이들의 끈끈한 의리를 감지했다. 다음날 기무부대 협조 사인이 떨어졌다.

젊은 군인들과의 술자리에는 김수웅 · 이충기 · 박종형 · 권오형 · 김 한모 · 이기석 · 박재규 · 김성일 · 문주원 등이 동원되어 몸이 술에 망가 지는 것도 아랑곳하지 않고 송신소 설치를 위한 노력에 동참했다. 그야 말로 신설 방송국 SBS를 위해 자신들을 희생한 것이다. 담당부서 직원 으로도 모자라 사내에서 '술이 세다'는 김재백 · 이수억 등이 '핀치 히 터'로 동원될 때도 있었다. 새파란 군인들과 술 경연을 벌이고 나면 다 음날 병원으로 직행하는 사람도 있었다. 술을 마시는 일이 곧 일을 하는 일이 돼 버리는 날이 하루 이틀 쌓이면서 피로도 쌓여갔다.

한번은 일산스튜디오 건설 현장에서 기술팀으로부터 급한 전화가 왔다. 도로에서 스튜디오 건설 현장으로 들어가는 진입로에 땅 주인이 나타나 철조망을 치고 있다는 것이었다. 진입로의 일부가 개인 땅인데, 땅 주인이 서울방송이 스튜디오 건설을 한다면서 무단 사용하고 있어 철조망을 친다는 것이었다. 땅 주인은 개성 출신으로 일산 여러 곳에 땅을 갖고 있는 부자였다. 그런데 조사를 해보니 마침 그 지주의 아들이 나의 고등학교 후배 박용진이었다. 나는 후배의 안내로 땅 주인을 만나 부탁했다. 다음날 지주는 철조망을 걷어냈다.

어렵고 힘들 때마다 도움을 주는 사람이 있었다. 조그만 인연이 큰 힘이 되어주었다. 그런 일을 겪을 때마다 사람은 혼자 살 수 없다는 사실을 뼈저리게 실감했다. 사람과 사람 간의 관계, 그 관계들이 곧 인생 자체라고 느꼈다. 참 많은 사람들의 도움을 받았다. 그러나 그것은 어디서 저절로 툭 떨어진 도움이 아니었다. 기실 내가 오랫동안 쌓았던 인간 관계에서 얻은 소중한 앎의 열매였다. 그 열매로 SBS라는 민영방송국이 자리를 잡는 데 내가 역할을 할 수 있었던 것이다. 앞으로도 많은 사람들의 도움을 받으면서 살아갈 것이고 나 또한 다른 사람들에게 얼마큼이라도 도움을 주며 살아야 할 것이다.

술 상무가 되어 치른 광고 전쟁

1992년 5월초 내가 관리이사가 됐을 때 아내가 몹시 화를 냈다. 도대체 무엇 때문에 당신을 이리 놓고 저리 놓고 하느냐고, 불쾌하기로 하면 당사자보다 더할까. 이번에도 그냥 받아들였다. 이제부터 말 그대로 SBS의 관리 책임자가 된 것이다. 당시 서울방송의 광고 판매율은 개국 당시의 100%에서 79% 선으로 급락했다. 심지어 서울방송의 대표급 프로그램이라 할 수 있는 '8시 종합 뉴스' 조차 완판 14꼭지에서 7~8개 꼭지로 줄어들었다. 여전히 완전 해결이 안 된 난시청 문제에 저질 프로그램 시비까지 겹치는 바람에 시청률이 떨어지고 이것이 광고 판매율 저하로 이어진 것이다. 설상가상으로 개국 당시 MBC 본사 광고 요금에 비해 10% 낮게 책정됐던 광고 단가는 무려 16% 낮은 수준까지 곤두박질쳤다. 서울방송이 난시청과 시청률 저하로 시달리는 동안 MBC가 KOBACO에 요청해서 두 차례나 MBC 광고 단가를 올렸기 때문이다. MBC가 15초 광고에 100만 원을 받는다면, 서울방송은 84만 원을 받는

데 그쳤다. 그러므로 우리 광고 팀은 광고 판매율을 100%로 끌어올림과 동시에 서울방송의 광고 요금을 MBC와 동등하게 끌어올린다는 두 가지 과제를 동시에 추진하지 않으면 안 되었다. 둘 다 지극히 어려운 문제였다.

나는 먼저 전국광고단체연합회 전응덕 회장을 찾아가 해법을 물었다. "어깨에서 힘을 빼라. 우 이사는 그 동안 보도에서만 일했기 때문에 어깨에 힘이 들어갔다. 광고주와 KOBACO를 극진히 섬기고 겸손한 자세로 정성을 다해 보라."

그는 내가 TBC 보도국 기자로 입사했을 때 보도국장이었다. 나중에 중앙일보 광고담당이사를 거쳐 전무까지 지냈다. 더욱이 삼양사 사장을 지냄으로써 광고주이기도 했던 그의 충고는 내게 큰 도움이 되었다. 사실상 나는 보도에만 있어서 늘 대접만 받고 지냈다. 술이든 식사든 내가 남에게 대접하기보다는 남으로부터 대접을 받는 일이 훨씬 더 많았다. 광고는 전혀 다른 세계다. 내가 이제 대접을 해야 하는, 그것도 나의 컨디션과는 무관하게 아주 대접을 잘 해야 하는 자리에 서게 된 것이다.

나는 우선 광고 팀에 대해 광고에 대한 자료 수집과 광고주를 설득하는 데 필요한 논리적 근거를 마련하도록 지시했다. 광고 팀은 철야 작업을 하면서 광고 실태 자료를 뽑고 그 자료를 체계적으로 정리했다. 정리된 자료들은 이후 광고 전쟁에서 명분과 이해를 얻는 데 힘이 되어 주었다.

1. 1969년 MBC TV가 개국할 때 MBC의 광고는 기존 TBC의 광고료와 같거나 그보다 높게 책정됐다. 따라서 1991년 서울방송이 개

국할 때 MBC보다 10% 낮게 책정된 것은 납득할 수 없는 처사다. 서울방송과 MBC의 광고 단가가 동등해야 한다는 논리의 근거가 될 수 있는 자료였다.

2. 광고주들의 방송사별 광고 금액 비교표를 만들었다. 이 자료에 따르면, A광고주가 KBS · MBC · SBS에 각각 얼마씩의 광고를 하는지를 한눈에 비교할 수 있다. 서울방송에는 1억 원을 하면서 MBC에는 8,000만 원, KBS에는 5,000만 원을 하는 등 서울방송에 가장 많은 광고를 배정하는 기업의 명단을 추려냈다. 반대로 서울방송에 가장 적은 광고를 배정하는 기업의 명단도 추려냈다. 나아가 서울방송에만 광고를 하는 기업, KBS와 MBC에만 광고를 하는 기업의 명단도 추려냈다. 이 비교표는 우리가 광고 판촉 활동을 하는 데 매우 유익한 자료가 되었다.

3. 새로운 히트 상품을 만들어 낸 기업과 매출액이 급격히 올라가는 기업, 주식시장에 새로 상장 준비를 하는 기업들의 명단을 만들었다. 이들 가운데 처음으로 TV 광고를 하고자 하는 신규 광고주를 찾아냈다.

4. KOBACO 임직원과 광고대행사의 임직원, 대기업의 광고 담당 임직원, 중소 광고주의 대표 등 광고와 관련된 주요 인사들의 출신지와 출신 학교 등에 관한 자료를 뽑았다. 지연 · 학연 등의 인연을 파고드는 것이 광고 판촉에 도움이 됐다.

5. 서울방송의 커버리지가 MBC와 KBS 본사보다 더 넓고 수도권에만 8개의 송신소, 중계소를 건설 중이며 시청률도 나날이 오르고 있다는 보도 자료를 따로 만들었다.

우리 광고 팀은 KOBACO와 광고대행사, 그리고 광고주 회사를 발이 부르트도록 찾아 다녔다. 내가 KBS 경제부장 시절 기업 PR 보도를 해 준 바 있는 어느 대기업 사장을 방문했을 때 그 사장은 광고를 좀더 늘려 달라는 내 요청에 대해 미안하다는 표정으로 골프나 한 번 치자고 제의했다. 나는 바쁘다면서 정중히 사양하고 나왔다. 그리고 석 달쯤 뒤에 그 사장은 서울방송에 새 광고를 붙여 주었다. 만일 내가 그때 그의 골프 제의에 따라 그의 대접을 받았다면, 그는 그것으로 내게 보답성 대접을 했다고 생각, 서울방송에 추가 광고를 하지 않았을지도 모른다.

또한 우리 광고 팀은 광고 제작 기법과 운행의 묘를 살려 나갔다. 광고주 명단을 프로그램의 시작 전과 종료 후에 자막 수퍼로 내보내는 자막 수퍼를 상대 방송사들보다 크게 쓰고 오래 잡아서 시청자들이 여러 개의 광고주 명단을 충분히 읽을 수 있게 했다. 또 광고주 회사의 로고를 붙여 주어서 홍보 효과를 높여 주었다.

나는 광고 팀에 광고 관련 기업과 기관들과의 관계를 항상 좋게 유지할 것을 강조했다. 특히 KOBACO와의 긴밀한 관계가 현재의 광고 판매율을 제고시키는 방법이면서 MBC와의 광고 요금 격차를 해소하는 데 절대적으로 필요했다. 그래서 KOBACO의 행사에 참석을 하고 KOBACO 직원의 경조사에도 각별히 신경을 썼다. 또 KOBACO 간부가 지방으로 발령이 났다. 떠나는 그를 위해 조촐한 전별 자리를 마련했다. 그는 그것을 잊지 못했다. 훗날 그가 다시 본사의 중책을 맡았을 때 서울방송에 큰 도움을 주었다.

나는 KOBACO에 거의 매일 출근하다시피 했다. MBC는 광고 판매율이 떨어지면 보도 쪽을 시켜서 KOBACO를 폐지해야 한다는 보도를 하게 했다. 그러나 서울방송은 KOBACO와 맞서지 않았다. 서울방송 광고 팀의 전방위 노력은 서서히 광고 판매에 효과를 내기 시작했다. 때마침 수도권 내의 8개 'TVR(중계소)'이 하나 둘씩 가동되기 시작하고 시청률도 회복세로 돌아섰다. 떠났던 광고주들이 하나 둘씩 돌아오기 시작했다. 1992년 연말이 되면서 서울방송의 광고 판매가 현저히 늘어나서 판매율이 95%를 넘었다. 1993년에 접어들면서 광고 판매율은 99%로 높아져서 이른 아침의 무광고 전략 프로그램을 빼면 거의 100% 완판이었다.

나는 비로소 MBC와의 격차를 해소하기 위한 본격적인 투쟁을 할 시기가 되었다고 생각했다. 서울방송 광고 팀은 KOBACO에 광고 요금을 MBC와 동일하게 조정해 달라는 공문을 보냈다. 그러나 남웅종 사장 팀(권순복 전무, 이상훈 이사)은 아직 시기가 아니라며 반응조차 보이지 않았다. 2년 전에 자신들이 만들어 놓은 MBC와 서울방송의 광고 요금 체계를 스스로 바꾸기가 싫었던 모양이다. 얼마 뒤, 남웅종 사장 팀의 교체설이 나돌았다. 그 해 3월 인사에서 성낙승 사장이 KOBACO 사장에 임명됐다. 성 사장은 서충관 전무와 김귤근 이사로 팀을 짰다. 성 사장 팀은 MBC와 특별한 관계에 있지 않았다. 성 사장은 공보처 차관까지 오르면서 '독일 병정'이란 별명을 듣는 원칙주의자였다. 그는 나의 대학 선배이면서 MBC 사장 강성구의 대학 선배이기도 했다. 그가 나와 강성구의 광고 전쟁에서 어떤 입장을 취할 것인지 매우 주목되는 일이었다. 아무튼 성낙승 사장 팀의 등장은 서울방송의 입장에서 볼 때 매우 고무적인 일이었다.

서울방송 광고 팀(우석호 · 김수웅 · 권오형 · 김한모 · 이기석 · 엄경

섭·박호종·김성일·문주원)은 성 사장의 등장을 SBS 광고 요금을 MBC 광고 요금과 똑같이 끌어올릴 기회라 판단하고 다시 한번 전의戰意를 다졌다. 그들은 이 일을 감히 전쟁이라고 말했다. SBS 광고 수입을 극대화시킨다는 오직 한 가지 목표를 달성하기 위해 자신의 건강 따위는 아예 돌보지 않고 온몸을 던져 싸우고 있었기 때문이다. 그들은 정말이지 광고 전사戰士들이었다.

대통령까지 끼어든 광고 전쟁

　광고 판매율을 사실상 100%까지 높인 서울방송 광고 팀은 광고 요금을 MBC와 똑같게 끌어올리는 '2단계 광고 전쟁'을 본격화시켰다. KOBACO의 경영진이 남웅종 팀에서 성낙승 팀으로 바뀐 것을 목표 달성의 청신호로 생각했다. 그러나 오산이었다. 성낙승 팀이 남웅종 팀의 친親MBC 광고 정책을 그대로 답습할 리는 없겠지만, 그렇다고 해서 MBC와 적이 되면서까지 서울방송 광고 요금을 MBC와 동일하게 인상해 주려고 하지도 않았다. 더욱이 성 사장은 깐깐하고 철저한 원칙주의자였다. 전임자가 수립해서 그 동안 시행해 온 광고 정책을 명분 없이 바꿀 사람이 아니었다. 새로 등장한 KOBACO 경영진에게 제시할 더 충분한 자료를 모으고 검토할 시간이 필요했다. 서울방송 광고 팀은 1993년 5월 장위동의 TVR 시설이 준공·개설됨을 계기로 성낙승 팀에 대해 서울방송 광고 요금의 정상화 조치가 필요해졌음을 다시 설명했다.

　서울방송이 제시한 이유는 다음과 같았다.

(1) 남산·관악산·용문산에 11월 말까지 중계소가 설치 완공되면 가
시청 권역이 수도권 전역과 강원·충남·충북의 일부 지역까지
확대된다.

(2) 인천·성남·동두천·불광·백련산·장위·시흥·광명 등 8개
지역 TVR이 7월까지 설치되어 수도권 안의 난시청 지역이 완전
해소된다.

(3) 새로운 첨단 송출 장비를 설치해서 TV 화면이 안정되고 화조가
선명하다.

(4) 전국 330만 유선방송 가입 세대에 서울방송 프로그램을 녹화·
재송신하고 있어서 실제로 전국 방송의 광고 효과를 낼 수 있게
됐다.

서울방송은 10월 가을 개편 때에 광고 요금 정상화를 해 줄 것을 요구
했다. 그러나 이 같은 요구에 대해 성 사장은 곤란하다는 반응을 보였
다. 그렇지만 그의 기본 인식에는 커다란 변화가 감지됐다. 즉 취임 이
후 SBS와 MBC의 광고 요금 차등제는 TV 3사의 시청률과 가시청권
등에 대한 정밀 조사를 실시한 뒤에 신중하게 결정해야 한다는 입장을
견지해 왔는데 SBS 광고 팀의 정상화 요구에 일리가 있음을 인정한 것
이다. 그렇더라도 금년 개편 때의 조정만은 시기상조라고 못 박았다. 어
떻든 그의 태도가 유연해져 차후 검토할 의사가 있음을 보여주었다. 그
런데 SBS 광고 요금의 정상화를 놓고 그 시기와 방법의 문제에서
KOBACO 성 사장과 공보처 오인환 장관 간에 견해차가 있었다.

실제로 SBS 광고 요금 조정 문제에 대해 오 장관은 일시에 또 조기에

실시해야 한다는 생각이었고, 성 사장은 조금씩 단계적으로 올려서 MBC와 동일하게 만들어야 한다는 생각이었다. 여기서 나는 문제의 열쇠를 KOBACO가 쥐고 있다고 판단했다. 공보처 장관이 아무리 서울방송 광고 요금을 정상화시켜 주려고 해도 성 사장이 동의하지 않으면 될 수 없는 일이었다. 나는 매일 KOBACO로 출근했다. 때로는 표재순 전무도 가세했다. KOBACO 간부회의 석상에서 SBS 우 이사가 오늘도 나타났느냐가 화젯거리가 될 정도로 KOBACO 문턱을 드나들었다. 그리고 끈질기게 SBS 광고 요금을 MBC와 똑같이 만들어야 한다고 요구했다. MBC의 강성구 사장은 그래서는 안 된다고 압력을 넣었다. 양쪽의 상반된 요구와 압력 사이에서 성 사장이 어느 쪽의 손을 들어 줄 것인지 관전자들의 흥밋거리였다. KOBACO는 결국 해를 넘겨 1994년 1월 1일부터 SBS 광고 요금의 정상화를 추진하기로 내부 방침을 세웠다. 그러나 광고주협회의 강력한 반발에 부딪혔다. 기업들이 새해 예산을 짜는 데 있어서 1월 1일은 너무 이르다는 이유에서였다. 조정 시점은 한 달 연기됐다. 그래서 2월 1일부터 SBS 광고 요금을 MBC와 똑같게 조정한다는 방침이 세워졌다. 실제로 1월 29일 KOBACO는 전 광고주들에게 2월 1일부터 SBS 광고 요금을 조정한다는 공문을 발송했다.

월간 광고 요금

(단위 : 백만 원)

구 분	현 행	조 정	조정률(%)
전파료	259	259	—
제작비	12,916	14,983	16.0
계	13,175	15,242	15.7

SBS의 월간 제작비를 16% 올려 MBC와 동일하게 조정한 것이다. 이 같은 조정에 따라 SBS는 연간 140억 원의 광고 수입 순증 효과를 보게 되었다.

나는 그날 오전 11시쯤 KOBACO가 광고주들에게 SBS 광고 요금 조정 내용을 통보하는 것을 확인하고 윤 사장과 표 전무에게 승전보를 보고했다. 그날이 마침 토요일이라 나는 SBS 광고 팀과 행주산성 근처의 장어 집에서 점심 식사를 했다. 오늘의 승리를 위해 그 동안 얼마나 뛰고 또 뛰었던가! 땀과 눈물 속에 얽힌 숱한 사연들이 주마등처럼 지나갔다. 몸을 아끼지 않고 싸워 온 광고 팀 전사들과 술잔을 나누면서 승리의 기쁨을 나누었다. 그런데 퇴근 시간이 지난 오후 2시쯤 사무실에 돌아와 보니 사장실과 전무실의 출근 등이 켜져 있었다. 다른 임원들의 출근 등은 모두 꺼진 채였다. 순간 나는 이상한 예감이 들었다. 그러자 즉시 내 책상의 인터폰에서 사장실로 올라오라는 사장의 목소리가 들렸다. 변고가 생겼음을 직감, 사장실로 들어갔다. 사장실에는 사장과 표 전무가 앉아 있었다. 무겁게 가라앉은 분위기였다. 윤 사장이 입을 열었다.

"광고 요금 조정이 백지화됐다. 그 이유는 묻지 마라. 그 동안 수고들 많았는데……. 다시 시작하자."

사장실을 나온 나는 믿어지지 않는 이 상황에 그저 멍했다. 광고주들에게까지 통보된 광고 요금 조정 조치가 백지화되다니 어떻게 그런 일이 일어날 수 있단 말인가. 충격을 잠재우고 알아본 바, 광고 전쟁에 대통령이 개입한 데 연유가 있었다. 말인즉 김영삼 대통령이 갑자기 오인환 공보처 장관에게 전화를 걸어서 SBS 광고 요금 조정을 백지화시키라고 지시했다는 것이었다. 그렇게 지시한 근거로 대통령은 물가 안정에 나쁜 영향을 준다는 것이었다.

오 장관이 대통령에게 황급히 설명을 했다.

"각하, 그건 광고 요금을 인상한 것이 아니라 현실화시킨 겁니다."

그러나 대통령은 한 번 더 '그만 두라'는 말로 전화를 끊었다. 오 장관은 하릴없이 KOBACO 성 사장에게 전화를 걸어 즉시 취소시키고, 윤 사장에게 전화를 걸어 각하 지시니 어쩔 수 없다는 뜻을 전했다는 것이다. 대통령이 누구로부터 어떤 보고를 받고서 SBS 광고 요금 대폭 인상안을 백지화시켰는지에 대해서는 여러 가지 설說들이 난무했다. MBC가 안전기획부의 비선조직秘線組織을 통해 YS에게 보고했다는 설, 경제기획원 물가정책국이 물가 인상을 걱정해서 YS에게 보고했다는 설, 공정거래위원회가 독과점 품목으로 되어 있는 TV 광고 요금을 공보처와 KOBACO 단독으로 올린 데 불만을 품고 대통령에게 보고했다는 설 등이 그것이다.

아무튼 KOBACO의 충분한 검토와 공보처 장관의 결재를 거쳐 시행된 정부 정책이 실무 담당 부서도 아닌 청와대, 그것도 대통령의 말 한마디에 일방적으로 백지화시킨 것은 절차와 법치를 근간으로 하는 민주주의 정체의 나라에서 있을 수 없는 처사였다. 대통령의 전화 한 통화로 서울방송은 손에 잡았던 연간 140억 원의 광고 수입을 허공으로 날려보냈다.

제4부

가장 작은 것과의 가장 큰 싸움

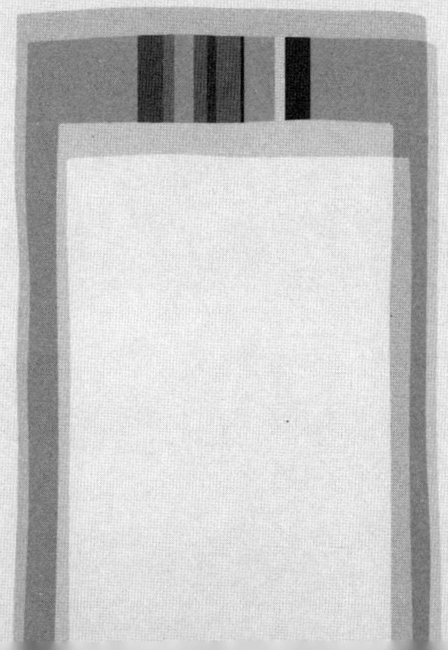

마침내 광고 신화를 창조하다

1994년 2월 서울방송 주주총회가 있었다. 이날 주총에서 KBS 부사장 출신 윤혁기가 대표이사 사장에 임명됐다. 초대 대표이사 사장이던 윤세영은 대표이사 회장이 되었다. 사장과 회장의 공동 대표이사 시대가 열린 것이다. 지난 3년 동안 서울방송 개국에 온 정성을 바쳐 일해 온 표재순 전무는 SBS 자회사인 SBS프로덕션의 사장으로 옮겼다. 겉으로는 승진처럼 보였으나 실제로는 좌천이었다. 윤혁기 사장의 취임은 표면적으로는 SBS가 이제부터 전문 경영인 체제로 바뀐 것을 뜻했다. 그러나 안을 들여다 보면 복선이 깔린 계산된 인사였다. 그것은 이후 SBS의 경영 실태에서 금세 드러났다.

1990년 11월 태영이 SBS의 지배주주로 정해졌을 당시, SBS의 오너 경영 체제는 한시적으로 용인된 것이었다. 본시 지상파 민영방송의 경영 체제는 방송의 공익적 특수성에 비추어 전문 경영 체제가 마땅하지만, 개국 초기의 투자와 준비를 효율적으로 추진하기 위해 정부가 한시적으로 소유 경영 체제를 양해해 준 터였다.

윤혁기를 정점으로 한 SBS의 경영 체제는 어찌 보면 소유와 경영의 분리라는 국민 방송 실천을 위한 첫 단추였다. 그러나 불행히도 윤혁기의 단일 대표 체제가 아니라 윤혁기와 윤세영의 공동 대표 체제로 모습을 드러냈다. 윤·윤 공동 대표 경영은 겉으로는 소유 경영인과 전문 경영인의 공동 경영처럼 보였지만, 실상은 윤세영의 소유 경영 체제에 윤혁기의 전문 경영 체제를 덧칠한 것에 불과했다. 기업 경영의 핵심 권한인 인사권과 예산 결재권에 있어 윤세영이 전권을 행사했으니 소유 경영 체제의 연장이나 다름없었다. 오너의 대표이사 회장 체제에서 전문 경영인의 대표이사 사장 체제는 껍데기에 불과했던 것이다.

표면적이긴 하지만 SBS의 경영 시스템이 이 같은 전환을 시도하는 중에도 SBS의 광고 요금 인상을 위한 광고 전쟁은 여전히 치열했다. 대통령의 간섭으로 예상치 못한 좌절을 당한 SBS 광고 팀은 광고 요금 정상화를 위한 투지를 여전히 불태우고 다시 시작한다는 각오로 2단계 투쟁에 나섰다. 다행스럽게도 지난 번 좌절로 해서 SBS 광고 요금 정상화의 타당성에 대한 공감대가 광고계에 널리 형성되어 비록 실패는 했지만 새로운 힘도 얻었다.

1994년 3월 나는 해마다 하는 건강진단을 여의도 성모병원에서 받았다. 그런데 간염이 심각한 상태에 있으니 일주일간 입원해서 집중 치료를 받아야 한다는 것이었다. 그러나 나는 여전히 광고 전쟁의 진두 지휘자이고 실전을 해야 하는 장수인데 장수가 말에서 내려오면 싸움이 어떻게 될 것인가를 생각했다. 나는 SBS의 운명이 걸린 이 싸움에서 중도 하차한 장수로 기록되고 싶지 않았다. 내게 운명처럼 맡겨진 이 임무를

몸이 부서지더라도 수행해야 한다고 생각했다. 나는 여의도 성모병원의
SBS 담당 의사인 정치경 박사와 의논했다. 정치경 박사는 의사로서 내
의견에 동의할 수는 없으나, 본인이 정 그렇다면 할 수 없다면서 복용할
약을 처방했다. 그리고 술과 담배를 끊고 스트레스를 피하며 과로하지
않도록 할 것을 엄중하게 당부 또 당부했다. 나는 고개를 끄덕이고 병원
문을 나왔다. 나오는 순간, 나는 다시 병원에 들어오기 전 나로 돌아갔
다. 그리고 광고 전쟁에서 쉬지 않고 싸웠다. 그런 나의 행동이 얼마나
어리석은 행동이었는지 그때는 미처 깨닫지 못했다. 코앞의 성과에 연
연하는 집착이 얼마나 허망한 것인지, 건강을 희생시키면서까지 얻으려
했던 성취가 얼마나 부질없는 것인지, 그것도 기껏 한 개인이 창업을 한
민간 회사에서 몸이 부서져라 일하고 맨 땅에 헤딩하듯 밀어붙였던 저
돌적 행동이 얼마나 바보스런 소모였는지를 전연 알지 못했다.

나는 다시 광고 관련 기관과 기업 사람들을 만나면서 교유를 이어갔
다. 골프를 칠 줄도 모르면서 골프장에 나가고 때로 아픈 몸을 끌고 술
자리에도 함께 했다. 오직 한 가지 SBS 광고 요금 인상이라는 목표를
달성할 때까지 정 박사의 당부를 아예 잊기로 했다. 지난번의 실패를 거
울삼아 MBC · KBS와의 대립 관계를 풀고 상생의 작전을 세웠다.

즉, SBS의 광고 요금 인상은 MBC와 KBS의 광고 수입에 아무런 영
향을 주지 않을 뿐 아니라 오히려 전반적인 방송 광고의 증대 효과가 있
을 것이라고 설득했다. 특히 KBS에 대해서는 SBS 광고 요금이 MBC
만큼 올라가면 현재 MBC에 비해 15%나 적은 KBS의 광고 요금도 따
라서 MBC와 동등한 수준으로 올라가게 된다는 점을 강조했다. 나는
1994년 3월 하순께 TV 3사 광고 담당 중역의 모임을 주선했다. 모임에

나온 사람은 KBS의 인태오와 MBC의 장명수, 그리고 나였다. 이날 모임에서 3인은 방송 광고 시간을 100분의 8에서 100분의 10으로 늘리는 KOBACO의 계획이 반드시 실천에 옮겨져야 하고, 그것을 반대하는 신문 매체에 맞서 보도 전쟁을 강력히 벌여야 한다는 데 합의했다. 우리 세 사람은 각자 회사에 돌아가서 TV 3사 광고 담당 임원 모임의 합의 사항을 설명하고 보도국에 협조를 부탁했다.

TV 3사는 1994년 4월 13일을 신문에 대한 공격의 D-Day로 잡았다. 그런데 막상 당일 저녁 종합 뉴스 시간에 신문 공격 보도를 낸 것은 MBC뿐이었다. MBC 뉴스데스크는 세 기자가 잇달아 신문 광고의 문제점을 지적했다. 광고 효과는 TV가 신문보다 높은데도 신문 광고 지면은 계속 늘어나고 방송 광고 시간은 18년 동안 100분의 8로 묶여 있다고 했다. 실제로 당일 조간 중 A지는 광고 면이 지면의 63%, B지는 60%, C지는 58%여서 신문이 보도 신문인지 광고 신문인지 의심스럽다고 꼬집었다. 방송 광고 시간도 일본이 18% 수준이고 미국은 20~25% 수준이며 EU는 20%라는 국제 비교도 나왔다.

그런데 KBS가 침묵하고 내가 몸담은 SBS도 침묵했다. KBS는 공영 방송이 광고 문제에 너무 집착하는 것이 좋지 않다는 판단을 했고, SBS는 지배주주 태영이 많은 공사장을 갖고 있고 골프장 문제도 있어서 신문에 대한 공격 보도를 내보낼 수 없다고 판단했다. 앞장서서 대 신문 공격을 제안했던 나로서는 체면이 말이 아니었다. MBC 장명수 이사의 항의 전화를 받고 나는 그저 미안하다는 말만 되풀이했다. MBC 뉴스데스크는 그 다음날에도 세 기자가 신문 문제를 공격 보도했고, 일요일 보도 특집까지 일주일 동안 신문에 공격을 퍼부었다. 이 같은 MBC의 신문 공격 보도에 대해 신문들은 맞대응을 보이지 않았다. 만일 그때 신문이 MBC에 대한 맞대응 보도로 나왔다면, KBS와 SBS도 신문 공격을 가열하게 벌여 나갔을 것이다.

그 이후 방송은 광고 시간의 100분의 10으로의 확대와 방송 시간 확대, 그리고 광고 요금의 인상 등 목적하는 바를 차근차근 성사시켜 나갈 수 있었다. SBS는 광고 수입의 급격한 증가에 힘입어 주주들에게는 고율의 배당을 해 주고 탄현제작센터를 준공했다. 그리고 새 사옥을 건립하기 위한 부지 매입 작전에 들어갔다. 서울 시내 여의도와 목동 등 여러 후보지 중에서 목동이 선택되었다. 서울시 입찰에서 낙찰을 봐야 했다. 당시 목동 부지에는 나산그룹 등 여러 기업이 눈독을 들이고 있었다. 나는 김수웅·이충기·박종형과 함께 을지로6가에 있는 입찰장으로 들어갔다. 나는 당초 잡았던 가격보다 약간 높은 가격을 써 냈다. 목동 땅값은 계속 오름세였고, 입찰에서는 일단 되고 봐야 한다는 생각에서였다. 마침내 우리는 낙찰을 받았다. SBS가 웅비의 새 터전을 마련한 순간이었다. 일이 여기서 끝나지 않았다. 수천 억 원의 건축비가 들어갈 '목동 사옥'을 짓기 위해서는 광고 수입의 증대가 절실했다. 당장 광고 요금의 현실화, 즉 MBC와의 동일 수준으로 광고 요금을 올리는 일이 무엇보다 시급한 과제로 떠올랐다.

SBS 광고 팀은 우선 프로그램 개편 때마다 제작비를 크게 올리는 방법으로 광고 요금을 올려 나갔다. 1994년 말이 되어 MBC와의 격차가 16.1%에서 7.2% 차이로 줄어들었다. 1995년에 접어들면서 SBS 광고 팀은 KOBACO에 대해 2월 1일부터 SBS 광고 요금을 현실화시켜 줄 것을 요구했다. 이것이 연기되어 3월 1일로 되더니 좀더 지켜보자는

KOBACO의 신중론에 또 밀려 연기됐다. 그런데 두 가지 변수가 생겼다. 하나는 SBS 드라마 〈모래시계〉의 엄청난 인기였고, 다른 하나는 4개 지역 민영방송의 태동이었다. 〈모래시계〉의 시청률은 방송사상 최고를 기록했고, 〈모래시계〉가 방송되는 저녁 시간에는 사람과 차량의 통행이 뜸할 정도였다. 그리고 〈모래시계〉의 높은 시청률은 MBC가 그 동안 SBS의 낮은 시청률을 이유로 광고 요금 인상을 반대해 온 명분을 무력하게 만들었다. 그리고 4개 지역 민방의 출범은 왜곡되고 불합리한 방송 광고 체계를 근본적으로 고치도록 만든 계기가 되었다. KOBACO는 지역 민방의 광고 요금을 MBC 지역 민방보다 낮게 책정할 수 없었다. SBS가 개국했을 때 MBC보다 10% 낮게 책정했던 것에 준거해서 같은 수준으로 책정할 경우 지역 민방의 경영 적자는 불을 보듯 뻔했기 때문이다.

KOBACO와 공보처는 4개 지역 민방의 광고 요금을 MBC 지역 가맹사보다 높게 책정한다는 방침을 세웠다. 이에 SBS 광고 팀은 지역 민방 광고 요금을 책정하기 전에 먼저 SBS 광고 요금부터 현실화시켜 줄 것을 요청했다. 이 요청이 받아들여졌다. 1995년 4월 17일 마침내 SBS의 광고 요금이 8.9% 올라 MBC와 똑같아졌다. MBC가 강하게 반발하자 MBC도 2.1% 올렸다. 두 매체의 광고 요금을 같게 한다는 원칙에 따라 바로 SBS 광고 요금이 추가 조정됐다.

(최종 확정된 광고 요금 조정 내용은 다음과 같았다)

(단위 : 백만 원)

구 분		전	조정 후	증 감
SBS	전파료	324	322	-2(-0.1%)
	제작비	18,332	20,553	+2,221(+12.1%)
	계	**18,656**	**20,875**	**+2,219(+11.9%)**
MBC	전파료	323	323	—
	제작비	20,138	20,552	+414(+2.1%)
	계	**20,461**	**20,875**	**+414(+2.0%)**

이러한 과정을 거쳐 SBS 월간 광고 수입은 22억 1,900만 원, 연간 광고 수입은 260억 6,800만 원의 순증 효과를 가져왔다. SBS는 돈방석에 앉게 됐다. 'SBS의 광고 신화'가 창조된 것이다. 이번에는 대통령의 백지화 지시도 내려오지 않았다.

절망 속에서 희망을 캐다

5월 말 프랑스 칸에서 세계광고대회가 열렸다. 윤 회장은 나와 김한모 광고부장을 위로 출장 형식으로 다녀오라고 했다. 나와 김 부장은 출장 준비를 하면서 6월로 예정된 지방자치단체장 선거의 선거 방송 유치 계획을 짰다. 그리고 나는 그동안 미뤄왔던 건강진단을 받기로 했다. 아내도 함께 받았다. 문득 1년 전 검사에서 나온 '간염 심각'이란 진단 결과가 마음에 걸렸다. 검진을 받은 지 일주일 만에 결과를 보러 갔다. 아내는 위염이 낫지 않아 위궤양으로 가기 직전이고 나는 '간암 의심, 즉시 입원해서 정밀 검사를 요함'이란 충격적인 통보를 받았다.

나는 의사에게 일주일 후로 예정된 칸 출장을 다녀와서 입원하면 안 되겠냐고 물었다. 의사는 나를 빤히 바라보더니 "그것은 본인이 알아서 행동할 일이지만, 검사상 소견으로는 즉시 입원해서 정밀 검사를 받아야 한다"고 잘라 말했다. 그 자리에서는 그냥 덤덤했다. 너무 믿기지 않아서인 듯했다. 일단 병원 문을 나서서 차에 올랐다. 갑자기 시야가 흐려졌다. 차창 밖 풍경이 눈 안에 선명하게 들어왔다. 그 동안 수도 없이 보았을 풍경인데 처음 보는 듯 새롭게 다가오는 것이었다. 나도 모르게 한숨이 나왔다.

'아, 내가 한 발 디딜 곳 없는 절망 앞에 섰구나.'

새롭게 보이던 풍경이 이번에는 칠흑 어둠 속에 사라졌다. 갑자기 눈앞이 캄캄해진 것이다. 그리고 머릿속이 하얗게 됐다. 몸을 훑어보았다. 깔끔하게 양복을 차려 입고 승용차 뒷좌석에 앉아 있는 내 모습이 어제의 내 모습과 다르지 않았다. 그런데 분명 어제의 나와 지금의 나는 삼백육십 도 달라 있었다. 절망이라는 말을 상상조차 하지 않았던 어제는 가고 없고 오늘 지금 이 순간 내 앞엔 시커먼 절망이 가로막고 있어 한 치 앞도 보이지 않았다. 아니다. 호랑이한테 물려가도 정신을 차리면 살 수 있다 하지 않던가. 일단 나를 추스르자며 눈을 감고 생각을 했다. 만 가지 생각들이 머리에 떠올랐다가는 사라졌다.

아내를 집에 데려다 주고 기사에게 자유로 쪽으로 차를 몰아 달라고 말했다. 문산 인터체인지에서 읍내 쪽으로 빠져나가 선유리 미군 도하 부대 옆길을 지났다. 왼쪽으로 임진강의 푸른 물이 언뜻언뜻 보였다. 차는 박석고개를 넘어 금파리 검문소에서 왼쪽으로 달렸다. 잠시 뒤에 장마루촌의 신작로를 달렸다. 왼쪽에 있는 리비교(후에 북진교)를 지나서 차는 고랑포 쪽으로 달렸다. 조금 가니 비포장도로가 나오고 100미터쯤 전방에 군 검문소가 보였다. 검문소에 이르니 착검한 병사가 나와서 차를 막아섰다. 나는 차에서 내렸다. 도로의 북쪽에는 임진강이 굽이쳐 흐르고 남쪽으로는 파평산과 감악산이 병풍처럼 막아섰다.

내가 서 있는 곳에서 파평산 쪽으로 1㎞쯤 떨어진 거리에 나의 출생 고향 적성말이 있다. 직장에서 일에 지칠 때나, 중요한 결정을 해야 할 때, 혹은 걱정거리가 생길 때면 고향 마을이 보이는 이곳을 찾는 버릇이 있다. 흐르는 임진강을 하염없이 바라보고 파평산, 감악산의 산줄기를 눈으로 오르내리다 어두워져 집으로 돌아왔다. 아이들은 학교에서 아직 돌아오지 않았고 아내 혼자 있었다. 아내 역시 무너지는 마음을 겉으로 드러내지 않으려고 애를 쓰며 의사의 말 가운데 희망적인 쪽을 기대하며 다시 검사를 해보자고 위로했다. 주치의가 혹 혈전일 수도 있으니 미리부터 크게 걱정은 말라고 한 말을 두고 하는 말이었다. 재검사 결과가 나올 때까지 아이들에게는 비밀로 했다.

다음날 나는 윤혁기 사장에게 알리고 김수웅 국장과 부장들을 소집해서 내가 없는 동안 해야 할 일들을 말했다. 김수웅 국장에게는 약 20여 가지나 되는 지시 사항을 메모해서 주었다. 칸 국제광고대회에는 김한모 부장 혼자 다녀오도록 했다. 그리고 여의도 성모병원에 입원했다. 정밀 검사를 했다. 결과는 마찬가지였다. 회사에서 간부 직원들이 병원으로 찾아왔다. 아내가 그들에게 소리쳤다. 살려내라고. 바로 엊그제까지도 폭탄주를 마시고 업혀 들어온 나를 떠올리며 분노를 참지 못한 것 같았다. 아내는 내가 사장 보좌역입네 관리이사입네 하는 직을 맡게 되었을 때부터 화가 나 있었다. 그런데 이런 일을 당하게 되니 더욱 분노하는 것 같았다.

공영방송국 보도국장을 한 사람이 창업 멤버로 올 때 분명 보도이사 3년을 보장받고 왔을 텐데 일 년 만에 남이 하던 일을 떠맡아 뒷갈망을 하느라 완전 술상무가 돼버렸다고, 술상무를 그만 두든지 직장을 그만 두든지 하라고 화를 내곤 했다. 그러나 소 잃고 외양간 고쳐야 무슨 소용이 있단 말인가.

　세상에서 가장 고약한 병의 침입으로 건강을 잃고 어쩌면 생명도 잃을 지 모르는 남편을 바라보는 아내의 눈빛이 참담했다. 그럼에도 아내는 소를 잃었어도 외양간을 고쳐 잃은 소 대신 새로 송아지를 키울 각오를 하는 것 같았다. 재검사 결과가 나오던 날 밤, 아내는 나도 모르게 김수웅 국장에게 전화를 해서 의논했다. "한 곳에서만 진단을 받고 조직검사를 하는 것이 불안해요. 서울대병원에서 한 번 더 받아보게 했으면 좋겠어요. 그런데 본인은 어이없게도 이 병원이 회사와 관계를 맺고 있는데 미안해서 안 된다고 해요."

　다음날 나는 서울대병원으로 옮겨져 이효석 박사의 환자가 되었다. 그곳에서 CT 촬영, 초음파 검사 등 모든 검사를 다시 받았다. 여의도 성모병원에서 가져온 차트와 똑같은 진단 결과가 나왔다. 문제 세포가 한 군데만 있지 않고 몇 군데로 나뉘어 있는데 이상하게 동그랗게 달무리가 져 있다고 한다. 나중에 안 일이지만 그런 모양은 특이한 모양으로 치료 시 남은 문제 세포가 다른 곳으로 튀는 염려가 적다고 한다. 말하자면 저희들끼리 링을 만들고 있어 처치를 할 경우 그 안에서 괴사를 한다는 것이다. 희망적인 소견이었다. 그렇지만 문제 세포가 혈관에 바짝 붙어 있어 수술은 불가능하다는 것이다. 차선책으로 색전술을 하겠다고 했다. 색전술이란 허벅지 대동맥에 카테트를 삽입, 혈관을 따라 문제 부위에 조영제를 주입하고 이어 항암제를 투입, 문제 세포가 영양 공급을 받는 혈관을 차단하고 문제 세포를 죽게 하는 치료법이다. 치료를 받고 나면 8시간 동안 대동맥에 모래주머니 팩을 얹고 부동으로 누워 있어야 한다. 치료 후 고열·두통·치료 부위 통증 등으로 몹시 고생을 한다. 그

러나 어쩌나. 참아야지. 치료를 받을 수 있는 것만도 불행 중 다행이 아
닌가.

퇴원한 그날부터 아내는 비상사태에 돌입했다. 평소 창작을 위해 스크
랩을 해오던 아내는 자료 가운데 의학 분야 스크랩북에서 간 질환에 도
움이 되는 기사를 읽고 메모를 했다. 시골 친척에게 전화를 걸어 농약을
쓰지 않은 메주콩을 주문하고 현미밥을 짓기 위해 100% 압력솥을 사
왔다. 음식 조리법도 바꿨다. 생선을 직화에 굽거나 야채를 기름에 볶거
나 하는 데서 나오는 독성이 간에 치명적이라는 것을 알게 된 다음부터
조리 방식을 삶거나 찌는 것으로 일관했다. 이제 맛 같은 것은 사치라고
했다. 조리 방법으로 해서 때로 음식의 맛을 떨어진다 해도 간을 지켜내
는 것보다 더 중요한 것은 없으니 무조건 감사하며 먹으라 명령했다. 아
내는 나를 대신해 절망 속에서 희망을 캐려는 몸부림을 하기 시작했다.
끝날 기약도 없는 전투가 시작됐다.

두세 달 간격으로 문제 세포를 축소시키기 위한 색전술 치료를 받았
다. 알코올로 문제 세포를 태워 죽이는 시술도 받았다. 그러면서 일주일
에 한두 번 출근했다. 회사는 내 후임을 결정하지 않았다. 나는 이따금
출근하면서도 광고와 총무 쪽의 결재를 했다. 광고국장의 부탁으로 광
고주나 KOBACO 임직원들에게 전화를 걸어 협조를 당부하기도 했다.

병원 치료를 받기 시작하면서 나의 일과는 투병이 주였고, 회사 일은
부차적인 것이 되었다. 장거리를 쉬지 않고 달리다 갑자기 멈춘 기차처
럼 지친 몸으로 투병을 하려니 몸도 마음도 모두 지칠 대로 지쳤다. 용
기를 내서 가까운 일본으로 바람을 쐬러 갔다. 아내의 학교 동창이 그곳
에 살고 있었다. 친구 부부가 반갑게 맞아주었다. 집에 초대받아 맛있는

식사 대접도 받고 좋은 온천에도 데려가 주었다. 일주일 정도 쉬고 돌아오니 광고국장이 또 SOS를 했다.

제작비가 많이 든 일일 연속드라마 〈아스팔트〉의 광고를 30% 특별 판매하려고 하는데, KOBACO 서충관 전무까지는 결재가 났지만 성 사장이 특판이 너무 잦다면서 사인을 미루고 있다는 것이다. 김귤근 영업이사의 말로는 우 이사가 성 사장에게 전화를 넣는 방법 밖에 없다고 힌트를 줬다는 것이었다. 나는 즉시 KOBACO 성 사장에게 전화를 걸었다. 성 사장은 대뜸 건강이 어떠냐고 후배의 건강부터 챙겨주었다. 한편 고마워하면서 한편 미안해하면서 조심스레 광고 판매의 청을 넣었다. 드라마 〈아스팔트〉 특판을 30%로 할 경우 드라마의 총 판매액이 30억 원이면 9억 원의 추가 수입을 올릴 수 있게 된다. 성 사장은 된다 안 된다 말 대신 다른 말을 했다.

"윤 회장은 너무 돈만 알아서 탈이야! 아픈 사람까지 동원하는군! 우 이사, 이젠 광고 걱정하지 말고 몸이나 잘 추슬러요."

나는 다시 한번 감사하다며 전화를 끊었다. 그러고 나서 성 사장은 드라마 〈아스팔트〉의 광고 특판 결재를 해 주었다.

성 사장과는 미운 정과 고운 정이 다 들었다. MBC와 광고 전쟁이 한창일 때 나는 연신내에 있는 성 사장 집을 찾았다. 그날 성 사장은 계속 벨을 누르는데도 끝내 문을 열어 주지 않았다. 내가 SBS 광고 요금을 올려 달라고 조를 때 비교적 협조적이었지만, 야박하게 거절한 적도 한두 번이 아니었다. 당시 내가 입원했던 서울대병원 11층 병실에는 두 개의 난이 있었다. 하나에는 "쾌유를 빈다"는 말과 함께 SBS 윤세영 회장의 이름이, 다른 하나에는 KOBACO 성낙승 사장의 이름이 나란히 걸려 있었다. 그것을 보고 문병 온 사람들이 시니컬하게 말했다.

"우 이사에게 병을 얻게 한 두 장본인들이 나란히 와 있구만!"

광고 요금을 빨리 올리도록 채근한 오너 윤세영과 적절한 인상 시기를 놓고 줄다리기를 하게 한 KOBACO 사장 성낙승의 틈바구니에서 내가 극심한 스트레스를 받았으리라는 것을 우회적으로 빗대어 한 말이다.

1997년 1월 14일 나는 간암 제거 수술을 받았다. 문제 세포가 차지했던 자리가 줄어들고 크기도 작아져 수술이 가능하게 된 것이다. 집도의는 외과 과장 이건욱 박사가 하기로 했다. 사람의 인연이 묘해 그가 김수웅 광고국장과 고등학교 동창이었다. 의사가 일을 하는 데 개인적인 알음에 좌우될 리 없겠지만 환자인 나는 그 알음으로 조금 더 안심이 됐다.

수술에 앞서 피가 많이 필요하다 했다. 그리고 주치의가 병원에 비축해둔 냉동 피를 쓸 수도 있고 바로 헌혈한 피를 받아서 쓸 수도 있다는 얘기를 들려주었다. 아내가 후자 쪽으로 해보겠다며 집의 애들을 불러 모았다. 나와 혈액형이 같은 애는 막내뿐이었다. 큰 애와 딸은 학교에 가서 친구들에게 도움을 청했다. 젊은 친구들이 친구의 아버지를 돕기 위해 헌혈을 했다. 매일 네 명씩 와서 헌혈을 하면 병원 혈액실에서 바로 혈소판과 백혈구 적혈구를 분리해 내게 필요한 것을 주입했다. 얼마나 고맙든지. 덕분에 나는 혈액은행의 냉동 혈액을 받지 않고 건강한 젊은이들의 피를 받을 수 있었다. 내가 수혈을 하며 치료를 받아야 한다는 소식을 전해 들은 고향 친구 심재성(당시 광적면 면장)도 박다리에 있는 군부대 장병들 가운데 B형을 가진 사병 5명을 급히 선발해 보내오기도 했다.

7시간 30분 동안 진행된 수술은 잘 끝났다. 수술실 밖에서 기다리던 아내는 7시간 30분 동안 기도만 했다고 했다. 수술을 받고 경과가 좋아서 일주일 동안 머물다가 퇴원했다. 집에 나와 가벼운 산책이나 하면서 쉬고 있는데 비서실장 김장년으로부터 전화가 왔다. 윤혁기 사장이 방문할 예정이란다. 나는 집 근처에 있는 아카데미하우스에서 윤 사장과 김장년을 만났다. 윤 사장은 나에게 사표를 요구했고, 나는 즉석에서 사표를 써 주었다. 1997년 2월 28일 나는 수술 받고 퇴원한 지 꼭 한 달 만에 SBS를 완전히 떠났다. 6년 3개월간의 SBS 생활은 그것으로 끝이었다. 유능한 후배들을 불러 과거 TBC(동양방송)보다 더 괜찮은 민영방송을 만들어보고 싶었던 꿈을 중도에 접어야 하는 아쉬움은 남았지만 자신을 돌아보는 삶을 살라는 하늘의 지엄한 영이라 생각했다.

이제 SBS의 경영 기반은 탄탄해졌다. 주주들의 증자 없이 해마다 막대한 이익을 내서 공개홀과 제작센터를 짓고 현대식 본사 건물을 지을 목동 부지도 확보했다. 임직원들이 하나가 되어 무에서 유를 창출해낸 민영방송 SBS는 내가 떠난 뒤에도 발전하고 있다. 그래도 남은 과제는 있다. SBS를 권력과 자본으로부터 독립한 국민의 방송으로 만드는 일이다. 그 일은 후배들에게 맡기는 수밖에 없었다. SBS의 보도와 광고를 반석 위에 올려놓기 위해 병상에 드러눕는 순간까지 온몸을 던져 불사르고 병상에 있을 동안에도 내가 일생 맺어온 소중한 관계들을 SBS를 위해 선의로 활용했다. 후회하지는 않는다. 신설 민영방송에 대한 기대와 희망으로 내가 스스로 판단해 한 일이니까. 다만 내가 올인하다시피 힘을 쏟은 한 민영방송이 여전히 사영방송의 틀을 벗어나지 못하는 것이 안타까울 뿐이다.

아내는 노여움을 삭이지 못해 내게 항의했다. "당신이 단순 샐러리맨으로 일을 한 게 아니지 않느냐. 만일 당신이 샐러리맨으로 SBS에서 일을 하기로 했다면 세상 어떤 샐러리맨이 하루 스물네 시간이 모자라다 일을 하겠느냐."

잘잘못이야 어디 있든 절망으로 떨어진 남편을 보며 아내의 분노는 어쩌면 지극히 당연한 것인지도 몰랐다. 그러나 나는 홀로 삭이고자 했다.

방송은 국민의 것이다

　내가 그만 둔 뒤, 나처럼 몸을 아끼지 않고 일했던 사람들이 건강을 잃고 투병하고 있다는 소식을 종종 들었다. 김수웅은 광고와 총무 일만 보다가 만성 위병을 앓았고, 후일 암 수술을 받았다. 권오형은 광고인들과 술을 너무 마셔서 위병과 고혈압으로 고생하고 있고, 김한모는 두 차례나 허리 디스크 수술을 받았다. 또 하나 마음 아픈 소식이 들려왔다. 1997년과 1998년에 걸쳐 IMF 한파가 몰아 닥쳐 200여 명의 창업 사원들이 무더기로 회사에서 파직을 당한 것이다. 취약한 자본구조에 기인한 기업의 경영 적자, 부실채권 남발 등으로 우리 기업의 국제경쟁력이 떨어지고 나라가 빚더미 위에 올라앉은 형국이 되고 만 것이다.

　김대중 정부의 주도 하에 기업에 대한 대대적인 숙청 바람이 불기 시작되었다. 숙청의 무기는 구조조정과 정리 해고였다. 언론 기업도 예외가 아니었다. SBS를 비롯한 모든 방송과 신문들도 이 바람을 피해갈 수 없었다. 구조조정과 정리 해고의 광풍 속에 SBS 창업 때 입사해서 몸

바쳐 일해 온 젊은 사원들이 낙엽처럼 떨어져 나갔다. 그들은 모두 SBS
의 개국을 위해 일하던 직장에서 나와 SBS를 택한 개국 공신들이었다.
이제 개국을 성공적으로 이룩하고 막대한 광고 수입을 올려 회사의 기
반을 탄탄대로에 올려놓은 개국 공신들이 IMF라는 일시적 어려움에 부
딪혀 희생양이 된 것이다. 문제는 SBS의 경우, 적자가 아닌 재정 상태
에서 구조조정에 대한 정부의 무작정 독려를 등에 업고 한창 경제 활동
을 해야 할 가장들을 길거리로 내몬 데 있었다. 어려울 때니 조금씩 나
누자는 인도적 입장은 고사하고 분명 흑자임에도 정부 정책에 협조한다
는 명목으로 한창 일해야 할 가장들을 일터에서 떠나게 한 것이다. 명예
퇴직이란 그럴 듯한 이름으로 포장을 했지만 그것은 사람을 사람으로
보지 않고 물건으로 보는 용도폐기用道廢棄의 발상이요, 토사구팽兎死狗烹
의 비인도적 처사였다.

　사실 IMF 파동으로 해서 길바닥에 내던져진 사람들의 대부분이 경영
자가 아닌 노동자들이었다. 일부 책임을 지고 물러난 경영진이 있으나
그 경우, 거의가 전문 경영인이었다. 소유 경영인들과 그들의 친인척 임
직원들은 한 명도 물러나지 않았다. SBS 경영진은 IMF 파동을 역이용,
그 바람에 편승해서 200여 명을 명예퇴직시키고 카메라 관련 업무를 따
로 떼어 두 개의 자회사를 만든 다음 책임 경영 체제를 도입했다. 그리
고 지각변동과도 같은 기업의 이합집산, 경영 구도 승계 등 어수선한 분
위기 속에서 지배주주의 2세 승계 작업에 착수했다. 그러나 그것은 방송
이 일반 사기업과는 근본적으로 다른 경영 마인드를 전제 조건으로 하
고 있다는 점을 간과한 시도였다.

　적어도 방송은 사개념보다는 공개념 중심의 경영 체제를 갖춰야 한다.

방송의 주인은 주주가 아니라 국민이라는 말은 중언부언해도 모자라다. 방송은 신문과도 다르다. 사기업적 요소가 더 많은 신문과 달리 방송, 특히 지상파 방송은 철저한 공개념 바탕 위에서 경영이 이루어져야 한다. 그렇게 하기 위한 선결 조건으로 소유와 경영의 분리 원칙이 엄정하게 지켜져야 한다. 방송을 가능케 하는 전파가 공유물이고 방송 매체는 수요자의 선택(구독 신청)에 의한 이윤 추구로 운영되는 신문 매체와는 달리 공급자를 향한 전방위 송출에 의해 이윤을 얻는 매체다. 그것도 막대한 이윤을 얻는다. 따라서 방송의 주인 또한 자금을 댄 주주가 아니라 국민이 되는 것이다. 그것은 시장과도 같다. 물건을 만들어 파는 주체는 기업이고 그 물건을 사서 쓰는 주체는 소비자다. 말하자면 주체가 뚜렷하다. 그러나 물건을 사고팔고 하는 시스템인 시장은 기업의 것만도 소비자의 것만도 아니다. 모두의 것이다. 다시 말해 추상적 개념으로서의 국민의 소유라는 것이다.

그럼에도 SBS는 지배주주가 대표이사 회장을 맡고 있고, 그의 처남이 개국 때부터 중요 요직을 맡아 왔으며, 이제 2세에게 소유와 경영의 대물림을 하려 한다. 사원들이 좌시하지 않았다. 1998년 말 SBS 노동조합이 전격적으로 출범했다. SBS 노동조합은 곧 분사와 정리 해고 등 구조조정 반대와 2세의 경영 승계 반대 구호를 내걸고 파업 투쟁에 들어갔다. SBS를 자본의 지배로부터 독립시켜서 국민 방송으로 만들기 위한 노동조합의 투쟁은 결국 노사 양쪽의 퇴진으로 막을 내렸다. 기획이사로 선임됐던 지배주주의 아들 윤석민이 물러나고, 2세의 소유 경영 대물림을 반대했던 김두상 위원장 등 핵심 간부 7명이 집단 사퇴했다. 1988년 서기원 사장의 퇴진을 요구하고 파업을 벌였던 KBS 노동조합

의 투쟁이 권력으로부터의 방송 독립을 이룩하는 국민 방송 실천 운동
이었다면, 그로부터 10년 뒤인 1998년에 창업 2세의 소유 경영 대물림
을 반대하면서 파업을 벌인 SBS 노동조합의 투쟁은 자본으로부터의 방
송 독립을 통한 국민 방송 실천 운동이었다고 하겠다.

방송은 근본적으로 권력과 자본으로부터 자유로워야 하며, 그것이 방
송을 국민의 것으로 만드는 지름길이며 국민 방송의 틀 안에서 비로소
객관적이고 공정한 방송을 기대할 수 있다. SBS 노동조합은 PD연합회
와 더불어 자본의 방송 지배를 벗어나기 위한 방송 민주화 투쟁의 선봉
장이 되었다. 투쟁은 기자와 프로듀서라는 양대 세력이 주도했으나, PD
들의 활동이 상대적으로 강세였다. 그러나 훗날 좌파 정권이 들어선 이
후 방송노조와 PD연합회는 자신들이 목숨처럼 섬겼던 방송의 공개념
의식을 망각하고 민주화 투쟁은 빛 좋은 개살구가 되어 새로 부상한 권
력과 자본에 영합하고 말았다. 반성해야 할 일이다. 방송노조는 초심으
로 돌아가야 한다.

사회에 창을 열어두고 있으나 몸이 따라가지 못하는 현실에서 투병을
하며 할 수 있는 일이 무엇인가를 생각해 보았다. 심사숙고를 거듭한 끝
에 글을 써서 남기기로 했다. 제목은 나중에 정하기로 하고 원고를 쓰기
시작했다. 방송 언론인으로 살면서 기록으로 남겨야 할 이야기, 남기고
싶은 이야기를 정리해서 조촐한 상을 차렸다.

2001년 12월 말께 원고를 최종 손질한 다음, 회원으로 있는 '관훈클
럽' 신영기금에 출판지원요청서를 제출했다. 자비 출판을 할 수 없는 것
은 아니지만 출판에 대한 공적인 인정을 받고 싶어서였다. 그러나 보름

뒤에 발표된 지원 대상자 명단에 내 이름이 없었다. 이번에는 삼성언론 재단에 출판지원신청서를 냈다. 나는 12년 간 중앙매스컴 기자로 일했다는 점에 은근히 기대를 걸었다. 그러나 보름 뒤에 발표된 지원 대상자 명단에 내 이름이 또 빠져 있었다. 마침 방우영문화재단이 출판지원대상자를 공모했다. 나는 그 동안 조선일보와는 아무런 인연이 없던 터라 기대는 하지 않은 채 신청서를 내보았다. 보름 뒤, 발표된 지원 대상자 명단에 내 이름이 들어 있었다. 이름을 보면서도 내 눈을 의심했다. 다시 한 번 내 이름을 확인하고 행운 하나가 내게 찾아온 것 같아 기뻤다. 500만 원을 지원받았다. 출판은 고교 동기 동창 구본호가 운영하는 민서출판이 맡았다. 책은 2002년 8월 20일 출판되었다. 책 제목은 '방송은 국민의 것이다', 부제는 '바른 보도 그른 보도'였다.

■ 「방송은 국민의 것이다」(2002)에서는 방송을 권력과 자본의 지배로부터 독립시켜서 국민의 방송으로 만들어야 한다고 주장했다.

대체적인 내용은 제목과 부제에서 보이듯 방송의 공개념이란 기본 틀에서 방송의 문제와 개혁해야 할 과제들을 짚어 보았다. "우리 방송이 공익적 개념보다는 사익적 개념을 중시했고, 그 결과 공·민영 구분 없이 상업주의와 정부 편들기의 편향 보도를 일삼았음을 사례를 들어 지적했다. 특히 방송은 불변의 국가(국민) 이익을 추구하는 대신, 가변적인 정부 권력과 자본계급의 이익 추구의 도구로 전락하여 정부가 바뀔 때마다 '신新용비어천가'를 불러대고 자본의 방패막이가 되어 전파의 주인인 국민을 우롱했다. 이 때문에 국민의 방송이어야 할 방송이 정권의 나팔수와 자본의 대변자로 전락했다. 게다가 정부와 방송이 결탁, 정부는 방송에 상업적 이익을 보장해 주는 대신 방송의 정권 편들기를 요구했다. 정권과 방송 간의 주고받기는 방송의 공익적 가치를 더욱 훼손시켜 언론 부재 현상까지 낳기도 했다. 한마디로 비판하지 않는 언론은 언론이 아니며, 그런 점에서 우리 방송은 이제 언론이기를 포기하는 방향으로 치닫고 있다. 그러나 분명한 것은 정권은 유한하고 언론은 무한하다."

대충 이런 내용의 책이었다. 책이 나오자 여러 지인들로부터 격려 전화가 왔다. 안면이 없는 분에게서도 시선을 받았다. 중앙일보 권영빈 주필이 '정권은 짧고 언론은 길다'란 제목의 칼럼을 《중앙일보》에 실었는데 권 주필은 교보문고에서 이 책을 사 보고 칼럼을 썼는데, 칼럼의 반 이상을 이 책의 내용 소개로 채웠다. SBS 노조는 여러 차례 이 책의 내용을 인용해서 노보 사설과 기사를 실었다. 여러 곳에서 원고 청탁이 들어왔다. 특히 조선일보에 실은 나의 시론 칼럼 '대체 어느 나라 방송인가'(2003년 2월 11일자 《조선일보》)는 많은 격려와 호응을 받았다. 칼럼의 주요 부분을 다시 옮겨 본다.

"……우리 방송은 북한 정권의 무도無道와 우리 정부의 무법無法을 전혀 비판하지 못한다. 우리 방송은 도대체 어느 나라의 방송인가? 조선중앙방송이 조선공화국의 목소리를 낸다면, 우리 방송은 대한민국의 목소리를 내야 한다. 이제 방송은 변해야 한다. 방송은 권력자의 것도 자본가의 것도 아니며 오직 국민의 것이다. 방송을 주인에게 돌려주는 것이야말로 향후 전개될 방송 개혁의 알파요 오메가이다."

"……방송의 개혁 방향은 방송위원회의 독립, 소유와 경영의 분리, 비판 기능의 회복, 대소 방송사의 균형 발전, 광역화廣域化 경쟁 체제 등으로 설정할 수 있을 것이다. 그러나 뭐니 뭐니 해도 정부가 방송을 권력의 들러리로 삼으려는 발상을 과감히 버리고, 방송은 국민의 것이니 국민에게 돌려준다는 확신을 가져야 한다. 정권이 바뀔 때마다 신용비어천가를 불러댄 방송으로 해서 정권이 국가와 국민에 헌신하는 정부, 정직한 정부가 되게 하기는커녕 국가 발전을 저해한 정권이라는 역사적 오명을 얻게 하고 말았음을 인식해야 한다."

SBS 지배주주가 외국 출장을 마치고 귀국 중 비행기 속에서 이 칼럼을 읽고 신문지를 바닥에 내쳤다는 말을 들었다. 아마도 그가 화가 났다면, 칼럼 중에 방송의 소유와 경영을 분리해서 국민 방송으로 만들어야 한다는 대목 때문이었을 것이다. 그는 아직도 소유와 경영의 분리를 전혀 생각하지 않고 있다. 그에게 있어 SBS는 '태영방송'에 다름없었다. 그의 이 같은 인식에 따라 SBS 농구 팀(나중에 매각)의 출전 선수들이 태영이란 이름을 달고 뛰었다. 이유인즉 태영이 유니폼 협찬을 했기 때문이다. 태영이 지은 아파트 분양 광고를 낼 때에도 태영이 거느린 자회사 중 하나로 'SBS'를 명기했다. 심지어 태영이 지은 골프장의 회원권 분양 광고에도 'SBS'가 태영의 자회사 중 하나로 명시됐다. 태영의 사익적 광고에 공익성을 앞세운 SBS가 들어감으로써 아파트와 골프 회원권의 신뢰도를 제고시켜 준 셈이다.

내가 권력과 자본으로부터의 독립과 소유와 경영의 분리를 주장하는 것은 공중파 방송의 원칙이 지켜져야 한다는 데 근거하는 것이다. 누구를 개인적으로 겨냥해서 하는 말이 아니다. 사람은 나의 관심사가 아니다. 진정 국가 발전을 도모하고 국민의 마음을 고루고루 살피는 대한민국의 방송을 염원하는 충정과 의지에서 피력하는 주장이다. 한꺼번에 두 마리 새를 잡고자 함은 욕심이다. 더구나 그것이 개인적인 욕심 차원이 아니라 공공성에 관련된 욕심이라면 심히 우려되는 일이 아닐 수 없다.

지상파 방송의 소유권과 경영권을 함께 장악하려 함이 얼마나 무리한 일인가는 2005년 말 방송위원회의 채널 재인가 작업 과정에서 여실히 입증되었다. 국민은 공공성이 높은 지상파 방송의 지배주주가 소유권과 경영권을 함께 행사하면서 막대한 상업적 이익을 독점하는 것을 결코 용납하지 않는다. 지난 1980년대 구 TBC가 문을 닫은 것도 같은 맥락에서 이해되어야 할 대목이다. 구 TBC는 삼성이 소유권과 경영권을 동시에 갖고 막대한 상업적 이익을 누리다가 개국 17년 만에 KBS에 흡수 통합되었다. 내가 SBS의 소유와 경영을 분리해야 한다고 주장하는 것은 SBS의 지배주주 태영을 바꾸라는 뜻이 아니다. 태영이 SBS를 돈벌이 수단으로 삼지 말라는 뜻과 SBS가 국민 방송으로 건전하게 발전해야 한다는 뜻이 동시에 내포되어 있다.

2005년 말 SBS 채널 재인가 과정 때 소유와 경영의 분리 요구에 직면해 곤욕을 치른 바 있는 SBS는 곧 이어 새로운 시도를 했다. 이른 바 SBS홀딩스(지주회사)의 설립이다. 이는 SBS를 SBS홀딩스와 SBS로 분할한 뒤에 SBS의 최대 지주인 태영이 현물 출자하는 방식으로 SBS 지주회사를 만들고, 이 지주회사가 SBS의 최대 주주로 되는 것을 말한다. 이렇게 되면 SBS홀딩스가 SBS와 자회사들의 최대 주주가 됨으로써 소유와 경영의 분리가 이뤄진다는 논리다. 그러나 SBS홀딩스의 최대 주주가 태영인 이상 소유와 경영의 분리는 어불성설이고 태영의 SBS그룹에 대한 지배권은 오히려 더 강화될 것이다. 게다가 SBS홀딩스는 태영 2세의 SBS 경영권 승계의 방편과 외국 자본 투자의 수단이 될 우려가 있다. 방송의 소유와 경영의 분리는 시대적 요청이고 국민의 요구이다. 나는 SBS 노조의 반대와 국민 여론의 비판에도 불구하고 SBS의 소유권과 경영권을 함께 장악하기 위해, 그리고 이를 대물림하기 위해 안간힘을 쓰고 있는 지배주주를 볼 때마다 자신이 창업한 기업을 사원들에게 과감히 물려준 유한양행의 유일한을 떠올린다.

1926년 건강입국健康立國의 의지로 유한양행을 설립한 유일한은 말했다.

"기업은 개인의 영화의 수단이 될 수 없다. 기업의 소유주는 사회이며 기업을 하는 개인은 다만 이를 관리하고 있을 뿐이다."

유일한의 기업관은 기업은 결국 사회의 것이 되며, 기업이 일정 규모 이상으로 커지면 개인이나 혈족의 전유물이 아니라는 엄정한 기업 윤리의 천명이다. 그리고 그는 그 같은 기업관을 실천했다. 그의 사후 그가 소유했던 주식은 사회에 환원됐고, 그가 세운 기업은 전문 경영인에게 넘겨졌다. 전문 경영인 체제가 된 유한양행은 발전에 발전을 거듭해서 지금은 제약 업계에서 가장 탄탄하고 신뢰받는 기업으로 성장했다.

무릇 기업을 세운 사람이 알맹이라면 기업 구조의 일원이 되어 알맹이를 보호하고 키운 사람들은 껍데기라 하겠다. 이런 비유를 대입해 유한양행의 기업 구조를 본다면 유한양행의 알맹이는 자신이 세운 기업을 껍데기들에게 아낌없이 주고 떠났다. 그런데 그 알맹이가 내린 훌륭한 판단으로 알맹이는 더욱 살이 찌고 껍데기도 풍요로워졌다. 그로 해서 알맹이는 사회에서 신망을 얻는 위대한 알맹이가 되었다. 그리고 그 알맹이가 넘겨준 기업을 소중하게 지키며 키워 온 껍데기들은 더욱 위대한 껍데기가 되었다. 그 단적인 증거가 주가 상승으로 나타났다. 2000년 초 70,000원 선에서 비슷했던 유한양행과 SBS의 주가는 큰 차이로 벌어졌다(2007년 10월 31일 현재 192,000원 대 56,800원).

SBS가 해마다 막대한 이익을 내는데도 주가가 상대적으로 낮은 것은 주주들이 높은 배당률에 의한 배당금을 우선적으로 가져가 사내 유보가 적기 때문이다. 방송은, 특히 지상파 방송은 제약업보다도 몇 배의 높은 공공성을 요구받고 있다. 지상파 방송의 소유와 경영을 분리해서 권력과 자본의 지배로부터 독립한 국민 방송을 실현해야 할 당위성은 아무리 강조해도 지나치지 않는다.

가장 작은 것과의 가장 큰 싸움

앞에서 잠깐 언급했지만 꼭 일 년 전 간염이라는 적신호 판정과 함께 절대 안정과 휴식의 권고를 받고도 일을 앞세워 지나쳐 버린 벌치고는 너무나도 무서운 벌을 받았다. 그리고 지금은 일로 얻은 명함 말고 또 하나의 명함을 얻었다. 물론 자랑할 것도 자랑하고 싶지도 않은 명함, 투병인이라는 명함을 얻었다. 그러나 다시 생각하니 나의 건강에 대한 불찰로 얻어진 이 불명예스런 명함이 나와 같은 고통 속에 있는 이의 반면교사가 될 수 있다면 자랑할 건 못 되겠지만 굳이 감출 필요도 없겠다는 생각을 했다. 힘든 고비를 넘고 또 넘는 사이 조금씩 자신감을 회복하고 조심하며 다독이며 지금의 내 생명을 아끼며 사랑하며 살고 있는 나 자신에 대한 긍정적 생각으로 내 덤의 생을 잠깐 얘기한다. 무엇보다 아내의 간병 기록이 내 자신의 투병 못지않게 어떤 면에서 참고가 되리라 생각한다.

아무튼 정기 건강진단으로 간에 종괴가 생겼다는 진단 결과가 나오고부터 나의 투병 생활은 시작되었다. 생명이 단축되리라는 두려움에 하루하루 숨을 쉬기조차 버거웠다. 지금까지 살아온 시간 속의 고통을 다 합쳐도 이보다 더하지 않을 것 같았다. 번뇌와 고통의 엄습으로 잠을 못 이루고 물에 빠진 채 허우적이며 한 올 지푸라기를 찾았다.

"신이 한쪽 문을 닫고 다른 한쪽 문을 열어주려는 뜻으로 받아들이십시오."

용산 성당 유 토마스 주임신부의 방문을 받고 얻은 지푸라기였다. 눈물로 사제가 건네준 지푸라기를 붙잡고 일어섰다. 그리고 생각했다. 닫으라는 한쪽 문이 어떤 문인가. 세속적 욕망과의 결별, 명예의 멍에를 벗어버림. 일과 갖가지 미망으로부터의 해방, 주변 정리……. 생각해 보면 닫아야 할 것들이 꽤 많았다. 그리고 또 생각했다. 열어주시려는 문은 어떤 문인가.

우선 마음으로 현실을 받아들여야 했다. 내 쪽에서 다른 문으로 들어가지 않겠다고 하면 무슨 소용이 있겠는가. 또 내가 그 쪽 문으로는 안 들어가겠다고 한들 내 뜻대로 될 일인가. 섭리에 대한 순종을 하자. 그 길밖에 없다. 생각은 그러함에도 거기까지 다다르기가 참으로 힘겨웠다. 아내가 하던 공부를 중단하고, 심지어 창작도 접고, 내 옆에 항시 대기를 했다. 간에 관한 책을 사서 읽고 나에게 도움이 될 내용들을 메모한 다음 따르게 했다. 규칙적인 기상과 취침, 표면 호흡이 아닌 심호흡, 명상 그리고 운동 등 단어조차 생소한 일과로 나를 잡아끌고 갔다.

혼자 같으면 언감생심 실천할 수 있었겠는가. 자신의 일을 다 접고 간병을 하고 있는 아내의 불호령에 반은 주눅이 든 채 시키는 대로 했다. 꼼꼼하게 짠 식단표에 따라 하루 세 끼 밥을 집에서 먹었다. 아내가 매끼 따뜻한 밥을 상에 올렸다. 음식의 조리도 백팔십 도 바뀌었다. 좋아

하던 숯불구이나 튀김이 사라지고 찌고 삶고 끓이는 것이 전부였다. 그
것이 음식이 공기와 접하는 기회를 차단, 체내에 활성산소가 생기는 것
을 막아준다 했다. 아내는 조리의 원칙도 세웠다. 가장 간단한 요리가
가장 좋은 요리법. 밥은 잡곡밥, 과일 역시 매 끼 두 가지 이상을 먹도록
했다. 아내는 어디서 들었는지 균형 식사의 비율을 설명했다. 과식은 하
지 말되 밥과 찬과 과일, 그리고 차의 비율을 3대 3대 3대, 그리고 1로
하는 것이라고 했다. 조리엔 배부른 불만이 없지 않았지만 밥은 매 끼
압력솥에 찰지고 따끈따끈하게 지어주어 맛있었다.

 미안하기도 하고 안되기도 해서 하루 한번만 밥을 지으라고 해도 아내
는 지금이 아주 중요한 때라며 듣지 않았다. 무어든 처음 대처가 얼마나
신속하고 치밀했는가에 따라 예후에 큰 차가 생긴다고 반의사가 된 것
처럼 말했다. 그리고 아내가 또 하나 표어를 내걸었다. '이제부터 외식
은 금식이다.' 방송 관계일로 불가피하게 외식을 해야 할 경우엔 남은
두 끼는 반드시 집에서 하도록 했다. 예를 들어 조찬 모임 식사를 했으
면 점심과 저녁을 반드시 집에서 해야 한다. 점심 약속이면 아침과 저녁
을 반드시 집에서 한다는 식이다.

 치료를 위해 입원을 하는 동안 아내는 병원 영양사에게 간 환자를 위
한 식단표를 얻어다 참고하기도 했다. 아내는 또 애들이 간에 관한 정보
를 모아오면 그 정보에 따라 이런저런 시도를 감행했다. 말하자면 아이
들이 정보 담당이고 아내는 야전사령관인 셈이었다. 또 애들의 대모 한
상진 카타리나(춘천 한림대 교수)가 독일에 다녀올 때마다 프로폴리스
나 간을 보호해주는 잎차 등을 사다 주었다. 한때 서울대 의사로 사상체
질에 의한 대체요법을 연구한 이명복 박사의 병원을 찾게 된 것도 애들

과 애들 대모의 정보 덕분이었다. 팔십이 넘은 이 박사가 시디신 오렌지 주스를 홀짝홀짝 마시며 체질에 맞는 식사를 하고 체질과 상응하는 생활 태도를 갖도록 차근차근 설명을 해 주었다. 막연하게 책을 통해 알았던 것들이 다 근거가 있었음을 확인한 아내는 그때부터 더 바짝 나를 조이며 나의 체질인 태음인에게 보익이 되는 섭생과 생활 자세를 초등학교 선생처럼 가르치고 또 가르쳤다.

"태음인은 밤 열 시에서 열두 시 사이가 신체의 재충전이 가장 활발한 시간이니 열 시에 꼭 잠자리에 들어야 한다.""인간에게 갖가지 질병이 생긴 것은 직립을 한 다음부터라고 하니 가끔 물구나무 자세를 하면 도움이 된다.""운동이 식사만큼 중요하다. 이제부터 일 하지 않고 먹지 말라가 아니라 운동하지 않고 먹지 말라.""말을 줄여라. 말을 많이 하면 기가 입 밖으로 많이 빠져나간다. 기가 밖으로 빠져나간다는 것은 곧 기운이 없어진다는 말이다. 없어진 기운을 벌충하기 위해 간이 일을 더 해야 한다. 그러면 간이 더 힘들어진다."

열 손가락으로 다 셀 수 없을 만큼 주문이 많았다. 물론 애처로운 상태의 내 생명을 지켜내기 위한 사랑의 주문이었다. 그러나 맘과 달리 때로 짜증이 났다. 새삼 익숙지 않은 생활을 하려니 그러기도 했고, 또 반생을 훌쩍 넘은 나이에 일거수일투족을 누군가의 지시에 따라야 한다는 것이 슬픈 생각도 들었다. 어쩌다 내가 이렇게 수동적이 돼 버렸나. 그러나 어쩌랴. 이미 무장해제를 당한 처지니 곁에서 허허로운 나를 보호해 주고자 하는 마음 씀이라 여기며 참아내고 말을 들을 수밖에. 아내는 불가피하게 외출을 할 때면 식탁 위에 마실 차와 함께 시간표를 붙여놓고 나갔다. 누워 있는 시간, 운동하는 시간, 잠자는 시간…… 마치 우리

안에 갇힌 짐승처럼 아내가 규격화시킨 생활의 틀에 갇혀 지내면서도 속절없이 감사하다는 말을 입에 달고 지내야 했다. 아내가 얼마나 철저했는지 한번은 감기가 지독하게 들어 밤새 콜록거리는데 약국에 가서 약을 지어오지 않고 참으라 했다. 화를 냈다. 아침 점심 사이 아내가 없어졌다. 얼마쯤 지나 아내가 물과 약을 가지고 들어왔다. 이 박사한테 급히 연락을 드려 처방을 받아 병원 약국에서 약을 지어온 것이다. 극성이라고 하면서 주는 약을 먹었다. 약이고 음식이고 모든 섭취물은 일단 간으로 간다. 만일 섭취물에 인체에 해로운 자극이나 독성이 있으면 간에서 해독을 한다. 그 기본 이치를 아내는 놓치지 않고 담당 의사의 처방에 따른 약을 구해 온 것이다. 하지만 예약되지 않은 때 이 박사를 만나기가 얼마나 어려운지 누구보다 잘 아는지라 또 "아이구, 극성" 하는 말을 되풀이하며 혼자 쓴웃음을 지었다.

1995년 6월 내가 서울대학병원에 한 달 가까이 입원해서 종합 진단과 첫 색전 시술을 받고 퇴원했을 때 주치의 이효석 박사가 해준 말이 있다.

"암 치료엔 근절根絕이란 없다. 암이 한 번 몸에 들어오면 성미 고약한 친구를 만나 평생 함께 살아야 한다는 생각을 갖고 투병 생활을 해 나가야 한다. 의사는 일단 발생된 암세포를 제거하거나 죽이는 역할을 한다. 암세포의 재발을 막기 위해서는 환자 본인의 투병 의지와 간병인의 적극적인 협조가 있어야 한다. 그러니까 의사와 환자, 그리고 보호자가 삼위일체가 되어 함께 노력해가는 것이다."

의사로서 자신의 역할을 삼분의 일로 한정시키는 이효석 박사의 솔직하고 겸손한 말은 내게 용기를 주었다. 그것은 그 동안 내가 보아온 의사에 대한 이미지 곧 권위적이고 사무적인, 그래서 약자인 환자에게는 언제나 강자처럼 보이던 의사의 이미지와 판이했다. 그러면서도 투병을 하는 내게 요구하는 기본자세는 엄정했다. 의사가 모든 것을 해결해 줄 수 있다고 생각해서는 안 된다 하면서도 의사를 믿고 환자가 중심을 지키며 보다 이성적이고 합리적 사고로 이 난관을 뚫고 나가라고 권고했다.

이 박사는 친절하고 매우 꼼꼼하여 돌다리도 두드리고 가는 엄격한 의사다. 13년 전 나에 대해 수술 불가능의 진단을 내린 다음 수차례의 색전술과 알코올 시술로 문제 세포를 축소시켰다. 그리고 1년 반 만에 수술 진단을 내려 간의 3분의 1을 제거할 수 있게 된 과정까지 오기가 결코 쉽지 않았음을 외래 진료를 받을 때, 나의 간 CT 화면을 바라보는 박사의 정성스런 태도로 짐작한다. 촬영의 기술적 발전도 발전이지만 화면을 읽어내는 탁월한 해상력이 환자를 희망 정거장으로 데리고 가 준 것이다.

수술 후 고향의 농장에 내려가 지냈다. 과도한 일로 인한 과로 염려는 없어졌지만 서울 생활에서는 아직도 남몰래 받는 스트레스가 남아 있었다. 아침저녁 출퇴근하는 사람들을 보며 열외가 된 기분이 들었고 혹 지인이라도 만나면 겉은 멀쩡한데 쉬고 있는 내 모습이 공연히 미워지는 때도 있었다. 고향은 나를 따뜻하게 맞아주었다. 함께 놀던 친구들이 살고 있고 아버지 어머니 산소가 집 바로 옆에 있다. 밭에 자라는 신선한 채소와 잣나무 숲의 맑은 공기가 면역력을 키워주고 불필요한 스트레스를 날려버렸다. 자연 속에 몸을 담그고 지내는 동안 어릴 때 그토록 자연을 소중히 여기시던 어머니의 모습이 떠올랐다. 그렇다, 자연보다 더 친절한 의사가 없고 자연보다 더 자상한 어머니가 없고 자연보다 더 잘 듣는 약이 없다.

마늘 까고 파 다듬고

일 년 8개월이 탈 없이 지나갔다. 그리고 잠잠하던 문제 세포가 다시 수면 위로 드러났다. 다시 처치가 필요했다. 이 박사는 수술 전 해 왔던 방법 가운데 하나를 선택, 처치 처방을 내렸다. 색전술 또는 에탄올 처치가 그것이다.

그리고 이후 문제 투성이 내 세포는 걸핏하면 속을 썩였다. 이 박사는 그때마다 문제 세포를 간초음파 또는 CT를 통해 추적, 처치 지시를 내렸다. 처치 현장은 혈관조영실, 이 박사의 처방을 따라 컴퓨터 화면을 보면서 한 시간 내지 두 시간 동안 추적과 치료를 동시에 진행한다. 그 시간이 또 아내에겐 초조하기 이를 데 없는 시간이다. 아내는 내가 룸에서 혈관 조영 치료를 받는 동안 아무하고도 말을 하지 않는다. 혼자 대기 복도 모퉁이에 앉아 병원 원목실에서 얻은 환자와 의사에 관한 기도를 한다고 한다. 지나가는 사람들과 눈을 마주치고 싶지 않아 눈을 꼭 감고 한다고 한다. 아내는 내가 절제 수술을 받았을 때도 혼자서 나를 지켰다. 형제도 자식도 부르지 않았다. 온전히 자신이 감당하고 대처해야 할 일이라고 판단한 모양이다. 좀 독하다. 수술실로 들어가는 내 발등을 수없이 쓸어내리며 글썽이던 여린 모습도 있지만.

어쨌거나 아내를 지켜보며 환자인 내가 무너지려다가도 기운을 차릴 때가 한두 번이 아니었다. 문제 세포를 가능한 커지기 전에 잡아야 한다는 이 박사의 신념이 때로 '이번엔 그냥 넘어갔으면' 하는 내 바람을 저버릴 때 '에이- 그만 둘까. 그냥 이대로 살다 가지 뭐.' 하고 푸념을 할 때가 있었다. 아내가 곧바로 배부른 소리 한다고 눈을 부릅떴다. 이 박사 대신 아내한테 혼쭐이 나고 만다. 다시 말하건대 이 박사의 그와 같은 정밀한 진단과 처방 덕분에 내기 오늘 이렇게 그날들을 회고하고 나를 포함한 600여 명의 환자들이 그에게 생명줄을 대고 살아가고 있다고 확신한다. 이 박사가 진료하는 날, 이 박사의 방 앞은 언제나 문전성시다.

환자 못지않게, 아니 환자보다 더 고생하는 의사, 환자를 돌보기 위해 웬만한 세상 즐거움은 접고 연구실에서 밤을 새는 의사, 병원을 이웃집 드나들 듯하는 처지가 된 내가 바로 참 의사 한 분을 만난 행운을 절감한다. 정말이지 그것은 아주 큰 행운이었다.

이 박사 역시 섭생에 대해 누누이 강조했다. 이명복 박사처럼 사상체질에 입각한 권고는 아니나 "술, 담배를 피하라", "편식하지 말라", "짜게 먹지 말라", "과로하지 말라", "스트레스를 받지 않도록 유의하라", "'내가 중병에 걸려 있다' 같은 심리적 압박으로부터 해방되어 일상에 충실하라" 등의 얘기를 환자마다 선택적으로 일러준다. 특히 식생활 습관 중 날로 생선을 먹거나 반찬을 짜게 먹는 것, 채소를 녹즙으로 해서 섭취하는 것은 강력히 저지한다. 대신 살코기를 날마다 조금씩 드는 것은 필수 권고 사항이다. 특히 날 생선을 저지하는 이유로는 만에 하나 날 생선 속에 간에 치명적인 비브리오균이 있을지 몰라서이고, 짜게 먹지 말라 함은 혈관을 수축시켜 혈액순환을 원활하지 못하게 할 우려가 있기 때문이고, 녹즙을 삼가라 함은 모든 채소에는 자체적으로 생존을 위해 독성을 갖고 있어 씹으면서 침, 효소 등으로 독성을 무위화시키고 세균 감염도 막아 주어야 하는데 녹즙은 그런 자체 거름 장치를 이용할 수 없기 때문이다.

한번은 염증이 활동성으로 악화된 적이 있었다. 늘 먹는 간장 보호제(우루사·삐콤·하이비날) 외에 소염제를 처방하면서 이 박사가 내게 물었다. "혹시 녹즙이나 뿌리 달인 물을 먹지 않았느냐?" 나는 아니라고 대답했다. 그런데 병실을 나와 아내가 찔끔했다며 의사가 족집게라고 한다. 나는 잊고 아니라고 했는데 둥굴레차를 많이 마시지 않았냐고 아내가 말하니 과연 그랬다. 친척이 갖다 준 꺼멓게 태운 둥굴레 뿌리를 달여 차로 마시고 어찌나 고소하던지 일상 마시는 물을 둥굴레차로 대신할 만큼 즐겼던 것이 간에 부담을 주고 염증을 불러일으킨 것이라 추정하고 이후 입도 대지 않았다. 그랬더니 그 다음 외래에서 염증이 잡혔다는 소견을 들었다. 나의 추정이 맞은 것이다.

간은 정직했다. 자신을 괴롭히는 음식물이 들어오면 힘들다는 반응을 즉각 보인다. 그러나 할 수 있는 데까지 죽어라 참아내는 것이 또 간이다. 그래서 간을 침묵의 장기라고 한다. 녹즙 또한 그 당시는 간 환자들에게 좋은 평을 받는 섭생 항목 중 하나였다. 녹즙 회사마다 광고 카피에 녹즙이야말로 건강 파수꾼이라고 선전을 할 때다. 이 박사는 그때도 아니라고 단호히 말했다. 나와 아내는 이 박사의 권고에 충실히 따랐다.

다른 사람의 말은 듣지 않았다. 가까운 지인이 외국에 나갔다 들어올 때 좋은 약이라고 선물을 해도 고맙게 받고 가만히 퇴했다. 건강식품을 어렵게 구해 보내와도 감사의 마음만 받고 입에 대지 않았다. 내가 그렇게 하는 것이 자신의 역할을 낮추고 삼위일체의 노력을 강조한 이 박사의 말에 순종하며 이성적이고 합리적 자세로 투병을 하는 자세라고 생각했다. 그리고 그 결과 나는 지금도 이렇게 숨 쉬고 있다.

농장에서는 밤 열 시면 무조건 자야 한다. 즐겨 보던 TV 심야 영화를 이제 볼 수 없게 됐다. 오랜 직장 생활에서 밤늦은 귀가로 늦게 잠을 자던 습관이 하루아침에 고쳐지지 않았다. 그런데 억지로 일찍 자려니 잠이 잘 오지 않았다. 의사의 허락을 받고 가끔 멜라토닌을 복용하기도 했다. 외국 여행을 다녀와 시차 극복이 잘 안 될 때 먹던 효소제인데 한 알을 먹으면 30분 정도 지나 잠을 데리고 온다.

어느 날 문득 아내가 좋은 생각이 떠올랐다고 말했다. 잣나무가 촘촘해서 간벌을 해야 한다는데 그걸 다듬어 서까래로 쓰고 산 여기저기서 황토를 긁어모아 황토방을 만들겠다는 것이다. 아내는 말이 떨어지면 곧 행동에 옮기는 스타일이다. 그로부터 아내는 잘 아는 목수의 도움으로 황토방을 짓기 시작했다. 가로 세로 30×20 센티미터의 맞창을 남북으로 뚫고 집안 손자네 헌집에서 얻은 완자문을 달았다. 딱 한 평짜리 초가집이 완성됐다. 방 하나가 곧 집인 셈이다. 아내는 수소문을 해 서울 동대문 시장에서 가마솥을 사왔다. 방문 옆에 부뚜막을 만들어 솥을 걸었다. 황토방을 덥혀 한증도 하고 메주도 쑤고 기분도 좋아지고, 일거양득, 아니 일거삼득이었다.

　겨울이면 초가지붕 위로 피어오르는 연기가 마냥 정겹고 어린 시절로 돌아간 듯 마음이 푸근해졌다. 황토방이 생긴 다음 친구들을 불러 차를 마시고 담소하고 가끔 화투도 치며 즐겁게 시간을 보냈다. 즐겁게 사는 것이 바로 명약이라던가. 농장에 있으면 간간히 내가 아파서 정양을 하고 있다는 사실조차 잊을 때가 있었다. 다음 검사 날이 다가올 때까지 아내가 긴장시키지 않으면 병원에 가는 것도 깜빡 할 때가 있다. 내가 마냥 풀어질 때면 아내는 어느새 또 호랑이로 변해 있다. 놀러 온 친구들이 해가 기울도록 돌아가지 않으면 아내가 차를 내놓으며 점잖게 돌아가라고 무언의 압력을 넣는다. 눈치가 빠른 친구들도 얼른 알아듣고 돌아간다. 물론 아픈 친구를 위해서다.

　아내의 우스개 같은 헌신이 또 있다. 불가피한 모임에서 술잔에 따른 건배용 술을 마셔야 할 때, 아내는 건배 후, 자기 잔의 술을 홀짝 마시고 이어 내 잔의 술도 홀짝 마신다. 마치 독약을 대신 마셔준다는 표정으로. 술은 한 모금이 한 잔이 되고 한 잔이 두 잔 석 잔으로 늘어나기 마련이니 애초부터 가까이 하지 말라는 것이 아내의 지론이다. 실제로 친구들 중에 완치됐다면서 한 잔 두 잔 다시 술을 마시다가 재발되어 먼저 떠난 친구들도 없지 않으니 아내의 지론에 승복할 수밖에 없다. 일 년에 두 차례(설날과 추석) 지내는 차례 때에도 나는 음복 한 잔 못한다. 음복은 조상님이 주시는 술이니 괜찮다면서 마시려고 하면 술잔을 빼앗아 또 홀짝 마시고 내게는 식혜 그릇을 내민다. 내가 웃으면서 식혜를 마시고 취한다 하면 자식들이 웃으면서 내게 깐 밤을 건넨다. 자식들도 제 어머니의 행동에 십분 동조한다. 잠깐 섭섭하긴 해도 고맙기 그지없다. 가족 모두가 나 한 사람을 위해 크고 작은 신경을 써 주니 그 사랑을 먹어야지 어찌 술을 입에 대려 하는가. 내가 나를 달래고 나무라고 혼자 북 치고 장구 치듯 한다.

투병하는 남편의 섭생을 위한 기초 작업을 위해 아내가 다니는 시장이 서너 곳이다. 자연생 마나 더덕, 토종 생강 등을 사기 위해선 경동시장을 가고 싱싱한 생선을 사기 위해선 동대문시장을 다녀온다. 북어나 김, 미역을 제철에 사려고 가는 곳은 노량진시장이다. 그리고 해마다 9월이면 새벽에 동마장에서 버스를 타고 양양에 가서 송이버섯을 사 온다. 얼마 주었냐는 나의 물음에 말하기조차 조심스럽다며 묻지 말라 하고는 가져온 송이를 하나하나 한지에 싸서 냉장·냉동 칸에 넣어두고 매 끼마다 한 개씩 꺼내 내게만 준다. 송이버섯은 강원도 현지에서도 어찌나 비싼지 가을 송이버섯 따서 대학 보낸다는 말이 있을 정도다. 그런 송이버섯을 천천히 음미하며 먹는 동안 나도 모르게 투병을 하는 것이 아니라 호강을 하고 있다는 착각을 할 때도 있었다.

아내의 시장 편력은 바로 계절 음식의 재료를 구하러 다니고자 함이었다. 모든 먹을거리의 신선도는 재료의 선도에서 비롯되고 재료의 선도를 가늠하는 기준은 제철 재료인가 아닌가에 있다. 이것은 오래 전 우리들 어머니들의 먹을거리에 대한 기본 상식이기도 하다. 집 가까이 텃밭을 두고 밥을 안치고 나가 풋고추를 따오고 깻잎도 따오고 하는 것이 다 자연의 기를 최단 시간에 몸이 받도록 하기 위함이다. 지금이야 때가 없어졌다지만 그래도 수박은 복중 수박이고 무는 가을 무, 감자는 하지 감자를 쳐준다는 식인 것이다. 그런 것을 생각하며 아내는 될 수 있으면 흙에서 나온 상태의 제철 재료를 구해 한 끼 한 끼를 준비했다. 그러는 아내 옆에서 마늘을 까고 파를 다듬어 건네며 나를 위해 애쓰는 수고에

조금 답례를 한다.

흔히 간에 종괴가 생긴 환자의 생존율 통계가 진행 상태에 따라 다르게 나오는데 그래도 10년 이상 생존은 아주 드물다고 한다. 지나온 13년간의 투병 생활을 돌이켜보면, 의사의 정확한 진단과 처방, 아내의 성의 있는 간병과 섭생이 주효하지 않았나 하는 생각이 든다. 그러나 정말 중요한 부분이 있다. 바로 환자 본인의 의지와 극기를 위한 노력이다. 투병은 병과의 싸움이기도 하지만 실은 자신과의 싸움이다. 두려움을 극복하고 의사의 진단과 처방을 신뢰하고 문제를 문제 그 자체로만 보는 대신 내 삶에 대한 깊은 성찰의 계기로 삼아야 한다. 그렇게 할 수 있으려면 우선 스스로 버티어 내야 한다. 술을 예로 들어 보자. 술을 마셔 본 사람이 술을 끊는다는 것은 쉽지 않다. 하물며 나처럼 술을 많이 마시던 사람이 술을 끊는다는 것은 더욱 힘든 일일 것이다. 내가 술을 마실 수 있는 기회는 여전히 도처에 있다. 방송 관계 세미나에 참석하거나 친구들과의 동창 모임과 친목 모임에 갔을 때 의사의 금주령이나 아내의 감시를 벗어나 술을 마실 수 있다. 또 술친구들의 선의의 유혹도 적지 않다. "갑자기 술을 끊으면 금단 현상이 일어나니 한 잔 정도는 무난하다", "60 넘어 살았으면 됐지, 뭘 더 살려고 마시던 술을 끊는가" 등.

이제 술을 끊은 지 13년, 체질도 바뀌고 몸도 가벼워졌다. 주기적으로 생기던 설사와 변비가 없어지고 발에 심하게 돋았던 습진도 사라졌다. 목 뒤가 돌멩이 하나를 얹은 듯 무겁고 때 없이 아프던 머리도 개운해졌다. 술을 끊으니까 자연히 술 마시던 친구들과 멀어졌다. 모임도 술을 주로 마시는 경우는 아예 불참했다. 친구들을 만나고 싶고, 모임에 나가고 싶은 마음을 다스리고 집에서 독서와 기도, 그리고 글쓰기로 시간을 보내야 하는 새로운 생활에 적응하는 것, 이 모든 것이 자신과의 싸움이었다.

과로와 스트레스를 피하기 위해 전업과 취업, 현실 참여의 욕구를 절제하는 것도 역시 자신과의 싸움이었다. 그래서 방송위원회 심의위원이라든지 대학의 겸임교수라든지 방송사의 시청자위원이라든지 파트타임으로 일하는 경우에만 만족해야 하는 욕망 절제의 힘든 극기를 해야 했다. 등산을 할 때에도 나는 목표를 정하지 않고 올랐다. 오르다가 피곤하면 그늘에 앉아 쉬었다. 쉬고 나서 더 올라가도 괜찮겠다고 느낄 때에는 더 오르고, 좀 피곤하다 싶을 때는 미련 없이 하산했다. 동창이나 친구들과 함께 등산하는 경우에도 나는 같은 방법을 썼다. 하산해서 점심을 먹을 음식점에서 친구들을 기다렸다.

혼자 운동하고 혼자 독서하고 혼자 글쓰기를 하는 혼자만의 시간으로 채워지는 일과 그 자체가 자신과의 싸움인 것이다. 병과의 싸움은 내 의지와 무관한 한계가 있다. 그러나 자신과의 싸움은 한계가 없다. 내가 포기하면 그만이고 내가 포기하지 않으면 얼마든지 나를 자유로 내몰 수 있다. 그러나 그것은 지금의 내게 자유가 아니라 위험천만한 방종이 되는 것일 뿐임을 이내 감지한다. 그럼에도 농장 안에서 혼자 시간을 보내다 보면 문득문득 외로움에 휩싸이게 된다.

외로움을 털어내려고 하루 세 차례 농장 뒷산에 있는 잣나무 숲을 산책한다. 신선한 공기와 향기로 가득한 잣나무 숲은 청설모와 산새들의 세상이면서 내게는 묵상과 건강을 보태주는 원천源泉이기도 하다. 여기서 나는 불국산 위로 떠오르는 눈부신 햇살을 맞는다. 그리고 해유령 너머로 살포시 가라앉는 장엄한 낙조를 바라본다. 잣나무 숲에 바람이 분다.

광운대 은짱 선생

방송진흥원에서 1년간의 연구위원 생활을 보낸 나는 2001년부터 이창근 교수의 권유에 따라서 광운대 신문방송학과 학생들에게 '취재 및 기사 작성 실습'을 강의했다. 겸임교수라는 직함이나 실제로는 시간강사의 신분이었다. 그러나 나의 경험이 기자로서 인생을 펼쳐 보고자 하는 젊은 학생들의 실력 배양과 올바른 가치관 정립에 도움이 된다면 강사로서 내 신분이 무슨 상관있겠는가? '취재 및 기사 작성 실습'은 저널리스트를 지망하는 학생들에게 입사 시험과 기자 생활에 필요한 실력과 요령을 가르치는 '실천적인 과목'이라는 점에서 학생들의 반응이 매우 좋았다.

무엇보다 우선하여 강의를 '저널리스트가 되는 길과 저널리스트로 성공하는 길'이라는 방법론적인 주제와 체험론적인 형식으로 진행, 학생들에게 실전에 도움이 되도록 진행했다. 나 자신이 수습기자 시험을 거쳐, 어렵고 고단한 현장 취재기자 생활을 오래하고 보도국장과 보도이사까지 지냈던 경험이 있는 만큼, 저널리스트를 희망하는 학생들에게 해주고 싶은 이야기, 해줄 수 있는 이야기가 많았다. 내 강의를 듣는 학생들도 거의가 사회에 나가 실전에 대처하기 위한 준비로 듣는다 했다. 그러니까 내 강의는 흔히 말하는 상아탑의 고답적인 것이 아니라 지극히 실무적 차원의 현실적 수요로 개설된 강의인 셈이다.

작금에도 언론 고시라는 말이 나올 정도로 힘든 과정을 거쳐 수습기자의 문으로 들어선 신참 기자들을 훈련시켰던 경험을 십분 활용, 그보다도 훨씬 덜 다듬어진 학생들에게 그 길을 들어서는 데 필요한 준비를 돕는 일인 셈이다. 일선 기자로 다양한 현장의 사건 사고를 취재하고 데스크에게 수도 없이 지적을 받으며 기사를 수정하고 했던 경험과 축적된 자료 모두가 생생한 강의 자료가 되는 데 손색이 없었다. 그 안엔 탄탄한 실력 위에 겸손과 성실을 보태 대기자로 성장한 사람들의 성공담도 있고, 동시에 재주가 많고 훌륭한 저널리스트가 될 충분한 잠재력을 갖고 있음에도 권력과 돈의 유혹에 넘어가서 중도 하차하는 저널리스트도 적지 않았다. 이러한 경험들을 두루 참고하여 때로는 타산지석으로, 때로는 반면교사로 삼도록 일깨워주었다.

강의는 1학기만 하고 2학기는 나 역시 재충전하는 기간으로 잡았다. 다른 몇몇 대학에서 강의 요청이 있었지만 광운대 출강만을 하기로 했다. 2학기는 다음 해 1학기의 강의 자료를 수집하고 정리하는 데 집중했다. 그래서 강의 뼈대는 일관성을 갖되 예화 비유는 항상 새롭고 다채롭게 채웠다. 나와 같은 길을 가려는 젊은이들에게 하나라도 더 많이 가르쳐주고 싶어 마음을 쏟았다. 입사 시험의 중요한 관문 중 하나인 면접시험 요령에서부터 취재와 기사 작성법, 언론계 현황과 언론사별 특징 등을 학기 전반에 강의 주제로 가르치고 중간고사 시험은 실무인 스트레이트 기사 작성으로 대신했다.

학기 후반에는 논설 기사 작성 요령과 남북 언론 비교, 남북 언론의 언어와 문장 비교, 남북문제에 관한 기사 작성에서 지켜야 할 원칙 등을 중점적으로 가르치고 남북문제에 관한 기사 작성으로 기말고사를 치렀다. 기사 작성할 때 내용을 정확하게 파악하는 것 못지않게 독자와 시청자가 이해하기 쉽게 써야 한다는 점을 강조했다. 특히 방송 언어는 신문 언어와 달리 문어체가 아니라 구어체이므로 너무 현학적 문장은 독자 또는 시청자에게 쉽게 다가가지 못한다. 또한 모든 사물의 표현은 최적의 단어를 찾아 써야 한다. 비슷한 단어나 애매모호한 단어를 쓰는 것은 금물이다. 바로 프랑스 작가 플로베르가 말하는 일물일어—物—語의 원칙이다. 강의는 실제로 신문과 방송에 나온 기사 중 잘 된 기사와 잘못된 기사를 비교 분석하고 토론과 실습 등으로 진행했다. 말하자면 쌍방향 강의였다. 조는 학생이 한 사람도 없었다. 강의를 들으며 학생들이 박장대소를 하면 옆 강의실 선생이 나중에 무슨 얘기를 하시기에 학생들이 수업 중 그렇게 웃느냐고 했다.

무슨 일을 하든 사람은 우선 즐겁고 재미가 있어야 한다는 생각에 귀에 솔깃한 일화거리를 양념으로 넣어 얘기하다 보니 학생들도 어느덧 내 의중에 동참해준 것 같다. 열심히 들어주는 학생들이 늘 고마웠다. 어느 해 스승의 날이던가. 하얀 종이에 수강생 전원이 '은쨩 교수님 고맙습니다' 라는 제목으로 각자의 마음을 한마디씩 써서 마치 헌정을 하듯 내게 건넸다. 발랄하고 재기 넘치는 덕담과 만화 주인공 같은 내 얼굴이 그려져 있었다. 그 따뜻한 종이를 지금도 소중히 간직하고 있다.

그러는 동안에도 병원에 가는 날엔 병원에 가고 입원을 해야 할 때는 미리 강의 준비를 해두는 등 지장이 없도록 시간을 조절했다.

다음으로 취재와 기사 작성 같은 실무 교육 못지않게 저널리스트로서의 윤리 의식에도 무게를 실어 강의했다. 특히 학생들에게 시대 상황에 대한 올바른 인식과 대한민국 저널리스트로서의 정체성 견지를 강조했다. 내가 강의를 시작한 2001년은 6·15 남북 정상 회담이 남긴 파장이 거세게 몰아치고 있을 때였다. 교정의 곳곳에는 6·15 정신으로 남북통일을 이룩하자는 현수막과 반미 자주와 민족 공조를 강조하는 현수막이 여기 저기 걸려 있었다. 한총련이 중심이 된 대회가 주기적으로 열렸다.

나는 학생들의 애국심과 대북 인식을 파악하기 위해 자유 토론을 하도록 했다. 토론 항목 가운데 만일 북한과 전쟁이 나면 싸우러 나갈 것인가 나가지 않을 것인가, 북한은 우리에게 동족인가 주적인가의 질문이 있었다. 토론을 다 끝내고 거수로 학생들의 생각을 모았다. 전쟁이 나면 총을 잡고 싸우러 나가겠다는 학생이 50%도 되지 않았다. 더욱 북한이 우리의 주적이 아니라 동족일 뿐이라고 주장하는 학생들도 반 이상이나 되었다. 태극기가 국기인 나라에서 한반도기를 흔드는 것을 큰 문제가 되지 않는다고 보았다.

그리고는 새로운 주적을 갖다 댔다. 미국이 우리의 주적이라고 말하는 학생도 있었다.

나는 큰 충격을 받았다. 어떻게 우리 젊은이들의 의식이 이토록 변해 버렸단 말인가. 자기가 몸담고 살아가는 대한민국을 이토록 홀대하고 국가에 대한 주인 의식조차 흐려져 있단 말인가. 이 나라를 지켜내기 위해 헌신했던 순국선열들 앞에 어찌 얼굴을 들 수 있단 말인가. 배은망덕한 후손들이라 탄식을 하지 않겠는가. 이런 의식을 가진 학생들이 훗날 대한민국 언론을 이끌어간다면 나라의 정체성이 송두리째 흔들리겠구나. 혼자서 가슴을 쓸어내리며 그래도 우리의 소중한 미래에게 할 수 있는 대로 나의 생각을 펼쳐 보였다.

나는 북한이 왜 우리의 주적인지를 충분한 자료와 논리로 설명했다. 무엇보다 1950년 6월 25일 내려온 북한 인민군의 군화 소리에 집과 고향을 잃고 피난민 대열에 끼어 생존에 급급했던 나의 생생한 증언을 덧붙여 진실이 아닌 잘못된 지식을 얻어들은 학생들의 생각을 바로잡아주는 데 진력했다. 분단국가의 경우, 쌍방이 서로 상대방을 통합하려 들지 않고 두 개의 국가로 공존을 추구하면 일 민족 이 국가의 동족 협력 관계가 유지되지만 쌍방이 서로 상대방을 흡수 통합하려고 경쟁을 벌인다면 양국 간의 주적 대립 관계가 성립된다. 우리의 현 남북관계는 동족으로서 공존 관계가 아니라 서로 상대방을 흡수 통합하기 위해 치열한 경쟁을 벌이는 대립 관계에 놓여 있다. 남북이 함께 통일을 포기하고 이국공존二國共存으로 나가지 않는 한, 남북 간의 대립 주적 관계가 실제 협력 동족 관계로 전환될 수 없는 것이다. 그런데 남북 어느 쪽도 현실에서 통일을 포기할 기미는 전혀 보이지 않는다. 오히려 남쪽을 흡수 통일하겠다는 북쪽의 의지가 갈수록 적극적 공세를 취하고 있다. 더구나 지금은 남쪽의 수권자들이 북쪽 권력 집단에게 어불성설이지만 지지를 보내고 있는 판국이다. 그렇더라도 대한민국은 자유민주주의를 표방하는 나라다. 국민의 힘에 의해 경제 성장을 하고 민주주의를 이룩한 정통성을 획득하고 있다. 그래서 이렇게 주적에 대한 견해조차 자유롭게 발언할 수 있는 나라인 것이다. 북조선에서 맘 놓고 말하고 산다는 말을 들어보았는가. 시원하게 뚫린 언로가 있어 세계가 지구촌화된 마당에 북조선 인민들은 여전히 가리고 감추고 정직하지 못한 권력 집단의 지배를 받고 있지 않은가.

나의 이런저런 이야기를 학생들이 어떻게 들었는지 일일이 물어보진 않았다. 하지만 분명 적극적 친북 활동을 하는 한총련 학생도 있는 줄 아는데 나의 설명에 반기를 들거나 나의 말을 되받아치는 질문은 나오지 않았다.

시간이 흐르면서 대학가에 좌파적 흐름이 서서히 변하기 시작했다. 내가 마지막 강의를 했던 2005년에는 교정에 즐비했던 반미·친북 플래카드가 줄어들고 학생들의 시위도 등록금 인상 반대 등 학내 문제들이 주류를 이루었다. 뿐만 아니라 북조선 정권과 국민을 분리해서 바라보는 시각이 늘었다. 북조선 정권의 호전적이고 반민주적인 행태에 대해 비판적 태도를 보이고 북한의 인권 문제, 핵무기 개발에 대한 우려, 남한의 퍼주기식 지원에 대해 이의를 제기하는 학생들이 늘어났다. 우리가 처한 현실과 남북 관계에 대한 의식이 조금씩 평형 감각을 되찾으면서 학생들은 현실 문제의 개선 쪽으로 관심을 돌린 듯했다. 변하는 모습을 지켜보며 이르긴 하나 그래도 일단 안도의 숨을 내쉬었다. 적어도 2005년까지 내 강의를 들은 학생들은 은발 머리를 날리며 대한민국을 사랑하고 태극기를 자랑스럽게 보라는 노선생의 애절한 당부를 저버리지 않으리라 믿는다.

끝으로 나는 광운대 학생들에게 할 수 있다는 도전 정신과 스스로 능력 배양을 하고자 하는 동기 유발의 기회를 주고자 힘썼다. "다매체 다채널 시대에 찾고 두드리고 구하면 얼마든지 꿈을 펼 수 있는 기회는 올 것이다. 단 그것을 잡기 위해 먼저 치밀하고 성실한 준비가 있어야 할 것이다." 그리고 준비를 함에 있어 먼저 유념해야 할 의식이 기자 정신임을 강조했다. 기자 정신이란 무엇인가? 그것은 첫째, 국외자局外者 정신이다. 기자는 항상 장외場外에 머물면서 장내場內의 상황을 취재하고 객관적 시각으로 기사를 작성해 보도해야 한다. 그래서 기자는 항상 어느 편에 서지 않는다. 중앙에 초점을 맞추어야 공정하고 엄정한 비판을 할 수 있다. 한때 대선 준비를 하는 씽크탱크(부국 팀)에 동참한 적이 있다고 앞에서 피력했는데 그때는 내가 방송 현업을 떠난 이후였다. 더 이상 방관할 수 없다는 판단 아래 장내로 뛰어든 것이다. 기자 정신의 두 번째 요소는 애국심이다. 한시적으로 권력을 수여 받아 국가를 경영하는 정권에 대해서는 항상 아웃사이더이고 비판자의 입장이어야 하지만 국민의 입장에서는 항상 애국의 바탕 위에 사물을 보고 기사를 쓰는 인사이더가 되어야 한다. 어떤 상황에서든 국가와 국민의 이익을 최우선으로 대변하는 자세를 가져야 한다.

기자가 날마다 쓰는 기사들은 훗날 국가의 생생한 현장 자료가 되고 역사물로 자리매김 되는 것이다. 말하자면 기사가 곧 역사이고 기자는 곧 역사가인 셈이다. 오늘날 언론은 왕조시대 사관과도 같은 중차대한 기능을 수행하고 있다고 해도 과언이 아니다. 즉 대한민국의 기자들이 날마다 써 내는 기사와 보도의 축적이 대한민국의 역사가 되어 후세의 역사가들이 그 축적된 자료들을 정리·분석하여 한민족 주류의 역사로 엮어갈 수 있다는 말이다. 일반적으로 역사는 역사적 사실에 대한 객관적 해석과 기술이라고 하지만, 실제로는 역사를 쓰는 역사가의 주관이 개입될 수 있다. 자국 역사든 세계 역사든 역사가가 역사에 대한 따뜻한 시각을 견지할 때 그 역사는 시간을 초월해 감동적이고 역동적인 역사가 될 수 있는 것이다. 드로이젠J.G.Droysen은 그의 저서 『역사Historik』에서 이렇게 썼다.

"분노와 열정이 없는 객관적 태도는 환관적宦官的 객관성일 뿐이다. 역사가는 오히려 자신의 조국과 정치적·종교적 확신, 그리고 진지한 연구 등이 제공해 주는 하나의 관점 위에서 말할 수 있을 뿐이다."

학교에서 나는 내가 가르치는 학생들에게는 물론 같은 과 교수들 사이에도 보수 성향이 강한 선생으로 알려졌다. 그럼에도 내 강좌의 신청자가 예상보다 많고 강좌를 선택한 학생들은 진지한 태도로 수업에 임했다. 실습과 토론에도 열성적으로 참여하고 혹 사정이 있어 수업을 못 듣게 될 경우 미리 내게 말하고 양해를 구했다. 나는 양해해 주면서도 엄정했다. 하루 결석도 그냥 보아 넘기지 않고 반드시 성적에 반영했다. 왜냐하면 그것이 열심히 강의를 듣는 학생에 대한 공정한 대접이라고 생각했기 때문이다. 누구도 거기에 이의를 달지 않았다. 선택 과목인데도 해마다 수강 신청률이 높아졌다. 조교가 강의실을 옮겨주겠다고 하는 것을 사양했다. 강의실이 크면 마이크를 써야 하는데 나는 육성으로 학생들을 가르치고 싶었다.

2001년 강의 때 25명이던 수강생이 2005년에는 76명으로 늘어났고 학생들의 언론사 입사 시험 준비를 위한 상담도 늘어났다. 나는 별도의 방이 없기 때문에 복도나 교정의 나무 밑에서 학생들의 상담을 해 주었다. 빅3 신문과 빅3 방송 입사를 목표로 준비하는 학생도 생기고 자신이 작성한 기사와 논문을 고쳐달라는 주문도 늘었다. 그것은 큰 변화였다. 처음 강의를 시작했을 때 학생들은 꿈조차 갖지 않았던 학생들이다. 그러던 광운대 학생들 사이에 변화의 물결이 일기 시작했다. KBS와 SBS, 경향신문 등의 필기시험에 합격한 학생들이 나오는가 하면 최종 합격까지 가는 학생도 있었다. SBS 촬영기자 시험에 최종 합격한 주용진이 '감사하다'는 전화를 주었다. 나도 축하의 말을 건넸다. 그리고 난생 처음 '가르치는 자의 보람'을 느꼈다. 주 기자는 지금 SBS에서 중견 기자로 활약하고 있다.

덤을 얻었으니 비워야지

사람은 태어날 때 혼자이듯 떠날 때도 혼자다. 누구나 내 나이쯤이라면 살아온 날보다 살아갈 날이 적은 지점에 와 있다고 생각할 것이다. 나 역시 그렇다. 생이 시작할 때 혼자였던 것처럼 생을 정리하는 때가 가까워지자 또 혼자가 되었다. 앞에서 혼자라서 외롭다 했다. 물론 외롭다. 그러면서 한편 외롭지 않다. 외롭지 않으면 할 수 없는 것들을 내가 지금 하고 있으니 말이다. 그것도 덤의 시간을 선사받아 이렇게 내 얘기를 풀어가고 있으니 얼마나 감사한지 모른다.

방송의 사회적 역할이 커짐에 따라 방송기자로 한 우물을 판 나의 사회적 지위도 상승했다. 평기자에서 차장이 되고 차장에서 부장, 마침내 '방송국의 꽃' 이라 불리는 보도국 국장의 직함까지 얻었다. 솔직히 기쁘고 자랑스러웠다. 지금은 그저 지나간 시간의 직함일 뿐인데 아직도 그에 대한 긍지가 남아 있다. 어느 재벌 총수 직함이 부럽지 않다. 국회의원이나 장관 경력이 부럽지 않다. 부침이 심한 정치판에 몸을 담그지 않왔던 것이 참으로 다행스러웠구나 하고 가슴을 쓸어내린다. 내가 낙향을 해 있는 동안 이런저런 소식을 들었다. 안타깝게도 좋은 소식보다 안 좋은 소식이 더 많다. 잘 나가던 친구가 어느 날, 어떤 일에 연루되어 재판정에 섰다는 얘기, 내 앞에선 건강 얘기를 꺼내지도 말라던 친구가 그리워할 새도 없이 떠나버린 얘기, 마음의 헛헛증을 못 이겨 우울증을 앓고 있다는 친구 얘기 등……

애기를 들을 때마다 하늘을 보고 나도 모르게 꾸뻑 절을 했다. 살아 숨쉬는 내가 고맙고 옆에 있는 아내가 고맙고 다 큰 애들이 고마웠다. 마당의 느티나무가 고맙고 느티나무에 놀러오는 산비둘기 산까치의 노래가 고마웠다. 철마다 색색으로 피고 지는 꽃이 고맙고 꽃을 찾아 날아드는 벌·나비가 사랑스러웠다. 나무와 나무 사이 멋들어진 거미줄 구럭을 만든 왕거미가 고맙고 보석보다 고운 아침이슬이 고마웠다. 그렇게 눈을 두는 자리마다 마음이 가는 곳마다 고마운 것들로 가득 차 있었다. 농장에서 날마다 보고 듣고 느끼는 것들이 모두 고맙고 그 고마운 것들이 바로 내 덤의 생명을 지켜주었다. 값진 얻음이었다.

세속적인 말로 하자면 그만 하면 괜찮은 생이었지 싶다. 구하면 얻어지고 두드리면 열리고 찾으면 찾을 수 있었던 생이었다. 그것이 고마워 병아리 눈물만큼의 선행을 실천했다. 부모님이 사시던 광석리에 경운기를 마련해주고 내가 졸업한 초등학교에 피아노를 기증하고 운동장에 농구대를 설치해 주었다. 고향 마을회관에 책을 보내주다 나중엔 부모님 살던 집에 아예 미니 도서관(삼승도서관)을 열어 무료로 운영하기도 했다. 도서관은 1984년 부모님이 사시던 집 옆에 15평 되는 서고를 증축해 본채와 하나로 통하게 한 다음 애들 첫 이름자를 따서 '삼승도서관'

으로 열었다. 책은 내 월급에서 얼마큼을 덜고 아내의 원고료를 보태서 샀다. 출판사에 편지를 써서 기증을 받기도 했다. 13,000권 정도 되는 책을 개가식으로 해서 아이들이 마음대로 꺼내 읽을 수 있게 하고 어른들도 와서 책을 빌려갔다. 저녁에 책을 정리하기 위해 유급 직원 한 명을 두었다. 아이들이 어찌나 책 읽기를 좋아하는지 오래 있고 싶어 하는데 형편이 늦도록 열 수가 없어 관외 대출을 해주었다. 아내는 이 도서관에 드나드는 아이들을 주인공으로 하여 장편 동화 「아홉 글자 이름의 집」을 쓰기도 했다.

원하는 바를 엔간히는 얻었다고 생각하며 한번 더 도약을 꿈꾸려던 차에 덜컥 제동이 걸렸다. 내 몸에 재생 불가 판정이 나고 말았다. 순전히 인간적인 눈으로 보면 분명 나는 지금 이 세상 사람이 아니어야 했다. 그런데 또 분명 나는 지금 이 세상 사람으로 살고 있다. 날마다 생각을 하고 말을 하고 행동을 한다. 문득 내가 덤의 생을 살고 있구나 하고 자각을 하면서 나의 생각과 말과 행동이 한 방향으로 가기 시작했다.

'덤을 얻었으니 이제 비워야겠군.'

문중의 세가 기울어 후손들이 몫몫이 내려준 선산이 다 없어지고 나의 직계 조상으로부터 내려온 선영만 남았다. 선친이 이 산에 들어올 수 있는 자손에 대해 금을 그어주고 가셨지만 윗대로 올라가면 다 같은 후손 아닌가 하고 문중을 만들었다. 내가 선영 관리 기금으로 쓰던 기천만 원도 내 뒤를 이은 관리자에게 넘겼다. 가난한 후손의 부모가 우리 산에 산소를 쓸 수 있게 되어 고마워했다.

선고를 받고 지극한 고통 중에 마주 앉아 밥을 먹으면서도 나를 바라도 못 본 채 침묵 속에 몇 술을 뜨곤 하던 아내가 어느 날, 내게 말했다.

오래 전, 서원을 한 것이 있다고 한다. 무엇이냐 물으니 도서관 부모님 집과 집터를 성당 공소로 드리고 싶다고 서울 본당 사제에게 얘기를 한 적이 있는데 사제가 호응을 하지 않아 여태 생각으로만 남아 있었는데 이번 기회에 아예 큰 것을 드리면 어떻겠냐는 것이다. 아내의 뜻은 십여 년 동안 땀 흘려 개간한 동산을 두고 한 말이었다. 나는 그 자리에서 그러라고 했다. 단 한마디 이의나 조건을 달지 않았다. 내가 어떻게 그렇게 쉽게 승낙을 했는지 나도 잘 모르겠다. 그냥 그렇게 했다.

무엇보다 내가 중·고등학교에 다닐 때 개신교 신자였는데 가톨릭 신앙을 그토록 흔쾌히 받아들인 것이 놀라웠다. 아무래도 내 뜻만은 아닐 거라는 생각이 든다. 아내를 통해 가톨릭과 인연을 갖게는 되었지만 나의 신앙이 어쩌면 이미 오래 전에 마련된 것이 아니었을까 하는 막연한 느낌을 가져본다. 실제 내가 영세를 받은 것은 1990년 수유 1동 성당에서 조군호 신부 주례를 통해서였고 1995년 수유성당에서 견진 세례를 받았다. 어린 나이에 영세를 받아 모태신앙처럼 되어버린 아내의 신앙 나이에 비해 내 신앙 나이는 겨우 초등학생 수준이다. 그래도 아내가 신앙 나이와 신앙의 깊이는 정비례하지 않으니 걱정을 말라며 은근히 내 신앙을 치켜세워 줄 때 기분이 엄청 좋다.

동산 개간은 내가 '세계 식량 전략' 취재를 하면서 느낀 바를 아내에게 말 한 것이 계기가 되어 국토의 선용善用이라는 차원에서 벌인 일이었다. 훗날 은퇴하면 마을을 위해 무언가 보탬이 되는 일을 해보자는 뜻에서 시작은 했는데 까다로운 행정 절차를 밟느라, 공사비를 대느라 참으로 힘든 과정을 거쳤다. 애들이 한참 도시락을 싸던 때, 아내는 날마다 새벽에 일어나 도시락을 싸놓고 내 밥상을 차려놓고 내려가 공사를 진

두지휘하고 저녁이면 돌아와 쉴 새도 없이 책상에 앉곤 했다. 덕분에 방치된 임야가 번듯한 평지로 정리되어 쓸모 있게 바뀌었다.

그렇게 힘들게 개간한 땅을 아내가 부모님 살던 곳과 바꿔서 드리자는 제안을 한 것이다. 아내도 아내 생각이 아니었을 것이다. 그러나 보이지 않는 데서 아내 혼자 은밀히 했던 약속은 무서웠다. 서원한 시간이 많이 흘렀는데도 약속을 떠올리게 하고 그것도 더욱 좋은 것으로 바꾸도록 채근하신 것이다. 내가 아파서가 아니라 이미 건강할 때 한 약속을 미루었으니 더 지체하지 말고 이행하라는 그 분의 뜻을 아내가 용케도 알아챘다. 그리고 나 또한 아내의 말에 얼른 따랐다. 이미 내 보호자가 되어버린 아내 앞에 내 주장은 증발된 지 오래가 되고 만 것이다. 바보 같은 내 모습이 도리어 편하게 느껴졌다.

아내가 교구에 가서 김옥균 주교를 만났다. 주교님은 아내가 오래 다녔던 수유동 성당의 주임신부였다. 주교님은 당신이 사장을 역임하셨던 가톨릭 출판사 잡지 《소년》에 글이 실리는 아내가 본당 신자인 것을 아시고 퍽 반가워했다. 아내가 아픈 시부모 모시고 애들 키우느라 힘이 들때 찾아뵙고 투정을 하면 마치 친정아버지처럼 따뜻하게 위로를 주시곤 했다 한다. 나는 훗날 아내를 통해 주교님과 만나게 되었는데 나중에는 내가 주교님을 더 좋아하게 됐다. 마주 뵙고 있으면 사제 같은 느낌이 하나도 안 들 정도로 편안하게 해주시고 조곤조곤 속삭이듯 하시는 말씀 속에 사제의 깊은 고뇌를 살짝 보여주시면 왠지 나보다 주교님이 더 가엾다는 맘이 들 때도 있었다. 그렇게 느껴질 만큼 인간적인 데 그분의 매력이 있다. 신앙 생활을 오래는 하지 않았지만 그래도 사제에게서 '나 사제다' 하는 모습을 보면 솔직이 목자로서의 사제의 영성이 잘 안 느껴진다.

 아내는 김 주교님께 있는 그대로를 드렸다. 그곳에 무엇을 어떻게 하든 주교님과 교구의 뜻대로 하시라고 말씀드렸다. 주교님은 이제 우리 천주교회가 도시 소공동체보다 농촌 소공동체에 더 관심을 쏟아야 할 때다. 그래서 마치 개신교의 개척교회처럼 교구로부터 자유롭게 본당 독립 운영을 해야 한다고 하셨다. 그것을 테리토리움체제라고 했다.

 아내가 집으로 돌아와 내게 말했다. 이제 동산 풀 깎는 범위가 줄어 편케 되었다고. 나도 정말 그러네 하고 맞장구를 쳤다.

김옥균 주교의 광적성당 기공 미사 집전

■ 서울대교구장 정진석 추기경(당시는 대주교)이 우리 부부에게 성전 부지 기증을 감사하는 기념패를 주면서 광적성당 축성을 약속했다.

■ 서울대교구 김옥균 주교의 집전으로 역사적인 기공 미사가 있었다. 그동안 의정부성당과 녹양동성당, 그리고 양주 백석성당으로 교적을 옮겨 가면서, 또는 우고리에 비닐하우스 공소를 지어 미사를 올리던 광적 신자들에게 주님의 은혜가 듬뿍 내린 것이다.

성당 부지 기증 의사를 전한 이후 삼사 년이 가도록 김 주교는 기증에 따른 절차를 밟지 않았다. 아내는 몇 번이나 김 주교를 찾아가 졸랐다. 기왕 드렸으니 어떤 형태로든 빨리 이루어졌으면 하는 바람에서 조바심을 낸 것이다. 하루는 주교님이 아내에게 지금도 같은 마음이냐고 물으셨다. 그렇다고 대답했다. 그럼 그곳에 무엇이 들어서기를 원하느냐고. 아내가 "저는 따로 원하는 것이 없습니다만 남편은 성전이 들어섰으면 하는 것 같습니다." 하고 말했다. 주교님이 고개를 주억거리시더니 영성을 위한 집을 생각해 보았다 하시는 것이 아닌가. 그렇지만 우 선생이 바라는 대로 해야지. 하고 당신 생각을 그 자리에서 접었다. 아내가 너무 죄송했다고 한다. 마음대로 쓰시라 해놓고 성전 얘기를 꺼냈으니.

기증에 따른 법적 수속을 시작했고, 이어 광적면 일대의 신자 조사도 실시됐다. 총괄 업무는 서울대교구 관리국장 소윤섭 신부가 맡고 김양주 차장이 현장 실무를 전담했다. 광적면 일대의 천주교 신자는 본당이 된 지 2년째인 2007년 9월 현재 약 300여 명으로 추정되고 있으니 그땐 훨씬 더 적었을 것이다. 신자 규모로 보아 광적에 본당 규모의 성당을 짓는다는 것은 시기 상조의 감이 없지 않았다. 그럼에도 서울대교구 조사팀은 광적 지역의 특수성에 주목했다. 그 하나가 인구 증가다. 즉, 경기 북부에서 가장 낙후된 지역이 광적이지만, 서울에 인접한 지역으로 가납지구·가석지구·광석지구 등의 개발이 확정 내지 추진되고 있고 인구 증가 속도 또한 빨라질 것으로 예상했다.

다음으로 광적은 1866년 병인 천주교 박해 때 교인들이 피난 와서 신앙의 뿌리를 내린 성지聖地가 있는 곳이다. 그들의 피와 땀이 서린 이곳에는 우골공소가 세워져서 신앙의 열기가 이어졌다. 그 후손들이 광탄면에 '사창공소'를, 이웃 법원읍 갈곡리에 '칠울공소'를 세웠다. 감악산 골짜기에는 '신암공소'를 세웠다. '칠울공소'는 '갈곡리공소'로 지금까지 존속되고 있다. 뿌리 깊은 신앙의 땅 광적에 성전이 들어서면, 주변 지역에 신앙의 새바람이 퍼질 것이고 특히 우골 성지의 복원으로 경기 북부의 성지 순례 코스가 될 것이다. 나아가 경기 북부라는 지역적 특성에 비추어 대북 선교의 전진기지로도 활용될 수 있을 것이다.

이 같은 판단 아래 서울대교구는 광적에 본당 규모의 성전을 짓기로 결정했다. 성전 규모도 당초 250석 정도에서 350석으로 늘려 잡았다. 아내가 사제관 건축에 대해 교구에 물었다. 사제관은 건축비 문제로 성전과 함께 지을 수가 없다고 했다. 뒤로 미루겠다는 방침인 것 같았다. 아내가 주교님을 뵈러 갔을 때 슬쩍 사제관 애기를 꺼냈다. "주교님, 주인이 없는 성당에 신자들이 무엇을 기증하고 싶어도 할 수가 없을 것입니다. 기왕 성전을 지어주시는데 옆에 아담한 사제관도 함께 지어주시면 얼마나 좋을까요."

아내가 슬쩍 조르듯이 여쭈었다. 물론 아내가 조른다고 사제관이 지어지고 안 조른다고 안 지어질 일이 아니겠지만 주교님이 긍정적으로 검토하시도록 하고자 함이었다. 어쨌거나 사제관도 본 건물과 함께 설계에 들어갔다. 본격적인 설계에 들어가기 전에 설계사무소 소장이 현지 답사를 했다. 돌아보고는 깜짝 놀랐다고 했다. 성전이 들어설 자리가 이미 반듯하게 정지 작업이 끝난 상태이고 주변에 식재된 나무가 마치 설계에 따른 조경을 해놓은 것 같다며 그동안 성전을 많이 설계했지만 이렇게 사전 준비가 충분히 돼 있는 곳은 처음이라고 했다. 사실이 그랬다. 기증한 터가 바로 십수 년에 걸쳐 1 · 2차 계획에 따라 석축을 쌓고 갖가지 정원수와 유실수를 식재하고 산에서 나온 바윗돌로 조경을 한 곳이었다. 그냥 있는 그대로의 거친 땅이 아니었다. 경비가 만만치 않아 1차 개간을 끝내고 몇 년 동안 준비를 다시 해 2차 개간을 하고 조금 더 가꾸고 싶은 욕심에 여유만 생기면 새로 나무를 사다 심고 보강 공사를 하고 했던 곳이다. 그 사이 시간이 이십 년이 흘렀다.

그 땅은 그렇게 사람의 땀과 돈과 긴 시간이 들어간 땅이었다. 특히 정문 입구에 꾸민 층층의 바위 조경을 두고 아내가 무심히 이곳에 성모상을 세웠으면 좋겠네 하고 말한 적이 있는데 나중에 말이 씨가 되었다. 아내가 설계소장에게 한 가지 부탁이 있다며 이 바위 조경을 성모상 자리로 살려주시면 좋겠다고 했다. 바위 조경 맨 꼭대기에 아내가 동산에서 가장 아끼던 목련나무가 있는데 해마다 봄이면 온 동산에 향기를 퍼뜨리곤 했다. 신자들이 목련 향기를 성모님의 향기로 느낄 수 있을 거라며 아내가 고마워했다. 설계소장이 안 그래도 벌써 맘에 그 생각을 했다 한다. 아내도 나도 속으로 놀랐다. 도무지 우리 맘이 우리 맘이 아닌 것이다. 또 하나 서울대교구에 고마운 일이 있다. 기증자의 뜻에 따라 기증자와 성당 간의 경계 담장을 전통적인 한옥 기와 돌담으로 해 주신 것이다. 이 한옥 담장이 벌써 광적 사람들의 화제가 되고 있다. 먼 훗날 성전의 문화재적 가치를 높여 주리라 확신한다.

2003년 3월 7일 서울대교구장 정진석 추기경(당시는 대주교)은 우리 부부를 명동성당 집무실로 불러 감사패를 주었다. 기증자의 뜻에 따라 빠른 시기에 성전을 짓겠다고 약속했다. 그리고 마침내 2004년 6월 12일 역사적인 광적성당 기공 미사가 김옥균 주교 집전으로 거행됐다. 많은 지역신자들이 함께 했다. 성전건축에 관한 업무를 총괄한 소윤섭 신부(당시 관리국장 신부였음)를 비롯한 관할지역 사제들, 관리국 관리차장 김양주 요셉형제, 평화방송 김원석 전무가 광적성전 기공을 축하해주었다. 이날 김 주교는 내게 말했다.

"우 선생, 10년의 꿈을 이루게 됐습니다."

공사 초기에는 전기와 수돗물을 우리 집 담 위로 연결해서 썼다. 중장비의 바위 깨는 소리가 지층을 흔들었다. 종탑이 들어설 지점의 지하 4.5m에 청석 암반층이 나타났다. 작업이 지연됐다. 한울건설 박용희 상무는 공사는 힘들지만 반석 위에 성당을 지으니 좋다고 말했다. 그런데 공사를 시작한 지 두 달 만에 예상치 못한 일이 생겼다. 의정부교구라는 새 교구가 서울대교구로부터 분리 독립된 것이다. 이 분리 독립은 본래 서울대교구에서 로마 교황청에 요구했던 것인데 예정보다 빨리 단행된 것이다. 그에 따라 서울대교구가 관장하던 경기 북부 지역의 성당과 부지 등이 의정부 교구로 넘어갔다. 양주군 광적면에 신축 중인 광적성당도 넘어갔다. 이 교구 분리가 나중에 기증자의 좋은 뜻을 아프게 돌아보게 하는 빌미가 되어주었다.

이제 막 기초공사 중인 광적성당의 앞날이 불안했다. 현재의 상태에서 인수 인계를 하는 것과 그대로 서울대교구가 완공을 해서 넘기는 두 방법이 있었다. 대교구는 후자로 마무리를 짓고 공사를 계속했다. 그런데 무슨 연유인지 양주 백석성당 일부 사목자가 김옥균 주교와 기증자에 대해 몹시 못마땅한 태도를 보였다.

■ 꼭지봉 언덕에 높이 솟아 있는 광적성당. 오른쪽 성당 돌담 너머 숲 속에 우리 부부가 사는 빨간 벽돌집이 있다.

2005년 2월 초순쯤 성전의 골격이 꼭지봉 언덕에 우뚝 솟을 무렵 느닷없이 광적성당이 준공되면 양주 백석성당의 공소로 출범하게 된다는 소문이 나돌았다. 나는 소문을 이해할 수가 없었다. 본당으로 지은 성전을 공소로 가져간다고 하니 무슨 연유일까 하고 의아해 했다. 성당의 외부가 완전히 모습을 보인 6월 중순께였다. 아내와 나는 양주 백석성당의 주임신부로부터 점심 초대를 받고 소문을 확인할 수 있었다.

"광적성당은 준공되면 양주 백석성당의 공소로 출범한다. 기간은 아마도 2, 3년이 될 것이다. 그 이유로 첫째, 광적 신자와 백석 신자들이 웃으면서 헤어지기 위해서다. 광적 신자와 백석 신자들은 현재 백석성당 신축을 위해 함께 노력하고 있는 상황에서 갑자기 광적 신자들이 본당으로 떨어져 나가면 매우 서운해 할 것이다. 둘째, 광적성당은 재정적으로 큰 어려움을 겪게 될 것이다. 그러니까 당분간 공소로 가면서 양주 백석성당의 지원을 받아야 한다."

이때 옆에 앉았던 총회장이란 사람이 광적성당이 본당이 되면 전력 요금도 내기 힘들 것이라고 보충 설명했다. 내가 분명히 말했다.

"그렇지 않다. 백석성당에 나가는 광적 신자들만을 기준으로 광적성당을 평가하는 것은 잘못이다. 광적에는 현재 백석성당에 나가지 않는 신자들이 다수 있고 성당이 준공되면 나오겠다는 신자도 상당수 있다. 그리고 현재 여러 개발 계획에 따라 광적 인구가 늘어나고 있다. 특히 광적은 140여 년을 내려온 천주교 선조들의 신앙 전통이 있는 곳이다. 교무금과 헌금이 적어 전기 요금도 못 낼 형편으로 되진 않는다. 무엇보다 서울대교구에서 본당으로 기공을 한 광적성당이니 본당으로 출범하는 것이 당연하고 당연하다."

양주 백석성당의 주임신부가 우리 부부에게 공소 방침을 통고한 것은 이미 의정부교구 이한택 교구장의 재가를 받았기 때문이라고 나는 생각했다. 광적 신자들의 의견을 모아 교구장에게 탄원서를 제출하기로 했다. 모임에는 이승우·홍성대·안종민·김봉식·김재현, 그리고 백석성당 총회장 등이 참석했다. 여러 신자들의 의견을 수렴하는 가운데 유독 총회장이란 사람만 공소 출범을 주장했다. 그의 말인즉 "광적성당은 국민학교 학생에게 그랜저를 사준 격이다. 스스로 감당할 수가 없다. 공소로 가야 한다."였다.

총회장이란 사람을 제외한 모든 사람들이 본당 출범을 주장했다. 나는 미리 작성한 탄원서를 내놓고 의논했다. 탄원서 제출에는 모두 동의했지만, 제출 시기에 대해서는 좀더 지켜본 뒤에 결정하자는 의견이 많았다. 8월 하순께 성당 공사가 모두 끝나 의정부교구와 서울대교구가 인계인수 절차를 마무리했다. 이보다 앞서서 7월에는 교구 차원의 사목 업무를 맡고 있는 신부 두 명이 사제관에 입주했다. 광적성당을 백석성당의 공소로 출범시키기 위한 교구 차원의 1차적 조치였다. 그리고 양주 백석성당은 광적성당의 집기와 제단 등을 마련하기 위한 특별 헌금을 받기 시작했다. 동시에 불과 며칠 전에 준공을 필한 성전 외부를 임의로 변경하는 공사를 벌였다. 그 과정에서 기증자가 심어 놓은 수십 년 된 잣나무가 벌목되고 방금 준공이 떨어진 조경이 마구 훼손됐다. 그것도 모자라 이웃한 기증자의 땅을 침범하고 준공허가를 받은 담까지 부수었다. 그리고 그 담에 적벽돌을 쌓기 시작했다. 무법자가 되어 공사 현장을 지휘하는 양주 백석성당의 총회장이란 사람에게 누구 지시로 이렇게 하느냐고 물었다. 그는 양주 백석성당 주임신부의 지시라고 답변했다. 나는 해머를 들고 나가서 옹벽 담장 위에 쌓아놓은 벽돌담을 깨뜨려 버렸다. 그리고 의정부교구의 관리국장 이재화 신부에게 전화를 걸었다. 그는 죄송하다며 곧바로 수습을 하겠다 하고 돌아갔다.

다음날 불법 공사가 여전히 진행됐다. 다시 관리국장 신부를 불렀다. 관리국의 법률 담당 직원을 대동하고 왔다. 아내가 큰소리로 이 무례함에 어찌 그리도 교구가 손을 놓고 있느냐고 따졌다. 교회가 평신도를 그것도 성전 터를 기증한 기증자를 이렇게 아프게 해도 되는 거냐고 물었다. 신부는 이번에도 죄송하다고 대신 사과한다고 했다. 그리고 경계 침범 행위가 더 이상 없도록 하겠다고 약속했다. 그러던 중 이승우가 광적성당 준공 미사 초청장을 갖고 와서 꼭 참석해 줄 것을 요청했다. 초청장은 양주 백석성당 주임신부와 총회장 이름으로 되어 있었다. 성전 준공이 공소 준공임을 뜻하는 것이었다. 아내와 나는 불참하겠다고 말했다.

다음날 의정부교구의 총대리주교 조원행 신부와 이재화 신부가 막무가내 우리 집을 방문했다. 조 신부 일행이 다녀간 뒤에 나는 교구장에게 제출할 예정이었던 탄원서를 등기속달 우편으로 부쳤다. 탄원서는 처음엔 광적성당 신자 일동 명의로 되어 있었으나, 이를 독명으로 바꿨다. 신자들이 교구장이 이미 결정한 사항에 대해 반대는 하지만, 반대를 행동으로 옮기는 것을 겁내고 있었기 때문이다.

2005년 10월 1일(土) 오전 10시 광적성당 준공 미사가 열렸다. 아내는 끝까지 참석하지 않겠다 하여 일단 나 혼자 갔다. 염려했던 대로 준공 미사인데 정작 처음부터 광적성당 신축을 주도해 온 김옥균 주교를 비롯, 실무 책임신부, 관리자가 모두 보이지 않았다. 성전을 지어 준 서울대교구의 관계자들은 한 사람도 참석하지 않은 것이다. 미사 1부에서 이한택 교구장은 강론을 통해 광적성당이 양주 백석성당의 공소 체제로 갈 것임을 밝혔다. 이어 교구장은 인사로 "이 성전을 짓도록 땅을 기증한 분들과 성전을 지어준 서울대교구에 감사한다." 하고는 "그러나 이 성전은 어느 누구의 것도 아니다. 오직 이 성전을 지어주신 하느님의 것이다. 그러므로 이 성전을 짓는 데 기여한 사람들이 성전에 대해 이런저런 애기를 하는 것은 마치 어머니가 시집간 딸에게 혼수와 지참금을 해준 다음 간섭하는 것과 다름없다." 하고 이상한 비유를 했다.

결국 모든 진행이 누군가의 각본대로 되어가고 있음을 직감했다. 나의 탄원서와 광적 신자들의 의사를 무시한 공소 출범 선언을 하는 준공 미사 자리에 더 이상 앉아 있을 명분이 없었다. 주교의 특별 강론이 끝나자마자 2부에서 있을 감사패 전달식에 참석하지 않고 밖으로 나왔다. 2시간쯤 뒤, 나는 현수막을 맞춰 나무 전지용 사다리에 매달아 성당 쪽에 높이 세웠다. 현수막에 새겨진 글자는 숫자까지 열네 자였다.

'축 광적성당 본당 축성 2005년'

'나홀로 축하' 였다. 주님께서 광적본당으로 훌륭하게 지어주신 것을 주님의 뜻에 어긋나게 백석성당의 공소로 만들어버린 의정부교구의 처사를 도저히 용납할 수 없어 그렇게라도 하지 않을 수 없었다. 광적성당을 양주 백석성당의 공소로 붙잡아 두고자 속 보이는 명분을 앞에 세우고 기증자를 괴롭히고 광적 신자를 속이려 드는 양주 백석성당 사제와 총회장, 그들 뒤에서 압력을 넣는 또 다른 사제의 부당한 처사 또한 용납할 수 없었다.

광적성당 건축이 신속하게 진행될 수 있었던 것은 서울 대교구의 독립 소공동체 운동의 일환으로 가까운 모성당에서 분가하는 방식과 함께 여건이 성숙하면 독자적으로 성전을 짓는 계획도 세울 수 있다는 김옥균 주교님(당시 총대리주교로 교구의 관리 책임을 맡고 계셨다)의 교구 관리 운영 방침이 광적성당에서 처음이자 마지막으로 빛을 본 것이다. 그 후 의정부교구가 새로 생겨 광적성당이 서울대교구에서 의정부교구로 옮겨가는 바람에, 광적성당은 서울대교구와의 끈끈한 인연이 다하고 말았다.

다시 이한택 교구장에게 글을 올렸다. 이번 편지는 아내가 썼다.

성전 터를 봉헌하고 기쁜 마음으로 지내던 중 어이없게도 참담한 일을 겪고 있다. 몰상식과 불법을 자행하는 신자 대표라는 사람, 그 사람을 행동책으로 앞에 세워 멋대로 행위를 하도록 방치, 방조한 관할 구역 사목자의 태도에 고통을 받고 있다. 눈물로 씨 뿌린 자 기쁨으로 거둔다 했는데 기쁨으로 씨 뿌리고 눈물로 애통해 하고 있다. 성전 터를 기증한 사실조차 숨기고 싶어 하는 기증자에게 거꾸로 교회 일에 감 놓아라 배 놓아라 한다 하니 참으로 낙망스럽다. 성전 터를 기증했을 뿐 벽돌 한 장 놓지 않았으니 교구에서 공소로 하든 본당으로 하든 개입하지 말라는 의도로밖에 들리지 않는다. 벽돌을 놓았다는 증거를 만들려고 일단의 양주 백석성당 사목자들이 준공 떨어진 지 일주일도 안 돼 훼손 공사를 대대적으로 벌였다. 기증자가 성전 설계 책임자에게 제안, 보존하기

로 한 '큰 바위 조경'을 없애고 그 자리에 붉은 벽돌 계단을 만들고 서쪽
의 30년 넘은 방풍림도 모두 베어버렸다. 엄연한 실정법 위반이다. 그것
도 모자라 기증자의 남은 땅 일부를 침범하고 담까지 허물고 하는데도
교구는 나 몰라라 했다. 기증자가 살아 있을 때도 이런 일이 일어나니
경사가 심해 선의로 양해해준 경계 휀스를 원 위치로 옮겨 주기 바란다.
그리고 광적성당은 의정부교구가 생기기 전 서울대교구에서 김옥균 주
교의 집전으로 광적성당으로 기공을 한 성전이다. 그러므로 광적성당이
양주 백석성당의 공소가 될 이유도 명분도 없다. 광적성당은 서울대교
구에서 독립 성당으로 지어준 것이지 양주 백석성당에서 분가한 성당이
아니다. 그러므로 반드시 본당으로 출범해야 한다.

대충 이런 내용이었다. 편지를 받아본 이한택 교구장에게서 전화가 왔
다. "보내준 편지는 잘 읽었다. 일부 오해하고 있는 부분도 있는 것 같은
데……" 하고 서두를 꺼내는 교구장의 말에 "오해한 것 없다"고 잘라 말
했다. 너무나 아파하고 있는 과정에서 감정이 몹시 격해 있었던 때다.
아무튼 교구장은 "미안하다, 기도하겠다" 하고 한 번 만나서 차든 식사
든 함께 하면서 얘기를 나누었으면 하고 제안했다.
10월 1일 준공 미사 때 교구장의 통보대로 광적성당은 공소 체제로 운
영됐다. 미사는 사제관에 입주해 있는 두 신부가 교대로 맡았다. 이름
하여 손님 신부로 비어 있는 사제관을 임시로 쓰고 있던 분들이다. 글자
그대로 멀쩡한 성당이 공소가 되어 나그네 신부들의 미사 집전으로 성
당의 모양새를 갖게 된 것이다. 이곳에서 올린 미사 헌금은 백석성당에
서 모두 가져갔다. 광적성당 준공 미사 신자들이 낸 특별 헌금도 백석성

당이 가져갔다.

어느 날 양주 백석성당 주임신부로부터 전화가 왔다. "'성당 뒤쪽 경계 담장을 기증자가 원하는 대로 경계 위치로 옮기도록 조치하라'는 교구장 지시를 받았는데 그곳이 너무 경사가 심해 도저히 고칠 수가 없으니 양해해 주었으면 좋겠다"는 말이었다. 나는 단호히 거절했다. 교구장에게 요청한 대로 기증한 경계를 떠나 옮기도록 요구했다. 선한 뜻으로 제 땅을 내놓고 받은 쪽으로부터 이토록 고통을 받을 줄이야 누가 알았으랴. 벽돌 한 장 놓았다는 억지 근거를 내놓기 위해 준공 검사가 끝난 조경을 불법으로 훼손하고 그것도 모자라 기증자 소유 진입로까지 침범하는 무례한 일부 백석성당 신자와 그들 행동을 방조 방임한 사제의 부당한 처사에 언제 또 당할 지 모르는 일이었다.

나는 교구 내의 속사정을 모른다. 그러나 교회 안에도 상식은 있어야 한다고 본다. 10년을 별러, 아니 그 이전의 하늘의 뜻으로 지어진 광적성당을 단지 먼저 생겼다는 이유만으로, 이웃한 가건물 성당의 공소로 하려 한다니 배꼽 위에 배를 놓으려는 발상이 아닌가. 게다가 자신을 온전히 성직에 바친 사제가 인간적 발상으로 사목을 하고 평신도 위에 군림하려는 자세는 옳지 않다고 생각한다. 문제의 사안에 대해 사리분별을 떠나 맹목적인 순종으로 몰고 가려는 태도도 평신도를 우습게 아는 발상이다. 목자 없는 교회도 있을 수 없지만 평신도 없는 교회 또한 존립할 수 없다. 세상 속에 살아가는 평신도의 작은 선의는 어찌 보면 무풍지대에 사는 사제보다 더 애틋할 수 있다고 본다.

모든 일을 잊고자 아내는 일요일이 되면 서울의 성당으로 가고 나는 끝까지 버틸 심산으로 광적성당으로 갔다. 뒤늦게 이산가족 신자가 되었다. 그런데 기증자가 본당 출범을 강력히 주장하고 기증한 터를 벗어나 경계를 친 것을 당장 원위치하라는 요구를 받아들이기가 난감했던 것일까.

어느 날, 느닷없이 광적공소가 본당으로 독립한다는 말이 들려왔다.

그리고 이어 2005년 11월 24일 의정부교구청 인사에서 최석진 요셉 신부가 광적성당 주임신부로 임명되었다. 일의 전말이야 어떻든 광적성당이 드디어 본당으로 출범했다. 최 요셉 주임신부는 광적 신자들의 뜻을 모아 이승우(안드레아)를 광적성당의 사목회장(총회장이라고도 함)에 임명했다. 2005년 12월 4일 오전 11시 광적성당에서 요셉 주임신부의 집전으로 첫 교중 미사가 거행되었다. 이로써 140여 년의 신앙 전통을 이어받은 광적성당이 탄생했다.

광적성당 신자들의 신앙심은 남달랐다. 보조금으로 살아가는 생활보호대상자가 매달 꼬박꼬박 교무금을 내는가 하면, 식당에서 일용직으로 일하면서도 소득의 십분의 일을 교무금으로 내기도 했다. 신자 수 대비, 일요일 미사 참예 신자가 55%로 교구 내 참석률 1위다. 교무금 납부율도 신자 수 대비 1위다. 본당 출범 첫해부터 적자는커녕 흑자 운영이라고 한다. 광적성당이 본당으로 가는 험난한 길을 지나 이제 편안한 모습으로 하늘을 향해 솟아 있다. 내게는 두려워하지 말라는 성경 말씀의 참뜻을 또 한 번 깨닫는 기회였다.

그런데 넘어야 할 산은 여기서 끝나지 않았다. 분명 광적성당이라는 본당 이름을 얻었음에도 성당 운영은 여전히 양주 백석성당의 공소 체제로 이어지고 있었다. 주보가 양주 백석성당의 곁방살이로 발행되고 교무금도 백석성당에서 가져갔다. 2005년 1월 1일, 조상을 생각하고 광적성당의 신년을 축하하는 미사에서 양주 백석성당의 신축 헌금을 위한 돼지 저금통을 나누어 주었다. 이 모든 운영의 배경이 공동 사목이라고 했다.

내가 알기로 공동 사목이란 비대해진 본당 안에서 두 명 이상의 주임 신부를 두고 신자들을 나누어 효율적 사목 활동을 하는 것이다. 광적성 당처럼 작은 본당에 공동 사목이라니, 용어를 차용한 빗나간 운영으로 볼 수밖에 없다. 이해할 수 없는 것은 하나의 공동체를 발전시켜 분가 독립을 독려하는 것이 진정한 사목이지 독립된 두 개의 공동체를 억지 로 하나로 묶어 두려는 것이 진정한 사목인가 하는 점이다. 더군다나 가 톨릭 신앙은 보편성이 그 본령이 아닌가. 신앙이 하나이듯 다니는 성당 도 하나이다. 아프리카를 가든 유럽을 가든 가톨릭 신자들은 같은 전례 의 미사를 드릴 수 있다. 신자들은 양주 백석성당을 다니든 광적성당을 다니든 개의치 않는다. 정말이지 일반 신자들의 마음엔 내 성당 네 성당 이 따로 없다. 나 역시 그렇다.

명실상부한 독립 본당으로 가기를 바라는 신자들의 바람이 조금씩 결 실을 맺어가는 과정에서 2007년 3월 최석진 신부가 홀연 아프리카로 떠 났다. 교구와 신자들에게 보내는 편지만 달랑 남기고. 광적성당 주임신 부란에는 의정부교구 제4지구좌 동두천 주임신부의 이름이 올랐다. 그 리고 손님신부로 와 있던 배경민 공동사목신부가 일요 미사를 집전했 다.

성전은 탄탄한데 목자의 자리가 불안했다. 2007년 9월 10일 안승관 베드로 신부가 광적성당 2대 주임신부로 부임했다. 안 신부는 부임 첫날 신자들의 뜻을 숙지하여 주보부터 정리했다. 없던 월요 새벽 미사와 토요 특전 미사도 마련했다. 기도를 참 많이 하는 사제라는 말을 총회장으로부터 듣고 마음이 편해졌다. 기도하고 행동하는 사제, 그것만으로도 평신도의 귀감이 되리란 기대를 하며 본당으로 가는 험난한 시간을 간략하게 정리했다.

　살면서 알게 모르게 지은 잘못을 조금이라도 속량하고자 힘썼고 내가 만난 사람을 사랑하고 내가 머문 자리를 평화롭게 가꾸고자 힘닿는 대로 노력했다. 물론 턱없이 부족하다. 그렇더라도 덤으로 얻었으니 이제는 비울 일만 남았다는 생각을 아직도 버리지 않고 있다. 더욱 힘써 비우고 가벼워져야지 하며 나를 추스른다.

괜찮은 나라, 괜찮은 국민

■ 광적성당 종탑이 내려다 보이는 작은 집에 살면서 대한민국의 미래를 꿈꾸고 짬짬이 국민 방송의 실천에 힘을 보탠다. 그리고 우이령 도로 재개통을 통한 경기 북부의 균형 발전을 위해서도 마음을 쓰고 있다.

앞에서 돌아봄은 바라봄의 원천이라고 했다. 시선을 바꾸면 바라봄은 돌아봄의 소망이기도 하다. 다가오는 시간이 내가 살았던 시간보다 좀 더 바르고 따뜻하고 풍요롭기를 바라는 마음에서 자라는 세대에게 건네고 싶은 몇 가지 덕목을 내 경험에 비추어 떠올려본다. 인내심, 더불어 삶 그리고 나라 사랑 같은 덕목들이다.

아내에게서 들은 얘기다. "엘리베이터를 타고 내려가는데 아이와 어머니가 급히 뛰어 들어왔다. '어디 가니?' 하고 물으니 '줄넘기 학원에요' 했다. '줄넘기 학원?' 되물으니 아이 어머니가 대답했다. '체육 학원에요. 제가 일을 하러 다니는지라 함께 운동할 시간이 없어서요.'

쯧쯧. 딱히 나무랄 일이 아닌데 아내가 저절로 혀가 차졌다 한다.

애기를 들은 나도 혀를 찼다. 시간의 효율성, 아이 교육의 효율성 운운하며 줄넘기를 잘하게 하기 위해 아이를 체육 학원에 보내고 말을 잘하게 하기 위해 세 살 때부터 언어 학원에 보낸다는 등의 이야기를 접할 때마다 그저 난감하다. 대관절 부모가 자식의 양육을 위해 어디까지 마음을 쓰고 얼마나 돈을 써야 할는지 교육이 무한궤도를 달리는 것 같다. 조금 천천히, 조금 느리게 자식의 성장을 바라보면 좋을 듯싶다. 내 성장 환경과 지금의 아이들의 환경이 판이하긴 해도 변하지 않는 보편적 사실 하나가 있다. 그것은 자식이 부모보다 오래 산다는 것이다. 부모가 자식보다 더 오래 살아 자식을 돌볼 생각이 아니라면 키울 만큼 키운 다음 손을 떼고 자식이 스스로 걸어가도록 지켜보는 부모가 되어야 하지 않을까, 생각해 본다. 지금은 자식이 부모로부터 독립하는 때가 아니라 부모가 자식으로부터 독립해야 할 때다.

자식을 결과중심주의 사고 속에 박아두어 한 생을 긴장과 욕구 충족에

시달리게 할 양이 아니라면 이쯤에서 부모의 자리 점검을 해보았으면
한다. 부모들이 끈기를 가지고 인내하며 잎 나고 꽃피고 열매 맺는 자연
의 이치를 따라 자식을 바라보았으면 하는 바람이다. 갓 태어난 아기의
눈동자가 보고 싶다고 억지로 눈을 열어젖혀서 되겠는가. 아기는 세상
의 빛에 익숙해지면 스스로 눈을 뜬다. 지금이라도 늦지 않았다. 부모들
이 끈기를 가지고 인내하며 기다리며 자식을 가만히 지켜보았으면 하는
바람이다. 나무마다 잎 모양이 다르고 꽃 빛깔이 다르고 열매 맛이 다
다름을 모든 부모들이 깨닫는다면 다 함께 여유를 가지고 자녀 교육의
기본 덕목을 소중하게 챙길 것이고 그런 다음 다양한 선택의 바다에서
맘껏 헤엄치도록 놓아주면 우리 국민은 지금보다 훨씬 다양한 모습의
재능 있는 국민으로 거듭날 것이다.

　전철 속에서, 또는 길을 걷다가 젊은이들을 본다. 나와 함께 전철을 타
고 어딘가로 가고 있고 나처럼 대한민국의 국민의 한 사람으로 살고 있
는 젊은이들이다. 가상이긴 하지만 바로 지금 이 공간에서 무슨 불미한
일이 일어난다 하면 당장 이들은 나와 운명 공동체가 될 것이고 여차 하
면 힘을 모아 난관을 헤쳐 나가게 될 것이다. 왜일까? 곧 우리는 같은 사
회 공동체의 일원이기 때문이다. 정작 중요한 것은 이런 가상의 위급 상
황이 아닌 일상 속에서 더불어 삶의 의식이 필요하다는 것이다.
　나만 사는 사회가 아니기에 공중도덕을 지키고 다 함께 편해야 하겠기
에 잠깐 불편을 참고 질서를 따르는 공동체 의식이 그 어느 때보다 절실
히 요구되는 시대다. 겉모양새는 상관없다. 최신 유행을 따르고 싶어 튀
는 옷을 입고 헤비메탈 음악에 신나 하고 하는 것은 오리혀 젊음의 특장

이기도 하다. 다만 젊음을 발산하더라도 기본은 잊지 말았으면 한다. 사소한 불찰로 기분 좋게 함께 활보해야 할 거리를 쓰레기장으로 만든다든지, 우리 사회가 암묵적으로 동의한 예절이나 상식을 벗어나 눈살을 찌푸리게 하는 일 또한 삼갔으면 한다.

대학에서 강의를 하러 복도를 걷다보면 담배를 피는 학생을 종종 본다. 담배는 기호품인지라 선생이 피워라 마라 말할 일이 못 된다. 그러나 적어도 저희를 가르치는 선생이 지나가는 동안엔 담배를 입에서 뗀다든지 아니면 몸을 돌려 보이지 않게 하고 피운다든지, 하는 자제하는 모습을 보여야 할 것이다. 뻗정다리로 서서 선생이 지나가거나 말거나 한다면 그 학생은 자신이 피우는 담배로 해서 스스로 품격을 떨어뜨리고 마는 셈이다. 또한 캠퍼스에서 그런 태도는 사회에 나가서도 영락없이 드러난다. 방송국에 들어오려는 젊은이들을 맞아 면접을 해보면 단 몇 분 동안인데도 학생의 인생관은 물론 평소 생활 태도까지도 감지할 수 있다.

어수선한 요즘 세태를 보며 흔히 젊은이들을 겨냥해 푸념하는 기성세대를 본다. 물론 젊은이들이 즉흥적이고 저돌적이고 조금은 무책임하고 때로 무례하기도 하다. 그러나 그것은 어느 나라 젊은이들이고 다 그렇다. 일종의 젊은이들만의 생물학적 속성이다. 그러나 그 속성은 한시적이다. 지금의 기성세대도 한때 그랬다. 다만 젊은이들이 개인적 관심거리 못지않게 자신들의 정체성 곧 마음의 소속감을 확인하며 언제 어디서든 대한민국 국민임을 간과하지 말았으면 한다. 그것은 더불어 삶의 큰 틀인 셈이다.

세계 제일의 강대국인 미국은 정작 세계에서 가장 결속 요소가 빈약한

다민족 다인종 국가다. 그럼에도 미국이라는 국가 이름 앞에서 국기인 성조기를 다 함께 바라보며 결속을 다지고 국력을 키워왔다. 수많은 난관을 헤쳐 오면서 우리의 선조들이 나라를 위해 무엇을 했는지 알고자 하고 나아가 자신의 정체성의 뿌리인 대한민국을 위해 무엇을 할 수 있을지 적극적 고민도 해야 할 것이다. 대한민국을 상징하는 태극기를 소중히 여기고 대한민국의 국가를 부르며 애국의 열정을 가만히 새기는 마음가짐이 필요하다. 그것이 국민의 기본 도리다. 작은 집단에의 소속감이 없어도 사람은 외로워하며 방황한다. 하물며 국가에 대한 소속감이 흐릿하다면 어떻게 제대로 자기를 바로세울 수 있을 것인가.

교통 통신의 발달로 지구가 한 마을이 되었다는 작금에도 국가 간 경쟁은 오히려 더 치열해지고 있다. 그리고 지구 어디를 갈 때든 '대한민국 국민'이라는 여권을 소지해야 한다. 바로 거기에 대한민국을 지켜야 할 당위가 있다. 국가는 개인이 더불어 살아가는 가장 큰 테두리이고 '세계 속의 나'를 존재케 하는 후견자다. 거기에 나라 사랑의 당위가 있다.

여기에 나라 사랑의 작은 실천으로 건국절 제정을 제안한다. 제대로 된 나라치고 건국절이 없는 나라가 없다. 국민이 제 나라의 생일을 챙기지 않으면 어떻게 나라가 대내외적으로 제대로 대접을 받을 수 있을 것인가. 참으로 부끄러운 일이 아닐 수 없다. 이제라도 대한민국 헌법 제정일인 7월 17일이나 광복일이며 건국일인 8월 15일을 '건국절' 혹은 '건국의 날'로 제정할 필요가 있다. 특히 1948년 건국일은 1945년 광복절과 겹치는 바람에 그동안 빛을 보지 못했다. 지금은 광복보다 건국의 의미를 더욱 새겨야 할 때다. 또한 건국절 제정과 함께 대한민국 건국을 주도한 이승만 초대 대통령에 대해 공과功過를 누락 없이 조명하고 이화장 일대를 건국공원으로 조성할 필요가 있다. 그리고 순차적으로 역대 대통령에 대한 조명도 해야 한다. 그것이 진정한 역사 바로세우기 작업이다. 돌아봄으로써 바라봄의 원천을 삼자는 뜻이다. 한데 현직 대통령이 건국 대통령을 비롯해 앞선 대통령을 잊은 채 자신의 기념관을 챙기고 있으니 앞뒤 순서가 뒤바뀐, 참으로 어처구니없는 일이다. 기성 세대 또한 다음 세대를 위해 역할을 해야 한다. 드넓은 대륙의 역사를 가졌던 우리 민족에게 언젠가 다시 기회가 오리라는 원대한 희망을 품도록, 그리하여 건강하고 미래 지향적인 세대 교체를 위해 때로 젊은이를 꾸짖고 때로 다독거리며 정성을 쏟아야 한다.

나무의 겉껍질이 세월이 흐르면서 늙고 지쳐 떨어져 나가면 속껍질이 겉껍질을 대신한다. 떨어져 나갈 때까지 겉껍질은 충실히 나무 지킴이 역할을 한다. 그것이 자연의 순환이고 인간 세상의 순환 법칙이다. 마찬가지로 비록 현업에서 은퇴했을지라도 마지막까지 충실한 껍데기로 새 세대의 보호막이 되어주어야 할 것이다. 그런 다음 아주 떨어져 흙으로 돌아갈 때 비로소 위대한 껍데기로 역사의 위로를 받을 것이다. 떨어져야 할 때 떨어지지 않으려 버둥대는 껍질, 떨어져서도 썩지 않는 껍질 같은 기성세대는 곤란하다.

해방 62년이 된 이 시점에서 대한민국은 마침내 선진국으로 향한 정체성을 지키며 OECD 가입국으로 세계 경제 대국의 일원이 되었다. 1945년 이후 독립한 130여 개국 가운데 대한민국은 유일하게 근대화에 성공한 나라다. 그리고 민주화 경제 성장, 사회문화적 다원화를 이룬 가히 '한국혁명'이라 함직하다. 그럼에도 우리의 정치적 상황은 세계 어디에서도 보기 어려운 분단이라는 특수 상황 속에 처해 있다. 언제 터질지 모른 뇌관처럼 남북이 첨예하게 대치하는 가운데 서서히 대화의 물꼬가 트이고 있다지만 신뢰가 선행되지 않는 대화는 결속력이 없다.

근본주의적 민족주의 굴레를 인민에게 씌운 채, 일당 국가, 일인 독재가 세습으로 이어지고 있는 북의 정치 상황에 손을 들어줄 수는 없지 않은가. 처참한 실패로 전인민을 도탄에 빠뜨린 체제와 많은 문제에도 불구, 생명력이 넘치는 체제의 대비보다 더 준엄한 역사의 선고는 없다. 한신대 윤평중 교수의 말대로 "국가 체제의 정통성은 궁극적으로 치세의 결과에 의해 판단된다" 하겠다. 남북 정상이 만나 아무리 대화를 하고 북측 권력자가 아무리 우리 민족끼리 살자 큰소리로 외쳐대도 탈북자, 납북자들의 참담한 상황이 밝혀지는 한 위선의 말놀음밖에 안 된다.

게다가 그들이 말하는 민족은 대한민국이 이해하는 한민족의 개념이 아니다. 실제로 북조선에서는 한민족을 조선민족이라 부르다가 태양민족으로 고쳐 부르더니 이제는 아예 김일성민족으로 바꿔버렸다. 한민족과 김일성민족이 어찌 동일한 민족이 될 수 있겠는가. 그들이 전가의 보도로 쓰는 민족 속에는 이미 한민족의 의미가 증발된 지 오래다. 기실 그 '한민족'이라는 말조차 100년 전에는 없었다. 19세기말 중국에서 광개토대왕비가 발견되면서 등장(황성신문)한 '민족'이라는 신조어는 제국 일본이 한국을 중화주의적 관념에서 분리해내는 수단으로 이용됐다. 또 나라를 잃고 국가의 정체성을 유지하기 위한 수단으로서 '국민'의 자리에 '민족'이 대신 들어섰다.

남북정상회담이 두 번째 열렸지만 북조선은 여전히 우리의 주적이다.

현실이 그렇다. 각각의 국체와 정체로 국경을 접하고 있는 남북이 아무리 한반도기를 흔들어대고 한민족체육대회를 연다 해도 엄연히 대치 상황 속에 있지 않은가. 우리가 대한민국 국민으로 살고 있듯이 저들은 조선민주주의인민공화국 국민으로 살고 있다. 이것은 너무나도 자명한 사실이다. 그런데 이 자명한 사실이 친북 성향의 정부가 들어서면서 헷갈리고 있다. 세계가 저들의 핵무기 개발, 미사일 발사를 규탄하고 우리 또한 북조선의 대남 공작, 테러 등으로 지금도 대치 중인데 이 정부는 저들의 엄청난 군사적 시위에 불감증으로 대응하는 판국이다.

2006년 7월 5일 새벽 북조선이 시험 발사한 7기의 미사일 중 사정거리 300킬로미터의 스커드B 미사일과 사정거리 500킬로미터의 스커드C 미사일은 분명 대한민국을 겨냥한 것이었다. 펄쩍 뛰어야 할 대한민국의 대통령은 입을 다물고 있고 관련 당국자는 미사일이 아니라 인공위성일 것이라는 어이없는 말을 했다. 그리고 대응은커녕 미사일이 발사된 바로 그날, 비료 2만 톤을 예정된 사안이라며 북으로 보냈다. 그뿐 아니다. 2000년 6·15 선언 이후, 지금까지 북으로 흘러들어간 재화의 총량은 엄청나다. 금강산 관광에 관련한 사업권료 11억 달러를 비롯, 개성공단 지원, 쌀과 비료 지원, 북조선 취재 로열티 등.

같은 민족을 돕는 일을 나무랄 생각은 없다. 하지만 이러한 대북 지원에 앞서 유념해야 할 것이 있다. 대한민국 안에 이 정부가 해결해야 할 일이 산적해 있다는 점이다. 무엇보다 수해 등 자연재해로 인한 이재민 지원과 재해 지역 복구가 시급하다. 엊그제 강원도 한계령을 넘는데 2년 전 수해 복구가 아직도 끝나지 않았는데 올해 또 수해가 겹쳐 길이 가다 끊어지고 가다 끊어지는 판국이었다. 그리고 노숙자·독거노인·소년

소녀가장 돕기 등 정부 차원의 도움을 필요로 하는 일들이 한둘이 아니다. 이러한 내 나라의 화급한 현안을 외면한 채 대북 지원에 힘을 쏟는다는 것은 남의 지붕 고쳐주다 내 집 서까래 무너지는 것을 몰라라 하는 식인 것이다. 게다가 정작 받기만 하는 북조선은 감사하는 태도보다 더 많이 주지 않으면 곤란하다는 발언을 되풀이하며 군사적 으름도 불사하고 있다.

그야말로 '동족애'에 휘말려 모든 이성적 판단과 결정을 못 내리는 코마(혼수) 상태에 빠진 대한민국 정부가 아닌가 싶다. 세계사를 되짚어보면 겉으로는 민족을 내걸고 속으로는 민족을 무시하고 괴롭히고 함정에 빠뜨린 지도자가 많다. 이제 대한민국 국민 한 사람 한 사람이 세계에 대한민국의 국체를 당당하게 내세우고 주변국과의 관계에서도 국익을 우선하는 지도자를 적극 지지해야 할 것이다. 2000년 간의 중원 제국의 독선과 행악을 기억함과 동시에 일제 36년의 참혹함을 떠올리기만 해도 한미동맹 등 서방 세계와의 긴밀한 유대를 통해 중국·일본의 패권주의, 나아가 러시아의 팽창주의를 견제할 수 있으리란 결론에 도달한다.

초강대국에 대한 반감이나 자존심 같은 다분히 정서적인 동기와 남이 반대하니까 나도 한다는 군중심리에 편승한 반미는 자칫 국익에 대한 냉정한 분별을 흐리게 하기 십상이다. 촛불 집회에 열심인 사람들 중에 과연 한미상호방위조약이 무엇이고 주한 미군 주둔지위협정이 무엇인지 제대로 알고 나오는 사람이 과연 얼마나 될까. 불평등한 협정이라고 목청껏 외치는 사람들 중에 몇이나 무슨 항목이 어떻게 불평등한지 제대로 설명할 수 있는 사람이 또 얼마나 될까.

나라사랑에 대해 조금 더 말하련다. 대한민국 국민이 사는 땅을 대한민국 국토라 한다. 어느 나라든 그 나라 국토가 갖는 지정학적 특성이 있다. 대한민국의 국토인 한반도 또한 지정학적 특성을 명료하게 갖고 있다. 즉 대륙과 해양이 만나는 반도의 특성과 그로 인한 역사적 전개 과정을 통해 강대국들의 관심이 집중돼 있는 심장 지대라는 점이다. 바로 그 점 때문에 대륙 진출을 꾀하는 해양 세력과 해양 진출을 노리는 대륙 세력이 각각 교두보로 삼고 싶어 하는 땅이다. 동시에 상대 세력을 저지하는 교두보로 삼고 싶어 하는 땅이기도 하다.

한반도의 남북 분단도 결국 이 해양 세력(미국)과 대륙 세력(구소련) 간의 세력 균형이 38도선에서 맞섬으로써 생겨난 결과다. 6·25 전쟁 때의 휴전선은 해양 세력(미국)과 대륙 세력(중국)이 마주친 선이다. 한반도를 둘러싼 4대 강국 가운데 미국만이 우리와 영토, 영해의 인접이 없는 국가다. 즉 한반도 문제에서 국경을 접하고 있는 일본·중국·러시아 3국은 진퇴가 불가능한 원천적 긴장 관계를 갖고 있고 미국만이 그 긴장에서 자유롭다.

일본의 경우, 가당치 않음에도 불구, 독도영유권과 동해영해권을 들고 나오며 군사력을 강화하고 있다. 중국은 6·25 전쟁 지원 조건으로 받은 백두산 천지의 반을 김일성 정권으로부터 넘겨받고 그것도 모자라 이제는 옛 고구려 땅 역사를 자국 역사로 편입시키려는 동북공정을 기도하고 있다. 러시아는 1990년 북러영토조약에 따라 두만강 하구의 녹둔도鹿屯島를 넘겨받고 섬 주위에 제방을 쌓아 개발, 대 북한 교두보로 삼고자 기도 하고 있다. 이러한 지정학적 긴장으로부터 자유롭기 위해서는 국가와 국가 간의 역학 관계, 힘의 국제 관계를 냉철히 파악하고 국익을 위해 어떤 선택을 해야 할 것인지 고민해야 한다. 그런 관점에서 본다면 오늘의 국제 질서 속에서 미국은 여전히 우리에게 필요한 힘이다. 설사 그 힘이 때로 우리에게 부당한 처사로 영향을 미칠지라도 성숙된 외교를 통해 문제를 해결하고 우방으로서의 동맹 관계를 수립하는 것이 바람직하다.

예부터 국가 안보의 기본 원칙은 원교근공遠交近攻이다. 즉 멀리 있는 나라와 동맹을 맺어 가까이 있는 나라를 공격하는 것이다. 공격은 하지 않더라도 인접국으로부터의 공격을 저지하려는 전략인 셈이다. 원교근공의 안보 전략은 지금도 유효하다. 가까운 세계사 속에 일례가 있다. 1905년 한국과 세계사의 운명을 바꾼 러일전쟁에서 일본 해군이 천하무적 발틱함대를 무찌르고 승리한 배경에는 외교 라인을 통한 치밀한 물밑 작업이 있었다. 그로 해서 미국은 일본에 대해 호의적 태도를 갖고 나아가 전쟁 비용까지 빌려주었던 것이다. 말하자면 외교의 승리가 곧 전쟁의 승리였다. 이러한 예는 세계 외교사에서 얼마든지 찾아볼 수 있다.

우리 스스로 감당하기 어려운 상황에서 우리의 힘이 배양될 때까지 미국과의 관계를 악화시킬 필요가 없다는 생각이다. 문학에서 모든 작품의 잣대가 감동이라면 국제 관계에서 제일로 삼아야 할 잣대는 국가 이익이다. 국가 이익을 선양하는 일이 곧 나라를 사랑하는 일인 것이다.

조촐하게나마 내 살아온 생을 정리해 보았다. 식민지의 민초로 태어나 여덟 살에 비로소 대한민국의 국민이 되고 전쟁의 회오리 속에서 구사일생으로 살아나 대한민국의 청년으로 성장했다. 육군 소위 계급장을 달고 태극기가 펄럭이는 최전방 GP를 지키고, 방송기자로 사회에 첫발을 내디디면서 현장에서 데스크에서 그리고 방송 전반에 걸친 관리 직분에서 급속히 변화하는 시대를 읽었다.

그동안 조국 대한민국은 몰라보게 발전에 발전을 거듭했다. 아날로그 세상에서 디지털 세상으로, 지상파 위주의 방송에서 다매체 다채널 방송으로, 단방향 영상시대에서 쌍방향 영상시대로 변화에 변화를 거듭하고 있다. 그야말로 '미디어 빅뱅'의 시대가 오고 있다. 급속한 산업화와 민주화 덕분에 민초들의 의사가 존중되고 민초들의 결집이 힘을 발휘하는 세상이 되었다. 모든 민초들, 즉 국민이 명실상부한 주인이 된 것이다.

간난의 역사를 헤쳐 가며 이만큼 나라를 발전시킨 우리 국민이 참 괜찮은 국민이고 우리나라가 참 괜찮은 나라임을 새삼 깨닫는다. 덤의 삶을 살고 있는 나 역시 괜찮은 나라, 괜찮은 국민의 한 사람이 되도록 더 힘써야겠다고 조용히 다짐해 본다.

참 많은 시련과 역경이 한 생의 시간 속에서 버무려져 있었구나 싶다. 하지만 힘든 가운데도 간간이 비치는 여우볕처럼 나를 기쁘고 훈훈하게 해준 일 또한 적지 않았음에 그저 감사할 뿐이다. 더불어 손거울 만한 내 작은 삶의 거울을 비추는 일을 선뜻 맡아준 모아드림·작가의 손정순 사장 그리고 편집부 여러분께 진심으로 감사드린다.

한쪽 문 닫히니 다른 문 열리네

2007년 11월 20일 초판 1쇄 인쇄
2007년 12월 3일 초판 1쇄 발행

지은이 | 우석호
펴낸이 | 孫貞順
펴낸곳 | 도서출판 작가
　　　　서울 서대문구 북아현3동 1-1278 (우120-866)
　　　　전화 | 365-8111~2 팩스 | 365-8110
　　　　이메일 | morebook@morebook.co.kr
　　　　홈페이지 | www.morebook.co.kr
　　　　등록번호 | 제13-630호(2000. 2. 9.)

편집 | 김이하 이현호 곽대영
디자인 | 박은정
영업 | 손원대 설동근
관리 | 이용승

ISBN 978-89-89251-70-5 (03810)

* 잘못된 책은 구입하신 서점에서 바꾸어 드립니다.

값 12,000원